책 읽는 여자들의 품격 있는 수다

리딩 퍼포먼스

책 읽는 여자들의 품격 있는 수다

리딩 퍼포먼스

초판인쇄	2022년 6월 24일
초판발행	2022년 6월 28일
지은이	최서연 외 12인
발행인	조현수
펴낸곳	도서출판 더로드
기획	조용재
마케팅	최관호, 최문섭
편집	이승득
디자인	토 닥
주소	경기도 고양시 일산동구 백석2동 1301-2
	넥스빌오피스텔 704호
전화	031-925-5366~7
팩스	031-925-5368
이메일	provence70@naver.com
등록번호	제2015-000135호
등록	2015년 6월 18일
ISBN	979-11-6338-273-7 03810

정가 16,800원

책 읽는 여자들의 품격 있는 수다

리딩 퍼포먼스

최서연
강은숙
김명주
김은경
김은지
송미향

오지연
유명임
정상미
주애라
주은정
한명욱
황재원

도서출판 **더 로드**
The Road Books

들어가는 글

안녕하세요. 책 먹는 여자 최서연 작가입니다. 2017년 여름부터 독서모임을 운영했습니다. 20개가 넘는 다양한 콘셉트로 책과 사람을 만났죠. 책을 읽는 것이 좋았고, 같은 책으로 여러 의견을 들을 수 있는 독서모임에 푹 빠졌어요.

2017년 1월, 첫 독서모임에 참여할 때가 기억나요. '말도 못하는데 발표를 시키면 어떻게 하지? 나만 멀뚱하게 앉아 있지는 않을까? 어떤 사람들이 올까?' 지금 생각하면 걱정도 팔자였죠. 그때의 떨림은 저뿐만이 아니었어요. 누구나 처음은 있으니까요.

두 달에 한 번꼴로 독서모임을 오픈해요. 한두 명의 신규 회원은 몇 년 전의 저처럼 두려움, 걱정을 가지고 옵니다. 과거의 저를 만난다는 마음으로 그들과 이야기를 하면서 걱정을 기대감으로 바꿔드리고 있어요. 이 책에서 자주 언급될 비비엠(BBM, Book, Binder, Mindmap)은 책 먹는 여자가 운영하는 오픈톡방의 애칭입니다. 2019년부터 '비비엠'이라는 온라인 공간에서 책뿐만이 아니라 사는 이야기도 공유하고 있어요.

비비엠 공저 1기는 《1인 기업 제대로 시작하는 법》이라는 제목으로 출간이 됐습니다. 2기는 '독서모임'이 주제입니다. '책 먹는 여자' 브랜딩처럼 책이 빠질 수는 없잖아요. 2기에 참여한 공저 작가들과 독서모임으로 처음 만났던 날이 기억나요.

"독서모임 처음인데 신청해도 되나요?"
"책을 다 못 읽었는데 가도 돼요?"
"가면 무슨 이야기를 해야 하나요?"

"매번 책을 읽다가 포기해서 도움을 받고 싶어 신청했어요."

각자 사연을 가지고 독서모임에 참여했던 회원들이 이제는 책을 쓰는 작가가 되었습니다. 누군가의 성장을 지켜보고 그 길을 함께한다는 것은 리더에게 보람되고 감사한 일입니다.

책을 읽은 후 독서모임에 참여하고, 누군가는 모임을 꾸려 자신의 경험을 바탕으로 타인의 삶에 '책'과 '독서모임'을 선물합니다.
"우리는 세상을 이롭게 변화시키고 있어요. 그러니 자신감을 가지고 모임을 꾸리세요." 독서모임 리더 수업을 할 때 수강생들에게 하는 말입니다.

인생을 살면서 나로 인해 단 한 명이라도 변했다면 대단한 일이

잖아요. 그러기 위해서는 나부터 변해야 합니다. '책을 읽고 이렇게 삶이 바뀔 수도 있다고? 나도 이번에는 도전해 볼까?' 생각이 드셨나요? 그럼 여러분의 차례입니다. 비비엠 공저 《리딩 퍼포먼스》의 12명의 작가님들, 함께 글을 쓸 수 있어서 감사해요.

독서모임 전문가 **책 먹는 여자**

차 례

제4장 나는 책을 이렇게 읽습니다

제5장 격 있는 책 수다

제1장

인생 책을
소개합니다

책 먹는 여자입니다

최서연

전라도 광주에서 서울로 올라온 지 7년이 넘었을 때다. 서울살이도 적응했고 취미생활도 즐기는 삼십대 중반이 됐다. 신림동에 혼자 거처하기 적당한 집도 있고, 월급으로 한 달을 살기에는 부족함이 없었다. 그런데 깨진 그릇 틈으로 물이 새는 것처럼 정신은 방황하기 시작했다.

스물일곱에 독립해서 전라도 여자 뚝심으로 하나씩 이뤄왔는데, 어디서부터 잘못됐는지 모를 정도로 허물어져 가고 있었다. 2014년 겨울, 강남에 약속이 있어서 잠깐 들렀던 알라딘 중고서점에서 이지성 작가의 《꿈꾸는 다락방》을 읽었다. 원하는 것을 생생하게 시각화하면 이뤄진다고 했다. 아뿔싸. 원하는 것이 무엇인지도 모르고 앞만 보고 달려왔다.

마흔둘, 1인 기업 컨설팅을 하면서 수강생들에게 묻는다. "왜 이 일을 하고 싶으세요?" 그들은 성공하고 싶어서라고 했다. "성공이란 무엇이라고 생각하세요?" 또 묻는다. 그들은 당황스러워한다. 맞다. 내 경험을 테이프처럼 돌려 수강생에게 묻고 있다. 우리에게는 '이유'가 필요하다. 물음표를 찾으면 답은 나온다. 사이먼 사이넥의 《나는 왜 이 일을 하는가》라는 책을 통해 이유의 중요성을 알게 됐고, 질문하는 습관이 생겼다.

1인 기업을 하다 보니 혼자서 해야 할 일이 넘쳐났다. 스케줄 관리는 기본이고 수강생 응대, 택배 작업까지 내 손을 거쳐야만 일이 됐다. 몸은 하나다. 손오공처럼 머리카락을 뽑아서 분신술이라도 부려야 할 정도다. 정신적 스트레스가 몸으로 나타나면서 병원에서 수액을 맞고 오는 일상이 반복됐다. 어떻게 해볼 도리가 없을 때 마이클 기버의 《사업의 철학》을 읽었다. 내 사업을 '복제'시켜야 확장하고 성공할 수 있다고 했지만, 책을 두세 번 읽어도 뾰족한 아이디어가 떠오르지 않았다. 2년 정도 지난 지금은 복제 작업을 하고 있다. 온라인 강사과정을 만들어서 노하우를 전달한다. 캠퍼스 강사 제도를 만들어서 콘텐츠를 기획하고 수익배분을 한다.

늦은 밤, 휴대폰 알람이 울린다. "이 책을 보는데 작가님이 생각나서 연락드려요." 문자 메시지 내용이다. 이런 연락을 받는 건 셋 중 하나다. 브랜든 버처드의 《백만장자 메신저》, 빌 비숍의 《핑크 펭귄》, 팀 페리스의 《타이탄의 도구들》이다. 1인 기업 도구마스터의 구성을 도와준 핵심적인 책이다. 모두 스무 번 넘게 읽었고 강의에도 활용하고 있다. 책 먹는 여자의 삶을 통틀어 정신 개조를 시켜준 책은 마스다 미츠히로의 《청소력》이다. 덕분에 수강생들의 삶까지 변화시켰다.

인생 책을 한 권만 뽑기에는 아쉽다. 삶의 고비마다 책은 항상 그 자리에서 나를 지켜주고 있었다. 비 오는 날에는 수제비가 먹고 싶고, 갈증이 날 때는 맥주를 마시고 싶은 것처럼 책도 각자의 삶에 따라 선택이 달라진다.

2014년부터 책을 읽고 기록했다. 책을 읽으며 작가에게 질문하고 답을 찾으려고 노력했다. 책을 읽으면서 깨달았다. 인생에는 하나의 방법만 있는 것은 아니다. 오늘은 삼국지를 펴며 유비와 조조를 만났다. 역사 속에서 리더의 삶을 보고 나에게 적용해 보려 한다. '책 먹는 여자'라는 브랜딩 덕분에 매일 책을 볼 수 있어 감사하다.

02

인생 책 한 권

강은숙

인생 책 한 권, 삶을 송두리째 바꿔 준 책이면 좋겠지만 아직 나에겐 그런 책은 없다. 하지만 힘들 때마다 곁에 두고 반복해서 읽고 있는 차동엽 신부님의 《무지개 원리》가 있다. 남편을 갑작스럽게 떠나보내고 홀로 아이들을 키우며 살아야 했던 시기에 읽었다. 나보다 어려운 상황에서도 열심히 사는 사람들의 성공담을 읽으면서 힘을 얻고 감사함을 찾으며 살아가게 해준 책이다. 《무지개 원리》는 성공한 사람들의 일곱 가지 법칙을 찾아 정리한 생활지침서다. 비가 오고 나면 무지개가 뜨듯 어떠한 절망 속에서도 포기하지 않고 행복을 찾는 희망을 전하고 있다. 책 속에는 역경을 이기고 꿈을 일군 실제 사례가 많았다. 책을 읽고 그대로 실행하면 '반드시' 좋은 성과가 나올 수밖에 없다고 말하고 있었다.

저자인 차동엽 신부님을 처음 알았을 당시 뒤늦게 유아교육과를 졸업하고 미술학원에서 초임교사로 일하고 있었다. 경력이 없는 선생님을 알기라도 하듯 아이들은 말을 듣지 않았다. 수업을 진행하면 참여하지 않고 친구와 떠들며 장난을 쳤다. 좀처럼 집중하지 않는 아이들을 향해 내 목소리는 점점 커졌다. 목소리가 커질수록 더 말을 듣지 않았고, 나는 급기야 성대 결절까지 왔다. 경험도 없고, 수업 기술도 없던 나는 출근길, 교통사고라도 났으면 하는 끔찍한 생각까지 했다. 직장생활로 힘들었지만, 일요일이면 성당에 가서 위로를 받고 에너지를 충전할 수 있었다. 그러던 중 다니고 있는 성당에 신부님 강연이 있어 직접 만날 기회가 생겼다. 신자들로 꽉 찬 성당은 신부님의 인기를 실감할 수 있었다.

강론 시간 내내 신부님의 설교는 나에게 힘을 내라는 소리로 들렸다. 그 후 나는 신부님의 《무지개 원리》 책을 샀다. 인생을 바라보는 지혜가 가득 담겨 있고, 지금까지 내가 읽었던 자기계발서의 총집합체인 것 같았다. 책 속에서 신부님은 《무지개 원리》를 스물한 번 읽으면 반드시 원하는 것을 이룰 수 있다고 했다. 신부님 말대로 읽기 시작했다. 책장 앞쪽에 날짜를 기록하며 읽었다. 읽을 때마다 새로웠다. 신부님이 옆에서 이야기해 주듯 술술 책장이 넘어갔다. 읽는 횟수가 점점 늘어남에 따라 문장들을 곱씹어 읽고 책에서 알려준 대로 생각해 보려 애썼다. 힘들다, 어렵다, 못하겠다, 나만 왜 이러지 하는 부정적인 생각들보다 할 수 있어, 해보자, 괜찮아, 그럴 수 있지 등 긍정적인 생각들로 마음 근육을 단련해 갔다. 출·퇴근길 전철에서, 잠자기 전 틈나는 대로 읽어 내려갔다. 스물한 번째, 마지막 한 페이지를 넘긴 순간, 벅찬 기분을 어찌 잊으랴. "신부님, 해냈어요." 혼잣말로 속삭이며 포스트잇 한 장을 꺼내 큰딸에게 편지를 썼다.

"기적이 일어났어! 엄마도 무엇이든 할 수 있을 것 같아. 너도 시간 내서 꼭 읽어 봐."

지친 나를 일으켜 준 《무지개 원리》, '마음을 다하여, 목숨을 다하여, 힘을 다하여', 그리고 '거듭거듭'이란 말을 수없이 반복하며 마음에 새기니 세상이 달리 보였다. 잘하는 게 없다고 생각하고, 하는 일마다 자신이 없던 나에게 작은 용기가 생겼다. 어려운 사람들이 포기하지 않고 성공하는 것을 보면서 아이들을 혼자 키우지만, 현실을 받아들이고 당당하게 헤쳐 나갈 힘을 실어 주었다. 쩌렁쩌렁하게 '하는 일마다 잘되리라' 외치는 신부님 목소리가 들린다. 신부님, 하늘에서 잘 계시죠?

내 삶을 바꿔 준 또 한 권의 책은 사사키 후미오의 《나는 단순하게 살기로 했다》이다. 물건을 버리지 못하고 정리를 못했던 나에게 물건을 버림으로써 소중한 것이 무엇인지 알게 해준 책이다. 이 책은 남보다 좋아 보이는 것을 사기 위해 하루하루 살던 저자가 미니

멀리스트가 되기로 마음먹으며 물건을 버리면서 찾게 된 행복과 변화에 관해 기록한 책이다. 물건을 버리면서 진정으로 소중한 것이 무엇인지 알아가면서 남과 비교하는 습관이 없어졌다고 한다. 불필요한 에너지를 소비하거나 상대적 박탈감에 시달리지 않게 되자 자연스럽게 마음이 편안해지고 미래에 대한 불안감 또한 줄었다는 내용이다. 어린 시절 책을 못 읽었던 반란이었을까. 거실 한쪽 벽면에는 책이 가득 꽂혀 있었고, 베란다에 있는 거실장 두 개에는 오래된 전공 책, 문제집, 결혼 전에 읽었던 책들로 가득했다. 책장으로 가려진 거실은 햇빛이 들지 않았다. 창고에는 크고 작은 여행용 가방이 네 개나 있고 선풍기, 공구 세트, 스피커, 오래된 노트북, 김치통 등으로 빼곡히 채워져 있었다. 뒤 베란다에는 사용하지 않은 크고 작은 그릇 세트가 가득했다. 신발장에는 신지 않는 신발, 옷장에는 결혼식 때 입고 한 번도 꺼내지 않은 예복, 한복을 비롯해 입지 않는 옷들로 가득했다. 복잡한 내 마음 같았다.

책을 읽은 후 나도 작가처럼 단순하고 집을 깨끗하게 정리하고 싶었다. 치우고 싶은 마음이 요동쳤다. 우리 아파트는 쓰레기 버리는 날이 매주 화요일이다. 당장 버리지 않으면 일주일을 기다려야 했다. 작은딸과 여행용 가방에 책을 담아 버리기 시작했다. 수십 번 엘리베이터를 타고 내렸다. 손바닥이 새까맣고 몸은 지쳤지만, 버릴수록 마음이 가벼워졌다. 다음 날은 옷장에 있는 옷들을 버렸다. 그다음 날은 퇴근 후 싱크대 안에 쌓여 있는 그릇들도 정리했다. 주말에는 거실장, 책장, 식탁, 무거운 짐을 버리기 위해 형부들까지 소집했다. 버리고 버려도 계속 버릴 물건들이 눈에 들어왔다. 아이들은 끊임없이 버리는 나를 보고 "제발 그만하라고" 할 정도였다. 아이들의 타박과 가족들까지 출동해서 정리한 집안. 현관문을 열면 거실에 햇빛이 드리워져 있고, 옷장은 나란히 걸려 있는 옷들 사이로 공간이 생겼다. 냉장고 문을 열면 환한 불빛 사이로 반찬통이 가지런히 놓여 있었다. 공짜라면 양잿물도 마신다고 했던가. 책을 읽기 전에는 누가 물건을 주면 좋다고 가져왔다. 요즘은 꼭 필요한 물건이나 음식이 아니면 욕심을 부리지 않는다. 필요한 사람에게 양보한다. 양보하고 나면 왠지 마음도 풍요로워진다. 물건도 꼭 필요한지 한 번 더 생각하고 산다.

자신감과 긍정적 사고방식, 두 권의 책 덕분이다. 짜증내는 일이 줄었다. 아이들과도 자주 웃는다. 매일 아침 일어나 현관을 닦고 신발을 가지런히 정리하며 하루를 시작한다. 옷은 바로 옷장에 걸고, 사용한 수건들은 바로 세탁기에 넣는다. 먹고 난 그릇은 바로 설거지한다. 샤워하며 매일 거울을 닦는다. 책 한 권이 삶을 통째로 바꾼다는 말, 물론 터무니없다. 그럼에도 나는 인생 책이라 부를 만한 책 두 권 덕분에 조금씩 달라지고 있다. 더 많은 책이, 더 많은 독서가, 더 나은 삶을 향해 가는 이정표가 되길 기대해 본다.

나의 인생책 소개

김명주

인생길에 함께한 책을 만나기 위해 책장 앞에 섰다. 어린 시절에 읽던 위인전 몇 권부터 반백의 나이를 넘긴 지금까지 스쳐간 책들. 손에 닿는 대로 꺼내어 들춰 본다. 무슨 내용이었는지 속속들이 다 기억나지는 않는다. 그저 제목, 표지만 봐도 그 시절의 내가 떠올라 반갑다.

벼랑 끝에 자신을 던지라며 위기를 극복한 화장품 회사 여성 CEO의 스토리가 나를 반긴다. 좌절감에 누워있던 내게 가족을 생각해서 일어나라며 흔들어 깨워준 책이다. 몇 줄 안되는 짧은 글로 희망을 안겨 준 인생 선배의 에세이를 만난다. 일상에서 행복을 발견하고 잔잔한 감동을 갖게 해준 책이다. 행복한 가정, 좋은 부모가 되려면 이래야 한다는 교양서를 지난다. 가진 것이 없어도 작은 부분부터 애쓰고 노력하면 우리 부부와 아이들이 행복해질 수 있음을 알게 해준 고마운 책이다. 사명 따라 잘 살고 있는지 점검해 주고 나를 돌아보게 하는 신앙 서적들을 만난다. 그중 일부를 책상에 다시 끄집어냈다. 그밖에 자격증을 공부하고, 강의를 준비하며 여러 가지 배움을 갖게 해준 전공, 전문 서적들을 훑다 보니 파노라마처럼 지난날의 내가 스쳐 간다.

당장 읽을 것처럼 급히 사놓고서 읽지 못해 불편하고 부담스러웠던 책도 마주했다. 잘 버리지 못하고, 쓸 만한 것들을 오히려 집어오는 성격이라 정리가 되지 않아 답답할 때가 많았다. 깨끗하고 심플하게 살고 싶었던 마음이 닿아서였을까? 지인으로부터《나는 단순하게 살기로 했다》라는 책을 추천받아 읽은 후 끌어안고 있던 물건과 책을 버리기 시작했다. 주말마다 남편과 사무실 짐들로 가득해 발 디딜 틈조차 거의 없던 베란다의 짐부터 버렸다. 일부는 중고로 팔거나 필요한 사람들과 나눴다. 책상 앞에는 떠나보낼 책을 분류해서 넣을 커다란 박스를 놓았다. 손때 하나 묻지 않은 새 책도 있어 넣었다 뺐다 반복하다가 박스에 도로 넣었다. 몇 년 후 독서모임에서 만난《청소력》처럼 언젠가 다시 만나게 될 것이라고 생각하니 정리가 편안해졌다.

나를 안아주고 마주해준 책 가운데《목적이 이끄는 삶》과《천 개의 공감》은 삶에 가장 큰 영향을 준 인생 책이다. 사업 실패로 파산, 신용불량자가 되어 톡 건드리기만 해도 눈물이 날 것 같은 30대 초반에《목적이 이끄는 삶》을 만났다. 어린 두 딸아이를 부모님께 맡긴 채 앞만 보고 달려오다 브레이크가 걸렸다.

'어디서부터 잘못된 걸까?', '왜 내가 여기에 있는 거지?', '무엇을 위해 달려온 걸까?', '앞으로 어떻게 살아야 하지?' '내가 뭘 할 수 있을까?'…… 도무지 알 수 없어 답답하기만 했다. 무기력과 허무감, 불안감, 두려움 등 부정적 정서에 짓눌려 괴로운 날을 보내던 가운데《목적이 이끄는 삶》을 만났다.

동네 서점으로 달려가 책을 집어 들고 계산대 앞으로 가면서 가슴 떨렸던 그날을 떠올리니 두근거린다. 2005년 1월 19일. 많은 것을 잃어 더 이상 기대할 것이 없다고 여겼던 내가 다시 부푼 기대감으로 40일간의 여정에 발을 내디뎠다. 매일 한 장씩 '생각할 점'과 '외울 말씀'을 적고 '삶으로 떠나는 질문'에 깊이 고민하며 답을 썼다. 중간중간 일기와 편지 형식의 글도 남기면서 울다 흘린 눈물 자국도 있다. 그 기록이 담긴 B5 빈티지 노트와 스프링 노트는 이후 나와 함께하는 보물 1호가 되었다. 가끔 머리가 복잡하고 정리되지 않을 때, 힘이 들 때마다 보물 1호를 만나 쉼과 힘을 얻는다. 차분해지고 낮아져서 더 이상 내려갈 수 없기에 다시 채우기만 하면 되는 심플한 삶. 작은 것 하나 주어진 모든 게 감사해서 행복감이 모락모락 올라오던 그때를 떠올릴 수 있어서 감사하다.

《천 개의 공감》은 정신분석 이론을 쉽게 풀어쓴 책이다. 정신과 의사가 동료에게 권하기까지 한 책이라고 한다. 40대 초반이었던 2014년, 다시 큰 용기를 내어 도전했던 일에서 성과를 내지 못해 좌절과 절망을 하고 있던 때에 이 책을 읽었다. 문제 속에 생긴 상처를 실제 사례와 함께 분석, 공감, 대안까지 제시한 책이다. 책을 따라가다 보니 내가 보이고, 가족 및 주변 사람들과의 관계가 다시 보였다.

'나 자신을 먼저 알고 나를 사랑하는 일'이 무엇보다도 중요하다는 것. 깊이 와 닿았다. 나를 느끼며 사랑하기 시작하니 가족, 주변 사람들에 대한 애틋함과 사랑의 마음이 계속 올라왔다. 멀게만 느껴지고, 잊혔던 고교 시절의 꿈이 생각났다. 부모님 사이의 갈등, 남자친구, 진로 문제를 안고 찾아왔던 친구가 울다 지쳐 자고 간 적이 있다. 도움이 되고 싶어 정신과 의사가 쓴 책을 찾아 밤새 읽었다. 내용을 정리해서 친구와 나눴더니, 고맙다며 마음이 편안해지고, 잘 해결될 것 같다고 말해 주었다. 기쁨과 벅찬 감격의 여운이 한동안 가시질 않았다. "그래 이거야! 내가 해야 할 일!" '정신과 의사'가 되어 상담을 통해 많은 사람들의 행복을 찾아주는 꿈! 하지만 살다 보니 꿈과는 멀어지고 잊힌 듯했는데, 열정과 도전 의식이 다시 올라왔다.

뜻하지 않게 다양한 일들을 해오다 평생교육원을 운영하게 되었고, 상담 과정을 더 깊이 공부해야 할 필요성을 느꼈다. 고민하다가 남편에게 이야기했는데, 그 자체가 도전이기도 했다. 결국 40대 중반에 심리치료 교육대학원에 진학도 할 수 있었다. 공부를 하면서도 꿈처럼 여겨졌다. 여유롭지 않은 경제 사정임에도 적극 지원을 해준 남편이 든든하고 고마웠다. 이렇게 삶의 굴곡마다 마주한 인생 책은 나를 일으켜 주고, 다시 달릴 수 있게 해주었다. 인생 역전이라고 말할 수는 없겠지만, 적어도 나는 '다시' 살아내고 있다. 인생 책 한 권의 힘이라 할 수 있겠다.

한 권의 책을 읽음으로써 자신의 삶에서 새 시대를 본 사람이 너무나 많다.

헨리 데이비드 소로

채근담, 시간관리 카테고리의 책

김은경

'인생 책이 있는가?' 하는 질문을 받았다. 머릿속에 까만 점만 똑, 똑, 찍힌다. 책 읽는 사람이 아니라서 더 그랬다. 나와 어울리지 않는 것이 책이라고 생각했다. 사진이나 그림 묶음의 책들을 잠깐의 위로나 시간 보내기용으로 봤다. 겨우 읽은 몇 권의 책도 내용은 가물가물했다. 잡지처럼 책을 본 것이라 인생 책을 이야기하기는 힘들었다. 끝내 답을 못 찾고 웃음으로 얼버무렸다.

지금은 예전의 문턱을 넘어 책도 보는 사람이 되어가고 있다. 다시, '인생 책이 있는가?'라는 질문을 받는다면 《채근담》과 '시간 관리'에 관한 책이라고 말하겠다. 책에 대해 긍정적인 마음을 갖게 해준 책, 삶의 태도를 바꾸기 시작하게 된 책이기 때문이다.

《채근담》은 책에 대해 긍정적인 이미지를 만들어 준 처음 책이다.

초등학교 때 대구에서 안동으로 이사를 왔다. '에헴'하는 안동의 시골 집성촌이 사는 곳이 되었다. 생활에 변화가 많아졌다. 부모님의 직업도 농사로 바뀌고, 저녁 늦게까지 일하시는 날이 많았다. 나 역시 혼자 해야 하는 일들이 늘었고, 학교 다니는 방식도 바뀌었다. 초등학교 3학년의 걸음으로 1시간을 넘게 걸어 학교에 다녔다. 대도시에서 시골로 장소만 바뀐 것이 아니었다.

집안 어른들과 모여 사는 동네라 엄마의 단속이 늘었다. 호기심 많고, 의견을 말하기 좋아하던 나는 어른들 말에 대꾸하는 되바라진 아이가 됐다.

여자라서 하지 말아야 되는 건 갑자기 왜 그렇게나 많은지. 남아 선호 사상이 강한 경상도 딸내미로 내가 수용하고 조심해야 할 것들이 늘었다. 왜 순응해야 하는지, 예전과 같은 상황에서 다르게 돌아오는 어른들의 반응을 이해할 수 없었다. 부모님은 그저 말 잘 듣고 순한 딸을 원했다. 의지로 할 수 있는 게 없다는 생각에 중학교는 가방만 들고 학교를 다녔다. 수업에도 집중할 수 없었고, 하면 안되는 것이 늘어난 게 모든 일을 무기력해지게 만들었다. 당연히 부모님과의 마찰이 늘었다. 마음이 힘들어 몸이 축났다. 그때 《채근담》이라는 책을 읽었다. 의무적으로 교내 도서관에서 대출하라는 과제 때문에 빌린 책이었다. 내용은 제쳐두고 두세 줄 있는 글 밥이 마음에 들어 빌렸던 기억이 난다. 빌린 김에 몇 구절 읽다 완독을 했다. 책은 사람들과의 교류, 삶의 자세를 말해 줬다. 겪고 있던 감정들에서 물러나 생각해 보기도 하고, 선비의 담담함으로 말해 주는 것 같아 외롭다고 느꼈던 마음을 달래기 좋았다. 시조로 옮겨 몇 권을 디 읽었던 기억도 난다. 책의 좋은 영향으로 자발적으로 책을 연달아 읽어 본 시작이었다. 집중해서 뭔가 할 수 없어 방황하기만 했던 인생에서 책에 집중했고, 위로를 얻었다. 책에 대한 긍정적인 생각이 들게 해 준 처음 책이라《채근담》은 나에게 의미가 있는 책이다.

다음은 시간 관리에 관한 책들이다. 시간 관리에 관심이 많았다. 성과를 내려고 관심을 가진 것이 아니었다. 놀고 싶어 관심이 있었다. 짧은 시간 일하고 많이 놀고 싶었다. 엉뚱하고 재미있다는 반응을 보이며 이 글을 읽을 거라고 생각한다. 하고 싶은 것도 많고, 호기심도 많은 성향이 시간 관리 역시 잔머리로 접근하는 민첩함을 만들었다.

강의를 찾아다녔다. 좋다는 도구들을 무작정 따라 사용했다. 하지만 시간 관리 습관을 들이기는 만만하지 않았다. 왜 이런 카테고리의 책을 읽어 볼 생각을 못했나 싶다. 읽어 볼 생각을 안 한 것이 아니라 못한 것이 더 맞다고 생각한다, 책을 통해 배운다는 것이 어떤 것인지 몰랐다. 책은 나와 어울리지 않는다고 생각했고, 책을 믿지도 못했다. 내 눈으로 본 것을 더 믿었다.

초등학교 교과서에 '개구리가 파리를 먹는다'는 문구가 도통 믿을 수 없었다. 파리 열 마리 정도를 기절시키듯 잡았다. 파리 허리춤에 엄마의 이불 꿰매기용 실을 묶었다. 실을 길게 잘라 손잡이를 만들었다. 논둑에 들고 나가 개구리들이 오기를 기다렸다. 정신이 든 파리들은 날기 시작했다. 정말로 개구리가 파리를 먹었다. 사실을 확인하고 남은 파리들을 한 번에 버렸다. 그 뒤로 교과서를 믿었다. 왜 그랬나 싶다. 하지만 그때의 나는 그랬다.

대학에서 일할 때이다. 퇴직 무렵 시간 관리와 관련된 강의를 우연히 들었다. 강사 선생님들의 소그룹 코칭에 모자란 인원을 채우기 위함이었다. 선정도서로 《성과를 지배하는 바인더의 힘》이라는 책을 알게 되었다. 친구가 10여 년 전 들고 다니며 읽던 그 책이었다. 회사를 다니면서 작가, 커뮤니티 운영자, 모임의 리더 등 많은 일을 해내는 친구였다. 닮아보고 싶었다. 하지만 책을 읽고, 책으로 배우는 습관이 없던 내게는 힘든 일이었다. 친구의 노하우가 책에 있었다는 걸 그렇게 긴 시간이 지나서야 알았다.

이 일을 계기로 시간 관리에 관한 책을 읽기 시작했다. 이제는 책도 보는 사람이라고 말할 수 있어졌다. 어린 시절의 시골 생활에서 30년이 지났다. 결혼으로 다시 농촌 생활이 시작됐다. 예전과는 달리 자의로 사는 시골 생활이다. 아침 시간을 사용해야 한다는 구절에 생활 방법을 바꾸고, 습관을 붙이려 노력했다. 시간 관리 도구를 사용하고, 기록을 해야 한다는 구절에 시간 관리 도구인 바인더도 꾸준히 사용하게 되었다. 배우기를 마치면 뒤이어 연결하지 못하던 성향도 꾸준함을 가지게 되는 변화가 생겼다. 시간 관리와 관련된 책과의 접근성이 좋아지자 성과가 눈에 보이기 시작했다. 읽기 시작했고, 책에서 구체적인 방법들을 배웠기 때문이다. 습관을 만들기 시작하고 나에게 맞춤이 되도록 조정, 개선했다. 먼저 해야할 것과 하지 않아도 되는 일들을 구분했다. 이 작은 일들로도 생활이 정리되어 갔다.

나의 인생 책은 책을 믿지 못하던 내게 책을 읽고, 믿고, 실행하기 시작하는 기회를 선물해 줬다. 방법을 찾지 않고 방치하던 인생을 의지대로 살아보고자 책을 도구로 쓰는 방법을 알아가고 있다.

인생 책을 더 깊게 찾아보려고 한다. 더 읽고, 더 느끼고, 좀 더 배워보고 싶다.

낯선 곳에서의 아침을 만나다

김은지

인생에 있어서 최고의 책을 꼽으라고 한다면, 최근에 읽었던 구본형 작가의 《낯선 곳에서의 아침》이다. 《그대 스스로를 고용하라》, 《익숙한 것과의 결별》은 잘 알려진 책이라 여러 번 읽었지만, 《낯선 곳에서의 아침》은 제목 그대로 낯선 책이었다. 이 책을 처음 만난건 청울림 대표가 운영하는 다꿈스쿨의 부자 독서모임이었다. 청울림 대표가 다꿈스쿨을 만들 때 동기부여를 많이 받고 벤치마킹을 했던 책 중에 한 권이라고 소개했던 것이 기억이 남아 읽게 된 책이다. 이 책은 1999년도에 나온 책임에도 불구하고 지금 적용하기에도 전혀 손색이 없는 책이다.

이 책에는 내가 평소에 접해 보지 못했던 변화, 혁명, 욕망이라는 단어가 나온다. 그동안 살면서 피하고 싶었던 단어들이라서 그런지 읽는 내내 마음이 불편해져서 중간에 그만 읽을까 고민했던 책이기도 하다. 그동안 자기 계발을 하면서 다른 사람들은 다 성장하고 앞서가는 것 같은데, 나만 제자리에 정체되어 있고 뒤처지는 느낌인 포모 증후군을 호되게 겪으며 많이 힘들었고, 스트레스도 많이 받았다. 그러나 이 책을 통해 변화라는 단어를 만나고 나서부터는 어제와 똑같은 생각과 행동을 하지 않기 위해 "나는 날마다 모든 면에서 더 나아지고 있다."는 긍정문을 아침마다 외치고 있다. 또 다른 사람들을 무작정 따라하지 않고 나다움을 찾기 위한 변화를 시작하니 다른 사람과의 비교도 줄어들게 되었고, 더불어 스트레스도 줄어드니 마음도 편해졌다.

'혁명'이라는 단어는 부정적이고 반항적인 느낌이 든다. 그러나 이 책에서 구본형 작가는 '혁명'이란 일상 속에서 행복을 느끼면서 기꺼이 다른 사람들에게 도움을 주는 행복한 일상적 삶을 사는 것이라고 말한다. 요즘에는 코로나로 인해 일상 속에서 행복을 누리기가 쉽지 않다. 그러나 행복은 사람의 마음먹기에 달려있고 생각하기 나름이다. 비록 힘들고, 어렵고, 감사할 것이 없는 일상이지만, 작은 것 하나라도 감사하다 보면 행복한 순간은 반드시 찾아오기 마련이다. 오히려 감사할 것들이 없다고 느껴지더라도 그 안에서 행복을 찾고 감사할 것을 찾는 삶이야말로 행복한 삶임을 느끼게 되었다. 그래서 최근에 감사일기를 쓰기 시작했다.

'꼬리에 꼬리를 무는 그날 이야기'라는 TV 프로그램을 보았다. 마산에서 일어났던 3.15 부정선거에 대한 내용이 방영되었다. 중·고등학생들이 학교에서 배운 대로 투명하고 공정한 선거를 하지 않는 어른들을 보면서 분노를 참지 못하고 시위를 하기 시작했다. 그러나 아무런 죄도 없는 중·고등학생들은 경찰들의 총격을 받아 죽음으로 내몰리고 꿈까지 빼앗기는 비극적인 사건이었다. 물론 이런 일이 일어나지 않았다면 더 좋았겠지만, 한편으로 이런 일이 일어나지 않았더라면 우리는 여전히 민주주의를 누리지 못했을 것이다. 결국 누군가가 희생을 당하고 피를 흘려야만 세상은 변화하고 혁명이 일어난다는 것을 깨닫게 되었다.

'욕망'도 부정적인 느낌이 강하고, 욕망의 결과는 반사회적이고 욕심과 비슷한 단어라는 생각에 오히려 욕망을 가지지 않으려고 많이 노력했었다. 그런데 이 책을 읽고 나서 그동안 나는 욕망의 단면만을 알고 있었다는 생각이 들었다. 이 책에서는 내가 인류를 위한 위대한 업적이 될 수도 있다는 생각도 욕망이라고 표현하고 있다. 그동안 나는 이런 생각을 한 번도 해보지 못했다. 신은 누구에게나 재능과 강점을 선물로 주셨다. 그것을 어떻게 사용할지는 본인의 몫이며, 본인의 책임이다. 나의 재능과 강점을 긍정적으로 활용하고 싶은 마음, 그것들을 어떻게 다른 사람들과 나눌지 고민하는 마음이 욕망이라는 것을 알게 되었다.

구본형 작가의 책 중에 《그대 스스로를 고용하라》라는 책이 있다. 이 책에서도 《낯선 곳에서의 아침》과 비슷하게 자기 혁명이라는 단어가 자주 나온다. 평범한 사람에서 벗어나 비범한 사람이 되기 위해서는 내가 아닌 남이 되는 것을 포기해야 한다. 남이 가지고 있는 장점은 아무리 좋아 보여도 나의 것이 아니다. 자기 계발을 시작하면서 미라클 모닝을 하면 성장할 수 있다고 해서 무조건 5시에 일어나는 새벽 기상을 따라하고, 1년에 책을 100권 읽는 등 남들이 하는 자기 계발을 무조건 따라했었다. 그러다 보니 성장을 하기는커녕 루틴이 너무 힘들어 포기하기 일쑤였다. 이러면 안되겠다는 생각에 아침 기상, 루틴, 독서를 나에게 맞게 수정을 했다.

나다운 리추얼이 곧 진정한 자기 계발임을 깨닫게 되는 요즘이다. 그래서 요즘에는 아침 기상도 나의 라이프 스타일에 맞춰 7시에 일어나 영양제를 먹고 독서와 감사일기를 쓰며 하루를 시작한다. 독서도 1월부터 25분으로 시작해서 매달 5분씩 시간을 늘리고 있다. 그러다 보니 2022년이 3개월이 지난 지금에도 100% 루틴을 실천하고 있다. 물론 매일 반복되는 루틴이 때로는 지겹고 지루하게 느껴질 때가 있다. 책을 매일 1페이지 읽는 것만으로는 삶이 변하지 않는다. 그러나 그 작은 루틴들이 모여서 나에게 커다란 성장과 변화를 가져다준다는 것을 절실히 깨닫고 있는 요즘이다.

대학생이 되기 전에 읽었던 책 중에 스펜서 존슨의 《누가 내 치즈를 옮겼을까?》라는 책도 최고의 책 중 하나이다. 분명히 읽었던 책인 것 같았는데, 그 당시에는 하나도 와 닿지 않았고, 기억이 하나도 나지 않던 책이었다. 친정에 아직 이 책이 있는지도 모르고 중고 서점에서 또 구매를 했다. 성인이 되고 코로나를 겪는 요즘에 다시 읽으니 한 문장 한 문장이 그야말로 가슴에 팍팍 꽂혔다.

이 책도 '변화'에 관한 내용이 많이 담겨있는 책이다. 비록 월급은 많지 않지만, 5살 때부터 피아노를 시작해 피아노라는 치즈 하나만을 바라보면서 편안하고 안정적으로 30년을 넘게 살다가 코로나라는 상황을 맞닥뜨리면서 일을 할 수 없게 되었을 때 처음에는 이 상황을 받아들일 수가 없었다. 상황 탓을 하고, 남 탓을 하느라 시간을 많이 낭비했고, 그 대가로 엄청난 슬럼프에 빠지게 되었다. 나는 피아노 외에는 아무것도 할 수 없는 사람이고, 아무런 준비도 하지 않았다는 생각에 자존감은 바닥을 치기 시작했다.

많이 두렵고 위험하지만, 새 치즈를 찾아 나서지 않으면 살아남을 수 없다는 생각이 들었다. 변화는 이제 더 이상 선택의 문제가 아니라 생존이다. 그동안 안정과 편안함이 최고인 줄 알고 늘 안정성을 추구하면서 변화를 피하면서 살았지만, 모든 안락에는 대가가 따르기 때문에 두려움을 극복하고 행동을 해야만 한다는 것을 깨닫게 되었다.

지금까지 소개한 세 권의 책은 변화와 자기 혁명을 주제로 하고 있다. 그동안 살면서 한 번도 생각해 본 적이 없는 주제이다. 아직도 변화와 혁명은 내게 어렵고 두려운 단어이다. 그렇지만 이제는 실행에 옮길 때가 되었다. 변화를 알아차리는 사람, 변화를 준비하는 사람, 현명한 사람. 어렵고 힘든 길인 건 알지만, 쉬운 길보다는 '옳은 길'을 선택하기로 결심했다. 인생 책 세 권을 통해 잠들어 있는 내 안의 욕망을 깨워 본다.

나를 찾아준 인생 책

송미향

'책 속에 길이 있다'라는 말처럼 읽었던 책 중에서 가르침을 주지 않은 것은 없었다. 내용이 허접했던 책들도 한 문장이라도 좋은 구절은 있었다. 또 "만약 내가 책을 쓴다면 이렇게 쓰면 안되겠구나."라고 가르쳐 주기도 했다.

본격적으로 책의 바다에 빠진 것은 2년 정도여서 절대적인 양은 부족하지만, 그중 내 삶에 영향을 끼친 몇 권을 소개하고 싶다.

어린 시절부터 읽었던 책들을 되돌아보니 샬롯 브론테의《제인 에어》가 먼저 떠올랐다. 어떻게 읽게 되었는지는 기억이 잘 나지 않는다. 아마 학교에서 알려준 추천 도서였으리라 생각된다. 중2 여름방학 때 민음사에서 출간한 책으로 읽었다. 자신의 불우한 환경에 굴하지 않고 당당하게 삶을 주도적으로 살아가는 제인에게 흠뻑 빠졌다. 그녀의 사랑에 함께 가슴 아파하며 울고 웃었다. 두 권으로 된 결코 가볍지 않은 분량이었는데, 밤을 새워가며 읽었다. 책의 맛을 제대로 알게 된 것이다. 이후 샬롯 브론테의 여동생 에밀리 브론테의 《폭풍의 언덕》을 시작으로 헤르만 헤세, 괴테의 책들을 읽어 나갔다.

《제인 에어》는 나에게 고전문학의 세계를 알려준 고마운 책이다. 지금도 서점에서 민음사의 세계문학전집을 만나면 그때의 흥분과 설렘이 느껴진다. 계속 읽어 나갔다면 좋았을 텐데, 우리나라는 입시생에게 책 읽을 여유를 주지 않았다. 아쉽지만 잠시 헤어져야 했다. 성인이 된 후에도 고전문학에 대한 사랑은 멈추지 않았다. 작년 11월부터는 고전문학 토요 낭독 모임을 직접 꾸리고 있다. 사춘기 소녀처럼 가슴이 콩닥거리며 토요일을 기다리게 된다. 10대의 나와 지금의 나를 비교하는 재미가 쏠쏠하다.

루시 모드 몽고메리의 《빨간 머리 앤》을 처음 만난 것은 TV 만화 시리즈를 통해서였다. 자신의 불행과 약점을 숨기려 하지 않고 당당히 들어내며 독특한 개성을 지닌 앤에게 반했다. 여동생 두 명도 좋아했다. 방영하는 날은 세 자매가 옹기종기 TV 앞에 모여앉아 넋을 빼고 봤다. 원작이 있다는 것을 알고 책을 사서 읽었다. 책으로 먼저 만난 것이 아니어서 나만의 앤을 그려내지 못한 것은 아쉽기는 했었다. 다행히 만화 속의 앤도 작가가 묘사하고 있는 인물과 다르지 않았다. 오히려 장면을 떠올리기는 좋았다. 꽃비가 흩날리던 '하얀 환희의 길'은 지금도 선명하게 떠오른다. 벚꽃이 만발한 봄이 오면, 감격하며 그 길을 지나던 앤이 자연스럽게 생각난다. 어릴 때는 앤의 모습에 나를 이입했었다. 까만 피부 때문에 '깜상', '깜둥이'라는 놀림을 당해 울며 집에 온 적이 많았다. "나도 크면 앤처럼 까만 피부가 아무렇지 않게 되겠지? 저렇게 아름다워질 수 있을 거야."라는 생각을 하며 봤다. 이후로도 밝고 긍정의 에너지가 필요할 때마다 앤을 다시 만나게 된다. 어떤 상황에서도 긍정적으로 생각하는 앤에게 위로도 받고 용기도 얻는다. 나이가 들수록 앤의 대사에 공감의 깊이와 넓이가 커지고 있다. 다음에는 필사를 통해 앤과의 대화를 진하게 나누고 싶다.

파울로 코엘료의 《연금술사》는 30대 중반에 만났다. 양치기 산티아고가 꿈속의 예언을 따라 보물을 찾아다니며 온갖 어려움을 다 겪는다. 그러다 보물은 자신 속에 있다는 것을 발견하게 된다. 자신이 어떻게 살아가느냐에 따라 세상은 좋아질 수도, 나빠질 수도 있다는 것을 알게 된다. '우리가 간절히 무언가를 원하면 온 우주가 도와준다'는 메시지에 가슴이 뛰었다. 서른이 되면 대단한 인물은 못되어도 무언가 하나쯤은 이루고 있을 줄 알았다. 그런데 아무 일도 일어나지 않았다. 남들은 쉽게 하는 결혼도 나와는 인연이 없었다. 꼭 하고 싶었던 것은 아니었지만, 왠지 미완성의 인생을 살고 있는 것 같아 불안했다. 《연금술사》를 읽고 '내가 진정으로 원하는 것이 무엇일까?'를 생각해 보았다. 가장이라는 무거운 짐을 벗어버리는 것을 원하고 있었다. 그 짐에 눌려서 꼼짝달싹을 못하고 있다고 생각했기 때문이다. 그러나 현실적으로 벗어버리는 것은 불가능했다. 산티아고가 가르쳐 준 대로 외부의 조건이 아니라 내면으로 시선을 돌려보았다. '바꿀 수 없는 현실 때문에 불행한가?' 하면 그건 아니었다. 충분히 일상의 소소한 행복을 느끼고 있었다. 좋아하는 음악을 마음껏 들으며 일하고 있었고, 우울할 때 기분전환 시켜 주는 커피도 항상 옆에 있었다. 뮤지컬의 세상에 푹 빠져 지내면서 나에게는 없다고 생각한 뜨거운 열정을 발견하기도 했다. 그렇게 깨닫게 된 행복들을 감사히 여기자, 온 우주가 나를 위해 움직이기 시작했다. 결혼을 하게 되었고, 늦은 나이에 한 아이의 엄마도 될 수 있었다. 최고의 보물이 내게 온 것이다.

헨리 데이비드 소로우의 《월든》은 새벽 낭독 모임에서 처음 만났다. 많은 사람들이 인생 책으로 뽑고 있고, 곳곳에서 소로우의 글들을 만나고 있어서 기대를 한껏 하고 있었다. 새벽의 몽롱함 때문인지, 기대가 큰 탓이었는지 첫 만남에서는 소로우의 진심을 다 읽어내지 못했다. 외적인 것에 집착하느라 정작 중요한 내면의 결핍을 알아차리지 못함을 비판한다고만 생각했다. 두 달 동안 낭독을 할 때는 '이 책 언제 끝날까?'라는 마음이 강했다. 완독을 하고 나니 오히려 다시 읽고 싶어졌다. 소로우의 외침이 뒤늦게 찾아온 거였다. 미니멀 라이프, 자기 계발서, 철학, 소설 어떤 책을 만나도 소로우의 흔적이 느껴졌기 때문이다. 번역 때문에 힘들었나 싶어 다른 번역본으로 다시 읽었다. 미처 보지 못했던 것들이 보이기 시작했다. 소로우가 숲속으로 들어가 극도의 간소화 생활을 한 이유는 자아의 본질을 찾기 위해서였다. 삶이 주는 진정한 가치를 놓치고 싶지 않아서였다. 숲속 생명들을 세밀하게 관찰하면서 자연의 고요한 가르침도 알려준다.

모든 것이 꽁꽁 얼어버리는 겨울에도 생명체들은 살아 있다. 따뜻한 봄이 언젠가는 올 거라는 희망을 갖고 있기 때문이다. 60년 동안 죽은 나무에서 웅크리고 있던 애벌레가 나비가 되어 날아갈 수 있었던 것도 깨어 있었기에 부활의 날을 맞이할 수 있었다. 화려한 불빛을 따라가다 타버리는 불나방이 아니라 자신을 밝혀줄 빛을 찾으라고 했다. 언제 올지 모르는 그 순간을 놓치는 일이 없도록 깨어 있어야 한다고 했다. 그러기 위해 소로우처럼 숲속으로 들어가야 하는 것은 아니다. 자신만의 월든을 찾으면 된다. 두 번째 만남을 통해 나의 월든은 멀리 있지 않음을 알았다. 바로 일터 약국이었다. 세상과 연결되는 통로이기도 하지만, 눈 감고 귀 기울이면 월든 호수처럼 자신을 들여다볼 수 있는 사색의 공간이 된다. 한때는 창살 없는 감옥으로 느껴졌던 곳이다. 나와 가족의 꿈을 이루게 해주는 감사의 공간임을 이제는 안다.

거기다가 월든 숲속이 되기도 하니, 갈수록 사랑이 깊어지고 있다. 소로우처럼 생애 마지막 순간에 후회를 남기고 싶지 않다. 나만의 월든에서 책을 벗 삼고, 내면에서 속삭이는 새의 지저귐에 귀 기울이며 살고 싶다. 그리고 그 소리에 대답하는 삶을 원한다.

인생 책을 소개합니다

오지연

첫아이를 출산한 지 6년 만에 육아는 다시 시작되었다. 이 아이를 품기까지 어렵고 힘들었던 과정들은 머릿속에서 싹 다 날아갔다. '나'라는 사람은 없는 것 같았다. 매일매일이 지겨웠고 몸은 힘들었다. 나태했고, 왜 사나 싶은 생각만 있었다. 별것도 아닌 일로 남편과 뚝딱거리다가 갑자기 베란다로 뛰어가서 방충망을 열어젖힌 채 8층 아래로 내려다보니 못 내려갈 것도 없지 싶다. 그제서야 놀란 남편은 내 팔을 붙잡는다.

아무도 몰랐다. 나조차 인지하지 못한 깊은 우울증을 겪던 중 선물 받은 책 한 권은 나에게 '희망'이라는 단어를 가슴에 품게 했다. 지금도 모르겠다. 그때의 내가 왜 그곳에 찾아갔는지. 3p 자기경영

연구소 까지는 일산 우리 집에서 두 시간이나 걸리는 거리였지만, 찾아갔다. 아무런 이유도 없이⋯. 그곳에서 처음 만난 마스터님 한 분과 오랜 시간 이야기했다. 눈물이 났고, 뭔지도 모르게 서러워서 처음 보는 사람한테 내 이야기를 마구 쏟아냈다.

이해와 인정의 토닥거림에 위로받았고, 책 한 권을 선물해 주셨다. 생전 처음 보는 사람에게 받는 책 선물이라 묘한 기분이 들었지만, 받아 들고 왔는데 생각할수록 이상했다. '저자가 목사님이라던데', '이야기 중간중간에 종교 이야기를 하시던데', '이상한 분 아닐까?'라는 생각으로 바로 펼치지 못하고 두 달이라는 시간이 흐른 뒤에야 펼쳤다. 《사람은 무엇으로 성장하는가/ 존 맥스웰 》첫 장부터 눈물이 났다. "아직 그대 안에 꽃 피지 못한 가능성이 남아 있다. 천천히, 그대 안의 가능성을 펼쳐라." 더 이상 이 땅 위에서 내가 할 수 있는 건 없는 줄 알았는데 내 안에 꽃을 피울 수 있는 가능성이 남아 있단다! 급하게, 빠르게 할 필요도 없고 천천히 펼치면 된단다. 이 말이 나에게 얼마나 큰 위로가 되었는지, 다음 장으로 넘기지도 못하고 눈물을 줄줄 흘리며 한참을 바라보았다. 그간의 나를 인정해 주었고, 위로해 주었으며, 토닥이면서 안아 주었다. 고작 책 한 권이. 한 페이지가 말이다.

성장, 발전, 성공 등의 단어는 나와는 상관없는 다른 사람들의 이야기인 줄만 알고 살았다. 저자는 삶이 나아지기를 원한다면 스스로 더 나은 사람이 되면 된다고 했다. 우연히 성장하는 사람은 아무도 없으며, 성장은 결코 저절로 이루어지지 않는다고 일침을 가했다. 내가 원하는 것은 무엇인지, 어느 방향으로 가고 싶은지 명확히 알아야 하며, 미루지 말고 '지금 당장!' 하라고 했다. 어려서부터 느린 행동과 미루는 습관으로 '오늘보'라는 별명을 가졌다. 스스로가 '느린 사람'이라고 정의하며, 남들보다 이해력도 낮고 실천도 못하는 자신을 합리화하며 지내왔다. 방향도 모른 체 말이다. 특출난 커리어가 없던 나는 누구나 결혼을 하고, 출산을 하고, 육아를 하면서 자신은 내려놓은 채 아이들의 엄마로, 배우자로 사는 삶이 당연하다 생각했다. 특별한 직업적 커리어가 있는 여성들이나 사회에서 목소리를 내며 살아가는 거라고, 나는 해당사항 없다고 살아왔는데, 그게 아니었다. 나도 충분히 할 수 있는 사람이었다. 몰라서 못했던 것이었을 뿐.

저자는 스스로의 가치를 낮게 평가하면 세상에서도 그만큼의 가치로만 나를 평가한다고 이야기했다. 이 말에 망치로 머리를 얻어맞은 듯 극심한 두통이 몰려왔다. 언제나 자신보다는 타인이 먼저였고, 나만 참으면 모든 상황이, 모든 사람이 평안한데 굳이 내 목소리를 낼 필요가 있겠나 싶었다. 꾹꾹 눌러 참고 또 참았다. 그러다 보니 병들었으리라. 내 마음속 저 깊고 깊숙한 곳까지 멍투성이인 것이 온몸으로 느껴졌다. 삶의 전환이 필요했고, 변화가 필요했다. 나를 사랑하는 연습이 필요했다.

무언가에 홀린 듯 3p 자기경영연구소의 셀프 리더십 코치과정을 수강하며 손바닥 뒤집듯 다른 인생을 펼쳐냈다. 매일 아침 눈을 뜨면 감사일기로 하루를 시작하며 마인드를 다듬었다. 긍정 선언문을 작성하고 바인딩하여 틈날 때마다 나에게 읊어주었다. 잘되지 않는 이유가, 속상하고 힘든 이유가 남들 때문이고, 이것 때문이라며 외부에서 원인을 찾던 것이 감사의 마음과 긍정의 말들로 온몸을 휘감고 나니 세상이 달라 보이기 시작했다. 마인드가 달라지니 남편이 세상에서 제일 멋져 보였고, 시어머니가 존경스러웠으며, 내 부모님께 뼛속까지 감사했다. 아이들 때문이라고 둘러대던 핑계들이 '아이들 덕분에!'로 언어가 부드러워졌고, 아이들과의 관계 또한 개선되는 것이 내 눈에 아주 선명히 보였다. 내가 설 자리는 없어 보이던 이 커다란 세상이 다르게 보이면서, 이 땅 위에 내가 할 수 있는 것들이 수도 없이 많음을 느끼며 온몸에 전율을 느꼈다.

'내가 저걸 어떻게 하겠나, 난 못하지, 내 상황에 그건 불가능해.'라고 생각했던 것들은 어떻게 하면 할 수 있을 것인가를 고민하며 하나하나 기록을 통해 실천해 나가기 시작했다.

오랜만에 만난 사람들은 표정이 밝아졌다, 목소리에 힘이 들어갔다는 이야기를 해주었다. 내가 변하고 있음을 온몸으로 감지했다. 무엇보다, 처음 책을 선물해 주신 분께서 "지연 씨, 그거 알아요? 우리 처음 만난 날보다 내면이 많이 단단해졌어요! 아주 잘하고 있어요!" 또 한 번 잡는 손에 눈물이 왈칵 쏟아졌다. 진심으로 손을 잡고 해주시는 기도에 목이 메고 감사의 마음이 흘러넘쳤다.

이 세상을 살아가는 데에 있어 가장 중요한 것! 자존심을 지키는 일은, 자존감을 끌어올리는 이 모든 것들은 나 자신을 진심으로 사랑하는 것에서부터 비롯되는 것을 온몸으로 깨달았다. 몸이 아프면 병원에서 치료를 받듯이 마음이 아플 때도 책으로 치유가 가능하다는 걸 깨달았다. 나를 사랑하는 일도 훈련을 통해 습득이 가능하다는 것 또한 깨달았다. 나를 먼저 사랑하고 보살피기 위해 나는 지금도 꾸준히 긍정 선언문을 읊어주고 누적되는 기록들을 통해 '잘한다, 잘한다' 칭찬해 준다. 긍정의 필사들을 통해서 몸의 근육이 아닌 마음의 근육 또한 다져가고 있다.

세상이 아름답지 않은 게 아니라 내 마음이 아름답지 못했다. 주변을 돌아보면 감사할 것 천지다. 생각하는 대로 이루어진다. 감사할 게 많다고 생각하며 세상을 보니 저절로 고개가 숙여진다. 성장. 멀리 있는 단어가 아니었다. 어제보다 조금 잘해왔고, 잘하고 있고, 잘해 나가는 나를 믿는다.

책 한 권이 준 소소한 행복

유명임

　인생 책에 대한 선입견이 있었다. 인생 책, 인생 영화, 인생 노래 등. 인생이란 단어가 주는 무게감 때문이다. 드라마에서 역경 속 주인공의 인생을 바꿔주는 귀인의 느낌이랄까? 인생 책도 그래야 한다고 생각했다. 불우한 환경 속에서 자란 주인공이 어렵게 들어간 회사에서 해고를 당한다. 술에 취해 세상을 원망하며 비틀비틀 걷던 중 버려진 책 한 권을 발견한다. 마치 나를 읽어달라는 듯. 운명처럼 책을 만난다. 눈을 반짝이며 책을 읽는다.

　다음 날 아침 마음속에 유쾌한 BGM이 깔리며 힘찬 하루를 시작한다. 그리고 몇 년 후 꿈에 그리던 성공을 이루고 한강이 내려다보이는 고층 사무실에서 흐뭇한 미소를 짓는다. 인생 책이라면 이 정도 스토리쯤은 품고 있어야 한다고 생각했다. 《독서 천재가 된 홍대리》를 읽은 후 그 선입견은 달라졌다.

나는 홍대리처럼 책과 담을 쌓은 사람은 아니었다. 한 달에 두세 권 정도는 읽었다. 20대 초반, 그 당시 대유행을 했던 철학책 한 권을 읽었다. 인생은 허무하고 아등바등 열심히 살아 봐야 소용이 없다는 생각에 빠졌다. 지독한 우울증을 겪으며 나이에 맞지 않는 염세주의자가 되었다. 심한 책 열병을 앓고 난 후 책 편식증을 갖게 되었다. 다시는 책이 내 인생을 좌지우지하지 못하게 하겠다고 결심했다. 그 이후부터 소설만 읽었다. 소설 속 세상을 동경하고, 주인공에 동화되어 상상하는 것을 즐겼다. 소설은 나만의 세상에서 즐거움을 찾는 도피처였다. 강남역 알라딘 중고서점에서 친구에게 《독서 천재가 된 홍대리》를 선물 받았다. 소설이 아니어서 실망했지만, 만화책을 연상하게 하는 표지에 이끌려 책을 읽기 시작했다.

저자 이지성과 정회일의 실제 이야기가 모티브라고 했다. 등장인물의 캐릭터와 소개 글 덕분에 만화책처럼 장면 장면을 떠올리며 재미있게 읽었다. 책은 라면 받침대로만 사용하던 홍대리. 어느 날 회사에서 좌천을 당한다. 그리고 독서 멘토 정해일을 만나게 된다. 두 권 읽기를 시작으로 100일간 33권, 1년에 100권의 독서를 해냈다. 책을 읽는 법부터 배워야 했고, 책이 읽히지 않아 슬럼프도 겪었다. 정체기를 악으로, 깡으로 극복하고, 폭넓은 독서로 점점 인생이 변해 가는 홍대리의 모습이 그려졌다. 책 한 권으로 급반전한 인생이 아니었다. 그가 들인 시간과 노력의 성과에 마음이 설렜다. 이지성 작가의 《꿈꾸는 다락방》 1권과 2권을 샀다. 홍대리 덕분에 소설이 아닌 책을 읽게 되었다.

한 권, 두 권 읽는 책이 바뀌기 시작했다. 책은 더는 도피처가 아닌 인생의 조력자가 되었다. 홍대리와의 만남으로 이어진 독서는 '왜 나는 책 속의 그들처럼 성공하지 못할까?'를 고민하게 했다. 그리고 최서연 작가와 BBM과의 인연으로 이어졌다. BBM은 책 읽는 사람들로 활기찬 곳이었다. 혼자서 독서를 하던 때와는 또 다른 경험과 배움이 있었다. 미처 생각하지 못했던 것을 생각하게 되었고, 새로운 도전에 대한 목표가 생겼다. 그곳에서 독서와 독서 모임을 통해 내가 잘하는 것, 잘할 수 있는 것을 찾게 되었다. 처음으로 비전과 미션, 사명도 세웠다. 8년 차 전업주부가 1인 기업의 꿈을 가지고 전진하기 시작했다. '더빅리치 캠퍼스'에서 독서 노트 쓰기 습관 프로젝트와 더석세스 리더스클럽 독서 모임의 리더가 되었다. 꿈을 이루기 위해 한 계단, 한 계단 꾸준히 오르고 있는 지금이 행복하고 즐겁다.

남편은 초등학교 때 어머님이 사주신 한국 위인전집 말고는 40년 넘게 전공과 업무 관련 이외의 책은 읽지 않았다. 연애 시절 남편에게 《조제, 호랑이 그리고 물고기들》을 선물했다. 애인이 선물한 책이니 당연히 읽어 봤으리라 여겼다. 나중에 물어보니, 제목만 보고 읽지 않았다고 했다. 애인이 선물한 책도 읽지 않는 사람이니, 그 이후로 책을 권하지 않았다. 함께 책을 읽는 부부로 늙어가고 싶었다. 《독서 천재가 된 홍대리》가 생각났다. "이 책에 나온 주인공이 자기랑 너무 닮았더라." 책을 슬며시 거실 테이블에 놓아두었다. 며칠 뒤 해외 출장을 간 남편을 보내고 집을 정리하는데 책이 보이지 않았다. 혹시 책을 가지고 간 것인가 궁금했지만, 출장지에서 전화가 왔을 때 애써 묻지는 않았다. 집으로 돌아온 남편의 캐리어에 책이 들어 있었다. '아싸!!' 속으로 쾌재를 불렀지만 내색하지 않았다. "어~이 책 가지고 갔었네. 읽어 봤어?" 나의 물음에 《독서 천재가 된 홍대리 2》와 《독서 천재가 된 홍팀장》을 사러 가자고 했다. 남편이 스스로 책을 찾다니 놀랍고 기뻤다. 책을 사러 가자는 남편에게 고마움마저 느껴졌다. 독서에 빠진 남편은 열심히 책을 읽었고, 책을 통해 퇴직 후 평생 하고 싶은 일을 찾았다. 강의도 시작했고, 독서 모임도 운영한다.

우리 부부의 일상이 달라졌다. 대화의 주제가 달라지고 있다. 남편이 책을 읽기 전에는 TV 프로그램과 연예인의 가십, 프로야구 이야기가 대화의 전부였다. 지금은 책 이야기만 나누는 학구파 부부가 되었냐고 묻는다면 그렇지는 않다. 하지만 책 이야기를 나누는 시간이 많아졌다. 운영하는 독서 모임에 대해 피드백을 해주고, 의견도 나눈다. 함께 책을 읽는 부부로 늙어가고 싶다는 꿈이 이루어지고 있다. 백화점, 아울렛 쇼핑보다 책 쇼핑을 즐긴다. 책값이 만만치 않은 터라 신간 중 꼭 읽고 싶은 책을 제외하고 주로 알라딘 중고서점을 이용한다.

요즘은 신간도 조금만 기다리면 중고로 나오는 덕분에 책 쇼핑이 더 즐겁다. 한 달에 두어 번 중고서점에 가서 책을 산다. 책을 사고 나면 맛집 검색을 해서 외식을 한다. 차 안에서 거리의 풍경, 오가는 사람들, 오늘 먹은 음식과 그날 산 책에 관한 이야기도 나눈다. 일석이조의 데이트가 된다. 또한 주말 블루 타임을 즐기고 있다. 토요일과 일요일 중 하루는 아침 7시에 카페에 간다. 각자 다른 자리에 앉아 책도 읽고, 독서 노트도 쓰고, 바인더 정리를 하면서 자신만의 시간을 가진다.

블루 타임은《성과를 지배하는 바인더의 힘》덕분이다. 카페에서 공부하는 커플 놀이는 대학교 다닐 때도 못해 본 일인데, 인생 5학년에 접어들고서 마음껏 즐기고 있다. 드라마틱하게 운명을 바꾼 인생의 변화는 아니다. 하지만 우리 부부, 홍대리가 전해 준 소소한 행복에 감사하며 꾸준히 나아가려 한다.

09

변화의 시작

정상미

　"1년 가까이 여러 독서모임에 참여하며 내 생각을 사람들에게 표현할 수 있게 되었어요. 많은 성장을 할 수 있었습니다." 2020년 가을, 최서연 작가가 진행하는 한 독서모임에서 소감을 말했다. 그때 최서연 작가가 한마디 덧붙였다. "독서모임 리더가 되면 더 큰 성장을 할 수 있어요." 눈을 크게 뜨고 숨을 들이마셨다. 한 번도 생각해 보지 못한 일이라 제대로 대답도 하지 못했다.

　'제가 어떻게요? 전 못해요. 반장도 한 번 해본 적이 없어요. 낯을 가려요. 저는 전문가가 아니에요. 아는 사람들이 보면 비웃지 않을까?' 도돌이표처럼 머릿속에서 맴돌았다. 독서모임 리더가 되지 못하는 이유들이. 그 생각을 멈추어야 했다. 1년 가까이 BBM에서 열정적인 선배님들, 금세 실천하는 선배님들을 보며 부러워하지 않왔나. 자기계발 도서를 함께 읽고도 "저는 못해요."라고 말하고 싶지 않았다. 자존심이 상했다. '무조건 못한다고 하지 말고 가능성을 열어보자.' 10월 24일 독서모임 리더 되기 7기 과정을 수강했다. 과제가 있었다. 독서모임의 기획서를 쓰고, 포스터를 만들고, 모집 글을 작성하여 SNS에 게시하는 것이었다. 모두 해내야 수업이 끝났다.

독서모임 이름: 심쿵책쿵

대상자: 독서 초보, 책 읽고 두근거리는 마음을 나누고 싶으신 분

일시: 2020년 12월 6일 일요일 오전 8시

장소: ZOOM 회의

지정 도서: 건지 감자껍질파이 북클럽

2차 세계대전 시기 영국 건지 섬 주민들의 은밀한 북클럽 이야기입니다. 어떠신가요? 관심 있는 분들 응원 많이 해주세요.

지금 보면 말도 안되는 무성의한 모집 글을 작성했다. 얼굴이 화끈거렸다. 인스타그램은 가족, 친구, 가까운 지인들이 볼 수 있기 때문에 게시하지 못했다. 내가 도전하는 일을 숨기고 싶었다. 대신에 하루 방문자가 열 명도 안되는 블로그에 올렸다. 다행히 조회 수가 적었다. 다섯 명이 응원의 하트를 눌러주었다. 신청자는 없었고, 적극적으로 홍보도 하지 않았다. 시작이 두려웠다.

　그때 한 권의 책을 만났다. 벤저민 하디의《최고의 변화는 어디

서 시작되는가》이다. 2020년 12월 6일, 눈뜨자마자 독서모임(줄여서 눈독) 18기 선정 도서였다. 내가 처음에 계획했던 독서모임 날짜였다. 그렇다. 첫 독서모임 계획은 조용히 없었던 일로 하고 눈독에 참가했다. 응원의 하트를 눌러준 다섯 명도 기억 못할 거라고 합리화했다.

"책이란, 무릇, 우리 안에 꽁꽁 얼어붙은 바다를 깨부수는 도끼가 아니면 안되는 거야." 카프카의 유명한 말이다. 나의 도끼는 얼어붙어 있던 도전 의지를 깨부수고 불씨를 붙여줬지만, 동시에 팔다리마저 자른 것 같았다. 나는 크게 변하지 않았다. 2019년 가을부터 한 달에 한두 권씩은 자기계발 도서를 읽어 왔다. 감탄하고, 밑줄을 긋고, 책 귀퉁이를 접었다. 수많은 결심을 했지만 이내 사라졌다. 새벽 기상, 감사 일기, 아침 운동, 블로그 1일 1포. 하다 말다, 띄엄띄엄 이어지다 어느새 멈추었다. 멈춤이 반복될수록 나는 의지가 약해졌다. 스스로 프레임을 씌우고 자책했다. 마음이 자꾸 쪼그라들었다. '어차피 중도 포기할 건데 아예 시작을 말자.'

《최고의 변화는 어디서 시작되는가》의 저자 벤저민 하디는 그게 내 잘못이 아니라고 했다. "의지력에 기대는 것은 개인적인 변화를 위해 결코 효과적인 방법이 아니다. 실행을 위해서는 목표를 강화해 주는 환경을 조성하는 것이 더 중요하다."고 말이다. 목표가 있다면 의도적으로 환경을 만들라고 했다. 내가 원하는 걸 이룰 수 있는. 매년 책 100권 읽기가 목표였다. 한 주에 두 권씩 읽으면 된다. 하지만 늘 절반도 성공을 못했었다. 그런데《최고의 변화는 어디서 시작되는가》를 읽을 당시에는 한 달에 여덟 권을 읽고 있었다. 독서 모임이나 프로젝트에 참여하며 책을 읽지 않으면 안되는 환경이 만 들어진 덕분이었다.

100권 읽기 목표에 다가가고 있었다. 내 상황에 딱 맞는 프롤로 그부터 마음에 들었다. "당신은 새로운 역할과 새로운 환경에 즉시 적응할 수 있다. 그러므로 어떤 사람이 되기 위해 미리 모든 자격을 갖추려고 노력하지 않아도 된다. 대신에 그 사람이 될 자격을 얻게 해줄 환경을 만들도록 하라." 독서모임 리더라는 새로운 역할을 맡 으려니 두려움이 컸다. 리더의 자질에 턱없이 부족한 사람 같았다. 그런데 완벽해진 상태에서 시작하지 않아도 된다고 한다. 그럼 리 더의 자격을 얻게 해 줄 독서모임을 만들어 볼까? 용기가 생겼다.

"건전한 관계를 맺기 위해 똑똑해야 할 필요는 없다. 진실하기만 하면 된다. 다른 사람과 함께해 주고 마음을 써주면 된다.(……) 자신 의 가치와 신념, 목표에 대해 솔직해야 한다." 그 분야의 전문가가 아닌데 어떻게 리더를 할 수 있을까? 돌덩이 같은 마음에 늘 걸려 넘어졌었다. 하지만 위의 구절이 날개를 달아줬다. 똑똑하지 않아 도 된다. 예술을 사랑하는 사람들과 함께 배운다는 마음으로 시작 해 보자. 나도 잘 모른다고 솔직해지면 된다.

문화예술 독서모임 〈심쿵책쿵〉의 모집 글을 새로 썼다. 눈을 딱

감고 손이 가는 대로 SNS, 단톡방, 지인들에게 홍보했다. '죽이 되든, 밥이 되든 1년은 무조건 해보자!'라는 각오로 시작했다. 2021년 한 해 동안 가끔은 설익고, 가끔은 탔다. 서투르지만 맛있게 나눠 먹는 밥이 되었다. 주위에서 1년간 지어낸 밥들을 칭찬해 주었다. 나는 어느새 밥을 잘 짓는 요리사, 아니 독서모임 리더로 성장하고 있다.《최고의 변화는 어디서 시작되는가》라는 책을 만난 덕분이다.

누군가는 말할 것이다. 겨우 독서모임 하나 진행하면서 변화했다, 성공했다고 유난을 떠느냐고. 아직 부족하고 턱없이 모자라지만, 내 속에서는 변화가 시작되었다. 안전한 길만 가던 내가 책을 읽으며 딱 한 발짝 벗어났다. 고개를 들어보니 멋진 나만의 길이 펼쳐졌다. 다시 한 걸음, 또 한 걸음 선을 넘는다. 출발이 두렵지 않다. 신이 난다.

10

내 가슴의 책 한 권

주애라

벌써 10여 년 전의 일이다. 종합병원에서 간호사로 일하며 집, 병원, 집, 병원 생활을 반복하고 있었다. 그사이 결혼도 하고 첫째 아이도 낳았다. 하지만 내가 느끼기에는 10년 동안 병원 다닌 것 말고 다른 일은 해놓은 것이 없었다. 다시 여러 가지를 하겠다고 조바심을 내고 있을 때였다. 친정에서 엄마가 키워 주시던 아이를 이제는 엄마 손에 키울 수 없다며 데려왔다. 대학에 편입하겠다고 부산을 떨었다. 아이가 더 어릴 때는 무슨 영웅 심리인지 병원 일을 생각하며 둘째의 임신을 미뤘었다. 내가 없으면 병동 일이 삐거덕거릴 것 같았다. 시간이 지나 아이가 6살이 되었다. 둘째를 간절히 바랐지만 생기지 않았다. 다른 직장도 마찬가지겠지만, 그 당시 부서원 대부분이 여자인 간호사는 임신한 동료가 있으면 아무래도 부담스러웠다. 삼교대를 해서 밤샘 근무도 하는데, 다른 간호사가 임신한 간호사를 대신해야 했다. 또 무거운 물건을 들거나 환자의 체위를 바꾸려면 힘이 많이 들기 때문에 도움이 필요했다. 우리 부서에는 이미 임신한 후배가 있었다. 설상가상으로 다른 후배가 둘째를 임신했다는 소식이 들려왔다. 모두가 축하하고 축복받을 일이지만 적어도 나에게는 설상가상이었다. 입으로는 축하한다고 했지만 부끄럽게도 온 마음을 담아 축하하지 못했다. 여러 가지 일로 힘들어할 때 수간호사 선생님과 면담을 하게 되었다. "아무것도 안 한 게 아니야. 열심히 하는 거 다 알아. 병원 일은 내가 걱정할 거니까 선생님은 선생님 일에만 신경 써." 그 말씀이 얼마나 고맙고 가슴이 찡했는지 모른다.

그 무렵 책을 좋아했던 나는 책도 멀리하고 있었다. 신경 쓸 일이 한둘이 아니었다. 그래도 인터넷 서점을 가끔 기웃거렸다. 당시 베스트셀러였던 혜민 스님의 《멈추면, 비로소 보이는 것들》이라는 책도 인터넷 서점의 장바구니에 넣어 놓고 있었다. 그러던 중 병원에서는 '독서클럽'이라는 것이 열렸다. 병원에서 여러 종류의 책을 신청자에게만 무료로 나눠 주었다. 독후감을 써서 제출하는 직원 중 우수 직원에게는 상도 주었다. 나는 신청할 생각이 없었으나, 수간호사 선생님께서 신청자 명단을 제출하실 때 내 이름까지 써넣으셨다. 졸지에 관심만 있는 책에서 읽어야 하는 책이 되었다. 이렇게

이 책은 내 손에 들려 있었다.

나는 기독교인이다. 모태 신앙이어서 다른 종교를 가져보려 해도 잘되지 않는다. 하지만 꼭 기독교가 아니더라도 힘들 때 마음을 기댈 수 있다면 어떠한 종교라도 좋다. 그렇기에 스님이 썼다고 해도 거부감은 없었다.

책에 밑줄을 그으며 읽는 것을 좋아했다. 그래서 예전에 읽었던 책들에는 알록달록 줄도 참 많이 그어져 있다. 그러니 시간이 지남에 따라 귀찮아진 건지, 열정이 떨어진 건지 좋은 구절이 있어도 그냥 고개만 끄덕일 뿐 책을 덮으면 그만이었다. 그렇지만 이번 책은 독후감을 써야 하는 책이기에 다시 펜을 들었다. 하지만 그것도 잠시였다. 나는 밑줄을 그을 수가 없었다. 아니, 어디다 그어야 할지 몰랐다. 가슴에 와 닿는 글귀가 너무나 많았기 때문이다. 그래서 처음으로 스마트폰으로 사진을 찍기 시작했다. 힘들면 다시 읽어 보고 싶었다. 책의 초입에는 삶의 작은 기적을 만나는 방법이 있었다. 조금 일찍 퇴근해 학교에서 돌아오는 아이와 놀이터에서 놀기도 하고, 아이가 먹고 싶다는 음식도 먹고, 아이의 이야기에 귀를 기울여 보라고 했다. 그러면 아이에게는 평생 남는 행복한 기억이 된다고 했다. 불규칙한 삼교대 근무를 하면서 퇴근하면 유치원에 혼자 남겨진 아이를 데려와 밥 먹이고, 씻기기 바빴다. 아이가 하는 이야기는 건성으로 들었다. 책 몇 권 읽어 주고 아이가 일찍 잤으면 좋겠다는 생각을 많이 했었다. 아이에게 자기 전에 책을 읽어 주는 것도 주로 남편이었다. 병원에서 온 에너지를 다 사용한 나는 집에 오면 그저 쉬고만 싶었다. 그 미안함에 나는 책을 읽으며 울었다. 책을 읽은 후 나는 아이와 즐거운 마음으로 놀이터에 갔다. 아이가 그네를 타며 밝게 웃는 모습이 지금도 기억난다. 중학생이 된 아이는 아쉽게도 그날을 기억하지 못했다. 하지만 나는 그날 행복이 가까이에 있다는 것을 다시금 깨달았다. 지금도 아이들이 깔깔거리는 웃음소리를 들으면 행복하다. 또한 직장 생활을 하는 것에서도 많은 도움을 받았다. 간호사는 필연적으로 아픈 사람들과 아픈 사람들의 가족들을 매일 만나야 한다. 게다가 작은 실수마저 사람의 생명에 큰 영향을 미칠 수 있는 일을 하고 있다. 그렇기에 선배 간호사들은 함께 웃으며 좋은 관계로 지내다가도 때로는 날카로운 말들을 내뱉었다. 이런 동료의 말들은 어김없이 비수가 되어 나를 아프게 했다. 시간이 흘러도 적응이 안되는 부분 중에 하나다. 그럴 때도 이 책은 나에게 큰 힘이 되었다. 남이 하는 말은 가슴에 담아 두지 말고, 아무리 서운해도 마지막 말은 하지 말아야 한다고 했다. 마지막 말을 하는 순간 상대방 역시 가슴 아픈 마지막 말을 하게 된다는 것이었다. 나도 마지막 말을 쏟아내고 있었을 터였다. 그리고 함께 상처받고 있었다. 이 책을 읽고부터 나는 마지막 말을 넣어 두는 연습을 했던 것 같다. 그리고 소심한 나를 위한 말이 있었다. 나를 향한 이러쿵저러쿵한 말들은 적당히 무시하고 사는 연습을 하라는 것이었다. 일일이 마음을 다 쓰면 힘들어진다고도 했다. 행복해지려면 다른 사람이 나를 어떻게 생각하는지 신경을 쓰는 시간에 내가 진정으로 하고 싶은 것을 해보라고 했다. 남의 시선과 말에 신경을 쓰며 사는 나에게 정말 필요한 말이었다. 남편도 많이 했던 말인데, 왜 그때는 잔소리로 들리고, 글로 읽을 때는 이렇게 마음에 와 닿았는지 알 수 없다.

이 책으로 독후감을 써서 내고, 난생 처음 글을 써서 상도 받았다. 상을 받은 나에게 축하해 주면서도 남이 대신 써준 거 아니냐는 농담을 건네는 이도 있었다. 쑥스러우면서도 기분이 좋았다. 조바심을 버려서일까? 둘째를 기다리며 꽁꽁 쌓아 두었던 첫째의 아기 용품들을 정리해서일까? 그토록 기다렸던 둘째가 그해 내게로 와 줬다. 그리고 그 이후로 손에서 책을 놓지 않고 지금도 나는 책을 읽는다. 남들과 비교하는 순간 불행해진다는 걸 알기에, 조급해진다는 걸 알기에 지금도 비교하지 않는 걸 연습하는 중이다. 10년이 지난 지금도 베스트셀러 순위에는 '위로'를 주제로 다룬 책이 많다. 그때나 지금이나 사람들은 여전히 위로가 필요하고, 나름의 힘듦이 있다는 뜻이겠지. 다행이다. 가슴속에 책 한 권을 담고 사는 나는 큰 행운을 안고 있는 사람이다.

11

돈의 속성, 김승호

주은정

어린 시절 가난이 싫었다. 사고 싶어도 살 수 없다는 것이 마음 한편에 아쉬웠다. 당시 부모님은 콩나물 공장을 운영하셨다. 2~3시간마다 콩나물에 물을 줘야 해서 부모님은 늘 쪽잠을 자며 밤을 보내셨다. 어린 마음에도 부모님이 안타까웠다. 전세가 아닌 아빠 명의로 된 공장을 하고 싶으셨기 때문인지 무리하게 빚을 내서 집을 샀고, 지하수를 팠다. 안타깝게도 맑은 물이 아닌 소금물이 올라왔고, 콩나물들은 썩어 갔다. 몇 개월이 지나니 빚은 엄청나게 불어 있었다. 이때부터 부모님의 싸움도 시작되었다. 아직도 기억이 생생하다. 검은 모피 코트에 검은색 좋은 차를 타고 나타난 아줌마. 3일에 한 번씩 찾아오고 나면 집은 전쟁터가 되었다. 깨진 그릇이며 어지럽혀진 살림살이를 눈물로 치우던 엄마 모습을 잊을 수가 없다. 부모님은 빚을 갚기 위해 콩나물 장사를 접고 닥치는 대로 일을 하셨다. 돈 되는 일은 뭐든 하셨다. 이런 환경 탓에 상업고등학교 진학 후 취직해서 돈을 빨리 벌고 싶었다. 그러나 실업계 학교를 가기에는 성적이 너무 좋았다. 담임선생님의 권유로 인문계 고등학교에 진학했고, 대학까지 가게 되었다. 등록금 맞출 때가 되면 친척집마다 전화를 하시던 엄마의 모습이 생생하다. 빌리지 못해 안절부절못하시는 모습에 괜히 대학을 갔다 싶었다. 그때 결심했다. 부자가 되어야겠다고… 비굴하지 않기 위해서라도 돈을 많이 벌자고 다짐했다.

"나는 꼭 부자가 된다. 쓰고 싶은 것 마음껏 쓴다."라고 가슴속 깊이 새겨두었다.

그렇게 30년 세월이 흘렀다. 잊고 살았다. 부자가 되겠다는 어린 시절의 마음을 전혀 기억하지 못했다. 하고 싶은 것 여한 없이 다 하고 살자 생각했다. 대학 시절에는 강사 알바를 해서 벌은 돈 대부분을 놀고먹고, 술 마시는 데 썼다. 대학 졸업 후 무역회사에 취직해서는 2년 동안 학자금 대출금 갚기에 급급했다. 1년을 모아 결혼을 했다. 남편과 함께 열심히 벌었고, 부지런히 소비했다. 가난함은 물려주지 말자고 생각해서인지, 큰아이에게 온갖 좋은 교육을 다 시켰다. 먹고 싶은 것 언제든 먹을 수 있고, 사고 싶은 것 언제든 살 수 있으니, 가난하지도 않고 행복하다고 생각했다. 이 무렵 친한 선배가 갑작스러운 교통사고로 젊은 나이에 우리 곁을 떠났다. 언제 죽을지 모르는 인생이니 즐기며 살자고. 그렇게 우리의 씀씀이는 정당성을 가진 소비가 되었다.

코로나로 수입의 길이 막히니 현실과 마주하게 되었다. 절반은 은행의 대출로 마련한 집과 현금 조금 들어있는 통장만 있을 뿐이었다. '도대체 무엇을 하며 살았지? 내가 바라는 부자는 어디에 있지?'라는 의문이 들었다.

코로나로 가게 운영도 예전만 하지 못했다. 대책을 세워야만 했다. 당장 할 수 있는 건 없었다. 밖에 나오지 않는 사람들을 위해 할 수 있는 게 별로 없었다. 돈과 부자에 관련된 책 열 권을 샀다. 유튜브에서 '돈'을 검색했다. 많은 영상을 계속 보고 들었다. 여기서 김승호 회장을 만났고, 강의에 매료되었다. 돈에 대한 생각이 남달랐다. 산 책 열 권 중에 김승호 회장 책이 있었다. 줄을 그어 가며 열심히 읽었다. 김승호 회장처럼 되고 싶었고, 비결이 궁금했다.

김승호 회장의 저서 《돈의 속성》이다. '돈이란 무엇인가?' '얼마가 있어야 부자인가?' '행복한 부자가 되려면 어떻게 해야 할까?' 깊은 생각을 하게 했다. 책을 읽으면서 느꼈다. 부자가 되지 못한 이유를. 지난 시간 돈에 대한 개념, 계획, 목표가 없었다는 것을 깨닫게 되었다.

책에서 3가지 내용이 인상에 남는다. 돈에 대한 인식, 부의 속성, 네 가지 원칙이다.

돈에 대한 인식부터 달랐다. '돈은 인격체이다.'라는 구절에서 깜짝 놀랐다. 평소 돈은 그냥 돈이고, 종이에 불과하다고 생각했다. 소유물이라 여겼고, 함부로 다루었다. 인격체로 대해 보기로 했다. 존중하며 감사하기로 했다. 고객에게 돈을 받으면 반가운 인사를 한다. "돈아! 나에게 와줘서 고맙고 감사해! 같이 행복하게 지내자."

'열심히 산다고 돈을 많이 버는 것이 아니다. 돈을 많이 번다고 해서 부자가 되지도 못한다. 부자가 된다고 행복해지는 것도 아니다. 부는 삶의 목적이 아니라 도구다.'라는 구절에서 잘못 생각하고 있구나 싶었다. 열심히 벌기만 하면 부자가 되는 줄 알았는데, 아니었다. 돈을 많이 벌기는 했는데, 부자가 아니다. 늘 행복하지도 않다. 여기서 중요한 가르침은 버는 돈보다 쓰는 돈을 잘 관리하는 것이라 했다. 잘 버는 만큼 많은 지출을 해왔던 것을 반성하며 꼭 필요한 곳에만 쓰려고 한다.

돈은 네 가지 능력이 있다고 한다. 1)버는 능력, 2)모으는 능력, 3)쓰는 능력, 4)유지하는 능력이 있다. 이들 능력을 모두 갖추고 있을 때 진정한 부자가 될 수 있다고 한다.

장시간의 육체적 노동은 힘들다. 많이 벌 수 있으니까 참을 만했다. 어린 시절 하지 못한 것들에 대한 미련 때문에 생각 없이 많은 소비를 많이 했다. 신제품이 나오면 다 사봐야 마음이 안정되었다. 이런 거 사려고 돈 버는 거라 생각했다. 돈을 모아야겠다는 생각을 한 번도 하지 않았다. 빚을 갚아나가고 있으니 모으는 것이라 여겼다. 모아둔 돈이 없으니 투자해서 유지할 필요가 없었다. 버는 능력만 있을 뿐 세 가지 능력은 없었다.

지금껏 생각했던 부(富)가 달라졌다. 돈 버는 방법을 알려주는 책이 아니다. 돈을 대하는 마음가짐, 자세를 바로잡아 준다.

돈, 열심히 벌었지만 꼭 필요한 곳에 쓰지 못했다. 모으지도, 투자하지도 않았다. 돈만 많다고 해서 부자는 아니다. 중요한 건, 지출과 관리다. 달라진 개념과 투자 원칙을 내 삶에 적용해 보려고 한다. 독서는 변화의 시작이다. 다시 시작할 용기를 얻는다.

12

어려운 순간 책은 빛을 발한다

한명욱

아이들 계좌 개설을 위해 초본을 떼다가 피식 웃음이 났다. '한 장 달랑이구나.' 군인 아빠를 두며 짧게는 6개월, 길게는 2~3년마다 이사를 했다. 스무 살에 군인이 됐고, 군인 남편을 만났다. 그러다 보니 내 초본은 다섯 장을 훌쩍 넘겼다. 그만큼 만나고 헤어짐의 반복이었다. 친구를 사귀어도 금방 헤어지니 동네를 휩쓸던 말괄량이는 어느새 조용하고 예민한 아이가 됐다. 전학 첫날이면 약하게 보이고 싶지 않아 씩씩하게 인사를 했지만, 속내를 들킬까 두려워 식은땀이 나고 배가 아팠다.

그날은 마지막 전학이었다. 맹모삼천지교라고 했던가? 남아선호 사상으로 똘똘 뭉친 집안에서 딸을 잘 키워내고 싶었던 엄마는 소위 8학군 강남으로 이사를 했다. 그렇게 6학년 마지막 학교로 전학

한 첫날, 악몽이 시작됐다.

하교하는 길에 한 무리의 아이들이 쫓아왔다. "야, 시골뜨기!" "누구?" 생각할 겨를 없이 발이 날아왔다. 한 남자아이가 가방을 발로 찬 것이다. "우리 누나한테 왜 그래?" 곁에 있던 동생이 소리쳤지만 역부족이었다. 여럿이 돌아가며 가방을 차고 가는데 속수무책 당할 수밖에 없었다. 그렇게 괴롭힘은 시작됐다. 소위 반에서 잘나가는 아이였던 모양이다. 모두 눈치를 보며 나에게 말을 걸지 않았다. 학교가 끝나면 끌려 들어간 골목에서 밀쳐지고 발로 차이기가 반복됐다. 지나가는 어른들이 있는지 살폈지만, 상점 하나 없는 아파트 담벼락은 내 소리가 넘기에 너무 높았다.

해가 뜬다는 것은 슬픈 일이었다. 아니 두려웠다. 퀴퀴한 지하 방 구석에 기어다니는 바퀴벌레보다 무서운 것은 학교 가는 시간이었다. 배가 아프다고 이야기해도 소용이 없었다. 다리가 부러져 못 걸었던 3학년, 엄마는 오르막길을 업어서 등교를 기어이 시켰다. "학생은 죽어도 학교에서 죽어야 해." 엄마를 이기지 못할 걸 알기에 가방을 멜 수밖에 없었다.

나는 왜 어른들에게 이야기하지 못했을까? 담임선생님은 알고도 모른 척하지 않았을까? 그 아이의 아빠는 학교에 영향력이 있는 사람이었으니 말이다. 괴롭힘은 멈춰졌다. 단지 반에서 투명인간이 되었을 뿐이다. 끌려 다니지 않는 것에 감사해하며 벽을 친구삼아 졸업했다.

난 책을 읽었고 상상의 나래를 펼쳤다. 호빗 프로도와 함께 악마 사우로가 만든 반지를 파괴하기 위해 반지 원정대가 되어 모험을 떠났다. 《반지의 제왕》.

로라와 함께 마차를 타고 광활한 서부 초원을 달렸다. 로라 엄마와 헛간에 가다 곰을 만났을 때는 숨을 멈췄다. 로라 아빠가 나무를 곰으로 착각하고 밤새 싸운 날은 교실 벽에 곰을 닮은 나무를 그리며 싸움을 했다. 저절로 웃음이 나왔다. 크리스마스에는 양말 속 막대사탕 선물에 함께 기뻐하고, 사탕 끝을 살짝 깨무는 상상에 침이 고이기도 했다. 《초원의 집》.

가장 아름다운 순간은 빨강머리 앤과 함께 소풍을 가는 시간이었다. 햇살에 눈이 부셨다. 손을 맞잡고 서로를 바라보는 장면도 기억난다. 앤의 동그란 눈을 닮은 친구랑 누워 길버트 이야기를 나누며 깔깔대는 상상만으로도 행복했다. 《빨간머리 앤》.

책은 다양한 모험을 하며 이야기를 나눌 친구가 되어주었다.

포장이사가 없던 80년대, 이사 때면 슈퍼마켓을 돌며 과일상자를 모았다. 책 상자들이 방구석에 탑처럼 쌓였다. 조립식 철제 책장과 벽을 꽉 채웠던 ABE, ACE 시리즈는 보물이었다. 어렸기에 이해하긴 어려웠어도 책 안의 세계는 놀라웠다. 《아버지에게 네 가지 질문을》을 읽고 잘못된 신념이 낳는 결과와 후회를 배웠다. 전쟁으로 죽어간 이들을 애도했다. '올바른 가치관은 어떻게 세울 수 있을까?' 하는 고민도 했다. 지방에서 전학 왔다는 이유로 무시하고, 부모의 권력을 자신의 힘으로 과시했던 그 아이는 사회가 용납하지 않으리라. '용서하자.'라고 생각하니 아침이 두렵지 않았다. 혼자의 시간은 모험을 떠나기 좋은 시간이었다. '어떤 어른이 될 것인가?'를 고민하며 힘겨웠던 만큼 성장했다.

할머니와 엄마의 삶은 한국의 슬픈 역사다. 할머니의 약혼자는 일제 강점기에 바다로 나갔다가 돌아오지 못했다. 처녀들이 전쟁터로 끌려가던 때라 아들 못 낳는 집의 둘째 부인이 되었다. 귀한 아들을 얻었지만, 평생 아들의 동거인으로 살았다. 그 마음은 고스란히 며느리에게 옮겨갔다. 아들을 빼앗겼다 여긴 할머니는 집에 오는 날이면 상을 엎었다. 똑똑했지만 가난한 집안의 장녀로 학업을 포기하고 희생했던 엄마는 부당함을 느꼈으리라. 할머니와 사이가 나빠질수록 엄마의 꿈은 또 나에게 옮겨왔다.

엄마의 삶이 안타까웠다. '왜 하필 여자로 태어났을까?' 다음 생은 남자로 태어나길 바라던 시간이었다. 잦은 이사와 전학으로 아빠의 직업이 싫었고, 기껏 자리 잡은 8학군 강남의 지하 방은 창피함이었다. 그러나 괴롭히던 그 아이 덕분에 뜻하지 않던 책 여행은 당당한 여성으로 성장하고 싶은 열정을 지펴줬다. 서부 개척기의 로라의 삶은 위험하고 가난했다. 그러나 행복이 넘쳤고, 당당한 여성으로 잘 성장했다. 예쁘지 않고 고아였던 빨강머리 앤은 지금도 많은 이들의 사랑을 받고 있다. 사랑스러운 상상으로 긍정 에너지를 나눠준다. 멋지게 잘 자랐다. 그렇게 나도 내 삶을 개척할 수 있다는 희망을 얻었다. 주어진 모든 것에 감사했고, 행복해질 수 있다는 희망을 얻었다.

《마더 테레사》와《빵 포도주 마르첼리노》로 신앙에 눈을 떴다. 어떤 사랑이 모든 것을 버리고 길거리로 나가게 했을까? 가난하고 병든 사람들의 어머니 마더 테레사. 마르첼리노는 또 얼마나 순수한가? 미움은 내 마음에서 만들어 낸 것이었다. 모든 번뇌는 내려놓음으로 비울 수 있었다. 성당에 갔고, 기도로 사는 삶을 원하니 말을 걸지 않았던 반 아이들을 용서할 용기가 생겼다. 중학생이 된 후 먼저 웃고, 먼저 말을 걸었다. 상상했던 것이 현실이 되었다. 앤의 눈망울을 닮은 친한 친구와 성당에 가서 우정을 맹세했다. 골목에서 기다리며 때리고 괴롭히던 아이들이 중학교 3학년이 되자 찾아왔다. 나에게 사과를 했다. 어려운 순간 책을 읽었고, 기도로 사는 삶을 선택한 후 일어난 기적이다.

무사히 사춘기를 보내고 존경하는 마더 테레사님의 삶을 따르는 대신 군인이 되었다. 이문열 작가의《삼국지》에 푹 빠져 지낸 고등학교 3학년, 명예를 중시하고 '삼고초려' 할 수 있는 리더의 꿈을 키웠다. 계급 안에서 남녀가 평등한 힘을 갖고 싶었다.

'왕따' 시련 속에 명작들을 만났다. 다행이고 기회였다. 괴롭고 힘든 현실을 벗어나 모험과 사랑 가득한 '이야기' 속에서 사춘기 삶의 무게를 이겨낼 수 있었다. 학창시절 첫 단추로 만난 책 덕분에 어른이 된 지금도 책을 만나고 있다. 세상은 여전히 만만치 않다. 내 삶에 용기 한 페이지, 오늘도 책을 읽는다.

13

나의 인생책, 월든

황재원

제주에 다녀왔다. 바다, 야자수, 돌담길. 색다른 자연풍경을 눈에 담았다. 분당 서현역에 있는 서점에 들렀다. 《월든》이 눈에 들어왔다. 책 표지가 내 시선을 끌만큼 충분했다. 금색 나뭇잎이 조명에 반짝였고, 반듯한 한글체와 영문 필기체로 제목이 쓰여 있었다. 463페이지. 고민하였다. 다 읽게 될 것인가?

홀쩍 떠나고 싶을 때가 있다. 맑은 물이 흐르는 소리를 떠올리며 《월든》을 꺼내 읽는다. 헨리 데이비드 소로가 콩코드에 있는 월든 호수 앞에서 오두막을 짓고 자급자족하며 지낸 이야기이다. 2년 2개월. 홀로 살면서 무슨 생각을 했을까? 대자연을 어떤 언어로 묘사했을까? 형용사와 명사를 수집하고 싶었다. 마주치는 자연에서 떠오르는 생각을 글로 남기고 싶어졌기 때문이다. 주로 하루의 할 일을 마치고 가장 편한 차림으로 읽는다. 글자의 힘을 빌려 상상의 푸른 세계로 들어가는 시간이다. 눈앞에 '월든'이 펼쳐진다. 2007년 12월. 미국 타호 호수(Lake Tahoe)에서 크리스마스 휴일을 보냈다. 진한 파란색 호수와 힘차게 하늘로 뻗어있는 소나무가 우거져 있었다. 나무로 지은 집에서의 2박 3일. 같이 여행을 떠나온 친구 가족들과 음식을 만들어 먹고, 보드게임도 즐겼다. 호수를 배경으로 걷고, 숙소로 돌아와 차를 마셨다. 갓 한 살 넘은 아들은 2층으로 가는 나무 계단을 오르내리느라 바빴고, 하얀 눈으로 덮여 있는 땅에 발을 내디디며 어색한 표정을 지었다. 월든 호숫가 생활 이야기를 읽으며 타호 호수에서의 추억을 떠올린다. 동떨어진 곳에 우리끼리만 존재하는 듯했다. 추운 기운이 도는 아침에 마셨던 커피와 아들이 보여주었던 다양한 표정, 지인들과 나누었던 웃음들이 되살아난다.

친정아버지는 등산을 즐기신다. 정상에 오르시면 표지석과 함께 찍은 사진을 가족 단톡방에 올리신다. '난, 아빠 닮은 딸인데, 어찌 등산을 싫어할까?' 풀고 싶은 미스터리 중 하나였다. 코로나19로 집에 있어야 하는 시간이 길어지면서, 나하고는 거리가 멀었던 산을 올랐다. 집과 가까운 산 초입에는 소나무와 참나무가 많다. 참나무 아래에서 도토리를 만난다. 반들반들, 만지작거릴 수 있는 자연 장난감이다. 소나무는 어떤가? 비가 내린 후 솔잎에 매달린 이슬

방울을 들여다본다. 예술작품이 따로 없다. 나뭇가지를 살짝 흔들면 빗방울이 사방으로 튄다. 어린아이가 된다. '조그만 솔잎 하나하나가 공감대를 이루면서 크게 부풀어 올라 내 벗이 되었다.'라는 문장을 읽은 후 소나무를 바라보며 재미난 생각을 하게 되었다. 어느 공간에서도 나와 친근감을 나눌 수 있는 존재가 있다는 점을 깨닫는 순간의 이야기 아닌가! 솔잎이 나의 친구가 되면, 셀 수 없을 만큼 많은 친구가 생기는 거다. 다음 날 뒷산에 올라가면서 솔잎을 바라보았다. 솔잎 하나가 내 벗이 되었다니! 피식. 어떤 공간도 나에게 완전히 낯선 공간일 수 없음을 느껴보았다. 작가는 일요일이면 멀리서 종소리를 듣곤 했는데, 솔잎이 하프의 선율을 연주하듯 진동시켜 음을 전달해 주었다고 했다. 흔들리는 솔잎들이 숲 너머의 종소리를 전달해 준다니! 우리 집 뒷산에 있는 솔잎은 나에게 어떤 소리를 전해 줄까? 귀 기울여 봐야겠다.

열 페이지에 걸쳐 캐나다인 나무꾼을 만날 수 있다. 고독하고 조용한 삶을 살면서도 행복해 보였던, 투박한 외모의 나무꾼. 그 사람을 만나보고 싶다. 그의 눈빛에서 느낄 수 있다는 만족스러움과 활기찬 기운에서 힘이 느껴질 듯하다. 코로나19로 인해 마스크를 착용하고 생활한 지 2년이 넘었다. 마스크를 끼면 서로의 눈만 보이고, 여유로운 미소와 반가울 때 올라가는 입꼬리는 가려진다. 눈빛이 유일한 감정 표현 수단이 되었다. 나의 눈빛에서는 어떤 분위기가 느껴질까? 생각하지 못했던 해결책을 발견했을 때, 눈썹이 이마 근육과 함께 치켜 올라간다. 명확한 행동으로 이어질 수 있겠다는 확신이 설 때, 거울로 나의 모습을 본 적은 없다. 그 본 적 없는 눈빛이 좋다. 그럼에도 나의 기도는 결이 다른 무언가를 청한다. 켄터키 농부 시인 웬들 베리(Wendell Berry)의 시에서 찾아볼 수 있다. 새 땅과 새 하늘을 간구하기 위해서가 아니라 고요한 마음과 맑은 눈을 달라고 기도한다.

순수하고 평화로운 월든 호수를 자주 본 기차 기관사와 승객들은 더 나은 사람이 되었으리라 짐작하는 부분에서 미소가 지어진다. 책 전반에 기차 소리, 기차를 통해 운반되는 물품들과 관련된 생각이 다양하게 펼쳐져 있기 때문이다. 호수를 단 한 번 본 사람이라도 혼잡한 시내와 증기기관차의 매연을 말끔히 씻어내는 데 도움을 받을 거라 한다. 타호 호수를 떠올려본다. 안경알을 깨끗이 닦고 보는 듯한 풍경이다. 대자연과 마주할 때면 걱정과 후회, 잡다한 생각이 없어지고, 그 자리에 온전히 존재하게 된다. 월든 호수 생활을 통해 남기고 싶었을 단 하나의 메시지를 추측해 본다. 하나의 문장으로 남긴다면, '그대의 눈을 안으로 돌려라.'이지 않을까? 고독한 삶 속에서 명상, 산책, 독서에 대한 글을 통해 전하고 있다. 내 마음 속에서 발견하지 못했던 지역들을 찾고, 여행하라고 조언한다. 나는 혼자 시간을 보내며 일상의 번잡함에서 벗어난 순간을 즐긴다. 충만해진 마음으로 만나는 이들에게 상냥해질 수 있는 에너지 원천이다. 내 삶의 주인으로, 나는 살아간다.

"월든 호수는 콩코드 지역의 왕관에 박힌 가장 빛나는 보석과도 같다."라는 소로의 말에서 만족한 삶에 대한 태도가 느껴진다. 내가 머무는 장소, 더 나아가 내 삶이 빛나는 보석 같다고 표현할 수 있는 날을 기대하게 된다. 소로는 해질녘에 월든 호수 바닥의 모래를 바라보며 천국은 하늘에만 있지 않고 발아래에도 있음을 고백한다. 모래에 고요하고 평온함이 깃들어 있는 모습에서 차분하고 한결같은 이웃을 떠올린다. 자연, 그리고 사색. 책을 펼칠 때마다 마음속 고요한 공간을 느낀다. '지금 여기' 존재하게 된다.

'인간은 누구나 한 왕국의 군주와 같다.'

제2장

그래서 책을
만났습니다

무기력한 일상

김명주

신혼 초, 시어머님의 도움으로 개발이 막 시작된 경기도의 한 대학교 앞에서 카페를 운영했다. 커피를 마시며 책을 보다가 주문이 들어오면 내어주는 여유롭고 편안한 카페를 상상했다. 점심 식사 100인분, 저녁에는 술안주를 만드느라 주방에서 종종거리는 것이 현실이었다. 인근에 카페가 별로 없어서 학생들이 줄을 설 정도로 장사가 잘됐지만, 주말과 방학에는 한산해지기 때문에 계속 운영하기에는 어려움이 있었다. 변화가 없는 일상에 지쳐갈 무렵, 대기업 편의점 파트 담당자로부터 전화가 왔다. 몇 달 만에 3천만 원의 권리금까지 받고 가게를 정리할 수 있었다.

남편이 전부터 지켜봤던 꼬치구이 체인점을 바로 차리게 되었다. 임신 상태였지만 자영업을 계속할 수 있음에 감사했다. 장사가 잘되어 체인점 하나를 더 내었다. 남편 친구 부부에게 맡기고 수입을 나누기로 한 2호점도 장사가 잘됐다. 정확히 기억은 안 나지만, 서너 달 후쯤 건물주인 부부가 야반도주를 했다. 당시 5천만 원이 넘는 큰돈이 한순간에 사라졌다.

마음을 추스르고 가게를 정리한 뒤 남편과 패션학원에 등록했다. 즐겁게 공부하며 행복한 시간도 잠시, 학원의 부실 경영과 흘려보내는 시간이 아깝다는 생각에 학원을 그만두고 동대문 쇼핑몰에 뛰어들었다. 무모한 도전이었음에도 일본과 중국에서 오더를 받을 정도로 잘되어 도매 쇼핑몰까지 사업을 확장해 갔다. 도매를 하다 보니 대량으로 남는 옷들이 문제였다. 정성 들여 나온 옷들이 헐값으로 처리되는 게 아까워서 고민하다 온라인 쇼핑몰을 시작했다. 생각보다 빠른 안착으로 공동구매 쇼핑몰 20여 군데와 일을 진행하다 보니 규모가 커졌다. 하지만 온라인 사업 역시 만만치 않았다. 선입고, 늦은 정산, 부당한 AS 처리, 거래처 부도 등을 통해 한순간 다시 바닥을 쳤다. 하청 공장과 사무실에는 옷이 쌓여만 갔다. 다시 오프라인 매장이 필요했다. 쇼핑몰의 매대 행사를 진행하다 대형마트에 브랜드를 걸고 입점했다. 작은 딸을 낳은 지 얼마 되지 않았는데, 매장을 살리고 봐야 한다는 생각이 컸다. 한 달 가까이 찜질방에서 생활하며 숍마스터를 구하고, 매장을 정리한 뒤 서울로 돌아왔다. 순항 중인 매장 덕분에 본사로부터 울산 매장 하나를 더 하라는 권유를 받았다. 사전 조사 없이 덥석 매장을 꾸렸다. 준비가 안된 만큼 또 대가를 혹독하게 치렀다. 잘되는 매장에서 안되는 매장의 부진을 메꾸는 결과가 됐고, 위약금 발생으로 그만둘 수도 없는 진퇴양난의 상황이 되었다.

거래처를 힘들게 하는 것과 신용을 잃으면 안된다는 생각에 신용카드를 돌려가며 쓰기 시작했다. 더 이상 돌려막기 힘든 한계상황이 오고, 연체 발생으로 매일 독촉 전화에 시달렸다. 너무 힘들어서 상황이 바뀌길 간절히 바라던 중, 새벽에 부산 매장 직원으로부터 전화가 왔다. "실장님, 빨리 와보셔야겠어요. 매장에 불이 났어요." 어려워진 사정으로 직장 생활을 시작한 지 얼마 안 된 남편이 월차를 내고 부산으로 달려갔다. 사정을 알아보니 옆 커튼 매장에서 불이 났는데 우리 매장까지 불이 옮긴 것이었다. 마트에서 조용히 처리하려다가 숍마스터가 발견하고 연락을 준 것이다. 위약금을 물지 않고 보상금까지 받으며 매장을 정리할 수 있었다. 그러나 수억 원의 빚으로 이미 경제 상황은 최악이었다.

안되겠다 싶어 동네에서 아가 옷 체인점을 운영하는 친구네 가게 앞에 돗자리를 펴고 남은 옷을 팔기 시작했다. 부끄럽기도 했지만, 생계가 급선무였다. 딸아이들이 있는 친정은 몇 정거장 떨어진

곳에 있기에 부모님은 모르실 거라 생각했다. 나중에 친정엄마가 알고 계셨는데 나한테 이야기하지 말라고 말씀하셨다는 걸 친구로부터 들었다. 밤새 눈물이 그치지 않았다. 아무리 발버둥쳐도 달라지지 않는 형편과 반복적인 일상, 남편과 서로를 탓하는 갈등 가운데 함께하는 것이 고통스럽게 느껴졌던 날들. 아무것도 할 수 없고, 아무것도 하고 싶지 않은 무기력감이 찾아왔다.

뿌려진 씨앗이 있었을까? 무심코 보게 된 방송에서 한 권의 책이 눈에 들어왔다. 결혼 이후부터는 책과 멀어진지 오래였는데 가슴이 떨려왔다. 와 닿는 좋은 구절들은 혼자 보기 아까워서 주변 사람들에게 매일 아침 8시에 받을 수 있도록 예약 문자를 띄우기 시작했다. 더 많은 사람들과 나누고 싶은 마음이 있었는데, 시간이 흘러 SNS 플랫폼이 다양해지면서 실행할 수 있게 되었다. 보내 준 문장으로 고민이 해결되었다는 분도 있고, 위로와 공감, 힘을 얻었다는 분들도 가끔 있다. 아프거나 일이 생겨서 못 올릴 때는 무슨 일 있냐며 걱정된다는 연락도 받는다. 좋아서 한 일이 기쁨과 용기, 힘을 실어 되돌아왔다. 돌아볼수록 감사한 일이다. 작지만 나눌 수 있는 문자메시지를 준비하며 책을 읽다 보니 무기력함이 어느새 사라졌다.

남편과도 서로 노력하는 가운데 회복을 넘어 다른 부부의 행복한 삶을 돕는 부부 코칭까지 하게 되었다. 감사일기도 함께 쓰고 나누면서 처음에 가졌던 어색함과 쑥스러움은 사라지고, 감동을 받고 서로를 더 이해하고 애틋하게 여기게 됐다. 선한 영향력을 나누기 위해 같이 독서하고, 자기 계발을 하며 나아가는 삶에 감사하고, 사랑하며 살고자 노력한다. 존경하는 1인 기업 경영 멘토이신 김형환 교수로부터 몇 년 전에 듣고 품었던 말씀을 가끔 떠올린다. '사랑할 수 없을 때 사랑하는 것이 진짜 사랑이고, 감사할 수 없을 때 감사하는 것이 진짜 감사고, 용서할 수 없을 때 용서하는 것이 진짜 용서다.'

무기력한 일상 가운데 나를 안아 준 책 덕분에 감사와 희망을 나누는 '감사 메신저 명주쌤'으로 더 깊고 넓어질 변화와 성장을 기대하고 기다린다.

오늘은 당신이 다른 사람들을 위한 희망과 도움의 등대가 되고자 결심하는 날이다.
밝게 빛나라. 메시지를 나누어라. 변화를 일으켜라.
메신저로 살아갈 새로운 문 앞에 선 당신의 건승을 빈다.

브랜든 버처드 《메신저가 되라》

내 인생, 이게 전부인가

오지연

30년을 넘게 평범하게 살아왔다. 특별하지도 않고 굴곡도 없는 대한민국 평균의 삶.

내가 살아온 이야기를 듣고 누군가는 그랬다. "공주같이 사셨네요!" 힘도 들이지 않고 큰 고민도 없었으며, 목표를 가지고 달성하기 위해 죽도록 노력해 본 적도 없는 아주 평범한 인생이라고 말이다. 이 말을 듣는 순간 돌덩이가 가슴과 머리를 '쿵!' 하고 짓눌렀다.

그렇다. 학교를 다닐 때부터 공부를 열심히 하지도 않았고 잘하지 못했다. 기를 쓰고 목표한 대학을 가겠다고 발버둥쳐 보지도 않았다. 취업할 때도 그냥 내 상황에 맞는 곳 찾아 어렵지 않은 곳을 선택했고, 승진하겠다고 애서 본 적도 딱히 없다. 회사를 다니며 대학에 입학했을 때 또한 열심히 한 것보다는 '회사 다니며 공부하는 게 얼마나 힘든데!' 라는 생각으로 자신을 합리화시키며 왔다갔다 했다. 어렵지 않게, 그저 물 흐르듯 살아온 날들이었다. 그 예쁘고 젊은 나이에!

결혼한 지 얼마 되지 않은 시기에 남편의 새로운 바이러스 신종 플루 확진과 연달아 두 번의 유산을 하면서 힘든 일을 겪고 있다고 원망했다. 겨우 이걸 가지고! 새벽 출근, 새벽 퇴근하던 남편의 업무로 인해 아무도 없는 곳에서의 큰아이 출산과 함께 이어진 80% 이상 혼자 하는 육아는 많이 외로웠다. 아이가 어린이집에 갈 만큼 조금 컸을 때부터는 내가 할 수 있는 일이 무엇인지 계속 찾아다녔다. 아이의 픽업을 도와줄 수 있는 사람은 없었다. 그 시간 안에 할 수 있는 일을 찾기란 쉽지 않아서 미싱으로 홈 패션을 배워 여러 가지를 만들어 팔기도 했다.

이모의 도움으로 동대문 도매상에 납품도 했다. 동대문시장을 다니며 액세서리 재료를 사다가 만들어서 팔았고, 화장품도 잠깐 팔아봤다. 화장품을 팔 땐 그야말로 생판 모르는 건물에 들어가서 일면식도 없는 사람들에게 전단지와 샘플을 나누어 주며 영업을 했다. 힘들어서 그만두고 싶을 때마다 한 번씩 구매자가 나타날 땐 다시 한 번 마음을 다잡기도 했다. 이게 시작이었을까? 그 후엔 그 힘들다는 보험영업을 시작했다. 큰아이가 3살일 무렵. 일주일 연수를 간다는 이유를 대고 아이를 친정 부모님께 부탁드렸는데, 아이에게는 생전 처음 엄마와 떨어져 자는 그 긴 시간들이 힘들 것이라는 걱정도 많이 있었다. 하지만 결혼 후 혼자 떨어지는 그 시간들이 설레기도 했다. 그렇게 시작된 보험영업은 둘째 아이 출산으로 잠시 쉬었던 2년을 제외하고 최근까지 이어져서 9년 넘게 계속되고 있다.

이 과정에서 사람을 상대하며 정말 많은 마음의 상처도 받았고, 말로 주는 상처가 정말 대단하다는 것 또한 깨달았다. 힘든 상황이 왔을 때 도움을 받을 수 있는 것이 보험인데, 그런 정보를 알려주는데도 이상하게 사람들은 보험설계사인 나를 위해 보험을 들어준다고 이야기한다. 그러면서 뭘 자꾸 달라고 이야기하고, 그 과정에서 나도 약자가 되어 요구하는 걸 다 퍼주면서도 센소리 한 번 못하는 내가 바보 같았다. 조금 남았던 자존감은 저 지하 바닥으로 떨어져 나갔다. 영업이 잘되는 달은 기분이 좋았다가, 실적이 하나도 없는 달은 세상에서 가장 작은 먼지가 되어 숨어버리고 싶은 심정으로 숨소리도 못 내고 조용히 사무실을 오갔던 적이 많았다. 그런데도 왜 나는 목표를 설정하고 실행할 생각은 하지 못했을까? 최저 실적을 채우면 그걸로 되었다 생각했던 시간들이 지금 생각해 보면 참 어이없고 부끄럽다.

힘들게 성공한 동생의 임신. 그리고 난임병원을 다니며 품게 된 내 배 속의 세 번째 심장. 세상에서 가장 위대하다는 임산부의 특권을 함께 누리며 우리 자매는 신기해하는 한편 감사한 일이라 생각했다. 병원도 함께 다니고, 그만한 기념이 또 어디 있으랴 싶어 기념사진도 남겼다. 각자 부른 배를 들이밀고서 말이다.

작은 아이 임신 5개월 차, 동생의 출산 예정일에 찾아온 청천벽력과도 같은 사산 소식은 이제 막 태동을 느끼던 나에게는 엄청난 충격과 미안한 감정이 뒤섞인 헤아릴 수 없고 알 수 없는, 표현할 수 없는 감정의 소용돌이로 빠져들게 했다. 함께 임신했다가 혼자만 출산하는 그 과정과 시간들 속에서 미안하고 또 미안했다. 작은 아이를 품에 안는 것도 미안했고, 동생이 준비해 둔 출산용품을 받아서 쓰는 것도 미안했다. 두 아이 육아가 힘든 것도 미안했으며, 부모님께 사진 전송을 해드리는 것도 미안했다.

아이를 오롯이 예뻐하는 것도 너무 미안하고 가슴이 아려서, 집에서 우리 가족끼리 있을 때에만 예쁘다 예쁘다 했다. 나 힘든 것, 내 마음들은 중요하지 않다고 생각했다. 동생의 마음은 감히 상상도 하지 못할 만큼이었을 테니까.

표현하지 않고 내 가슴속에 꾹꾹 눌러 집어넣고 또 넣었다. 조그마한 흔적도 올라오지 못하도록 미련하게도 눌러 넣었다. 기억도 나지 않게 그 시간들, 감정들을 숨기고 또 숨겼다.

지금은 눈에 넣어도 아프지 않을 예쁜 조카가 태어났다. 지난 아품의 기억은 나도 모르게 완전히 잊혀졌다. 그 과정이 힘들었을까? 힘들다, 도와달라 이야기하지 못하고 지내온 시간들 속에서 나도 모르게, 남들보다는 조금 더한 산후우울증을 겪었던 것 같다. 힘들고 외로웠던 우울증의 끝자락에서 기적같이 만난 책 한 권은 이미 내가 치유되고 있었음을 알게 해주었다.

그즈음에 알게 된 BBM 커뮤니티에서는 이제껏 내가 알던 세상이 아닌 다른 세상이 있음을 알게 되었다. 한참을 지켜보기만 하던 중에 처음 참여했던 독서모임은 재테크 독서모임 빅리치 북클럽이다. 무슨 독서모임이길래 3개월 뒤에나 있는 독서모임이 마감일까? 싶어서 신청했던 것 같다. 코로나로 인해 많은 강의들이 온라인으로 전환하는 가운데에 만난 단비 같은 오프라인 모임이었다. 지쳐있던 나에게 기대감과 활력을 불어 넣어주었다.

온라인 독서모임보다 책임감이 생겨났고, 사람들을 만나고 이야기할 수 있다는 기대감에 부풀었다. 일주일에 한 권은 무조건 완독 후 참여해야 했기에 책을 읽는 속도 또한 빨라졌다.

내가 사는 일산에서 독서모임이 있는 신림동까지는 대략 1시간 30분~2시간 정도는 예상하고 움직여야 한다. 오전 9시 독서모임에 참여하려면 최소한 집에서 7시 즈음에는 나서야 한다. 나서기 전에 내가 돌아오기 전까지 식구들의 아침 겸 점심을 만들어서 챙겨 둔 후 오전 루틴까지 완료하고 나서야 하니, 못해도 5시 전에는 기상

해야 가능했던 일이다. 빅리치 북클럽에 오프라인으로 참여했던 5주간은 나에게 또 하나의 도전 성공을 안겨 준 계기가 되었다. 이후에도 오프라인 참여는 어려웠지만, 온라인으로 꾸준히 참여하려고 했다. 지난 연말 빅리치 북클럽에서 눈물 콧물 쪽 빼며 작성한 유서는 내 인생을 다시 한 번 곱씹고 돌아보게 했다. 지금 순간에 내가 어떤 것에 감사해야 하고, 어떤 마음으로 삶을 살아가야 하는지를 알려주었다.

아무런 이벤트도 없던 삶 속에서 감사의 제목들이 얼마나 많은지를 알게 하고, 왜 살아야 하며, 지금 이 순간 내가 해야 하는 일이 무엇인가를 알게 해주는 BBM 안에서 나는 오늘도 성장하고 있다.

성장하고 싶은 욕망

황재원

할아버지는 운전을 잘하셨다. 운전석 오른쪽 상자를 열면 다양한 사탕이 있었다. 할아버지 차를 타면 먼저 사탕부터 챙겼다. 어느날 할아버지는 좁은 골목에 후진 주차를 하려고 양옆 백미러와 차 뒷부분을 살피셨다. 할아버지의 혼잣말을 들었다. '쉽지 않네.' '잉? 할아버지도 쉽지 않은 일이 있나?' 커다란 물음표가 떠오르는 순간이었다. 나에게 할아버지는 '맥가이버'였다. 어른이 되면 무슨 일이든 처리할 수 있는 능력이 저절로 생기는 줄 알았다. 이제는 안다. 어떤 분야에서든 의식적인 노력을 쏟아야 성장할 수 있음을. 어른이 될수록 내면의 성장을 위한 자기만의 수업이 필요하다는 것을.

두 아들이 다니는 초등학교 도서관에서 봉사 활동을 했다. 명예

사서가 되어 학생들의 대출과 반납을 도와주고, 도서를 제자리에 가져다 놓는 일이었다.

어느 날 가지런히 정리되어 있는 새로 들어온 책들이 눈에 들어왔다. 손때가 묻지 않은 빳빳한 책을 꺼내어 펼쳐보는 순간은, 아무도 밟지 않은 눈 위를 걷는 느낌이랄까? 《엄마의 말 공부》를 집어 들었다. 아이들과 효과적인 의사소통을 하기 위한 말공부란 무엇인지 알고 싶었다. 아이의 모든 행동에는 이유가 있으니, "왜 그랬어?"라며 다그치기보다는 이유가 무엇인지 같이 생각하는 시간을 갖는다. 말을 배운다고 생각했지만, 아이 스스로 자신의 마음을 들여다볼 수 있도록 도와주는 조력자가 될 수 있었다. 시간이 넉넉히 필요했다. 아이를 이해할 수 있었다. '아이의 모든 행동에는 긍정적 의도가 있다.'라는 구절은 강력했다. 아들의 행동에서 긍정적인 의도를 찾기 시작했다. 처음에는 어려웠지만 노력하니 찾아졌다. 이건 마법 같았다. 항상 통하는 건 아니었지만. 겉으로 보이는 행동만으로 아이를 평가하지 않으니 상황이 부드럽게 정리되었다. 긍정적 의도를 끌어내는 것이 아이를 구체적으로 변화시킬 수 있다는 캐나다 발달심리학자 고든 뉴펠트의 말을 마음에 새긴다.

훌륭한 엄마가 되기 위한 필수 정규 과정, 혹은 사춘기 자녀 엄마를 위한 대비반이 존재하지 않는다. 알아서 준비해야 한다. 부모가 마주하게 될 고민거리를 예상치 못했다. 스마트폰을 언제 사 줄 것인가? 게임 시간을 얼마나 허락해 주어야 할 것인가? 우리 아이에게 맞는 진로는 어떻게 정해야 할까? 아이들에게 도움이 되는 결정을 내려야 하는 책임감이 무거워졌다. 큰 틀을 바라볼 수 있는 부모가 되어야겠다는 생각이 들었다. 큰 틀은 어떻게 마련한단 말인가? 아이들이 핸드폰 대신 책을 들고 있는 모습을 보면 흐뭇한 이유가 무엇일까? 동영상 콘텐츠에 익숙해져서 '팝콘 브레인'이 될까 걱정이 앞섰다. 이러한 이유로 핸드폰을 선뜻 사 주지 못했다.

그러던 중《포노 사피엔스》를 접했다. 아이들이 살아갈 세계에서는 모바일을 통한 충분한 경험을 해야 한다고 강조한다. 그리한 경험을 통하여 사업을 하고 살아간다는 메시지가 강하게 다가왔다. 아이가 자라는 단계에 맞게 부모도 함께 성장해야 한다. 올바른 선택을 통한 기준선을 제공해야 한다. 부담감이 커진다. 아이의 변화와 상황에 맞게 변주하기 위해서는 내 생각에 갇힌 상태에서 벗어나야 한다. 어떤 방향으로 나아갈까 고민이 될 때, 책과 함께 고요한 시간을 보낸다. 저자와의 독대가 시작된다. 나에게 어떠한 결정을 강요하지 않는다. 생각하고 고민하는 동안 묵묵히 옆에서 기다려준다. 지혜로운 선택을 위한 버팀목이 되어 준다.

세계사에 대한 지식을 채우고 싶은 욕망이 있음을 인정하려 한다. 부족한 부분을 알면서도 겉으로 드러나지 않기에, 무시하고 살아왔다. 아들이 세계사를 공부하게 된 시점에, 나 또한 관심을 두기 시작했다. 친정엄마는 나를 만날 때 신문 기사를 오려 오신다. 마음에 여유가 있는 날은 그 자리에서 바로 읽고 흥미 있는 부분에 관해 이야기를 나눈다.

'수정궁(Crystal Palace)'이 가장 기억에 남는다. 1851년 런던에서 세계 최초 만국박람회가 열린 곳이다. 흑백사진에서 보이는 건물 크기가 어마어마했다. 건축에 필요한 1,900만 장의 벽돌 대신 유리로 초대형 온실을 건축하고, 해체한 것이다. 햇빛을 반사하며 내뿜었을 반짝거림을 상상하였다. 이미지를 생생하게 떠올리며 대화를 나누어서인지 또렷하게 남아 있다. 이렇게 엄마와 대화를 나눈 후 아들 역사 교과서에 실려 있는 수정궁 사진을 발견했다. 머릿속에 새겨놓은 수정궁을 떠올리며 아들과 이야기를 나누었다. 《예술의 정원》에서 다른 관점으로 수정궁을 마주할 수 있었다. 철골과 유리로 만들어진 건축물과 새로운 물품에 초점이 있지 않고, 온실 안 정원에 맞춰 있었다. 크고 오래된 나무 두 그루가 주인공인 듯한 한 폭의 그림에서 나들이 나온 사람들은 조연처럼 느껴진다. 나무 뒤로 타원형 유리 지붕이 수정궁임을 알려준다. 쟁반을 들고 서빙을 하는 남성의 분주함이 전해진다. 한 장의 그림을 접하고 보니, 이전에 보았던 수정궁 사진의 나무가 눈에 들어오기 시작했다.

방대하고 복잡한 세계역사에 대해 읽다 보면 마치 영어단어 외우는 것 같다. 열심히 외웠는데, 지문을 읽다 보면 모르는 단어가 나와서 형광펜을 칠하게 되는 상황과 같다고나 할까? 이러한 이유에서 학교 다닐 때 세계사가 참 힘들었다. 그래서 자신이 없었다.

지금도 그렇다. 이제, 세계역사에 대한 자신감을 장착하겠다고 다짐했다.

나에게 성장을 위한 독서는 채우기다. 아들 책상에 꽂혀있는 사회과 부도를 꺼내어 읽은 내용을 그 위에 펼쳐 본다. 지도 위를 동그라미로 표시하며 하나하나 채워나간다. 아이들이 성인으로 성장하고 독립하면, 혼자만의 시간이 많아질 테지. 그 시기를 위한 밑작업을 하는 듯하다. '혼자 있는 힘'을 기르는 중이랄까? 생각의 반경이 세계 곳곳으로 뻗어갈 수 있으니까 말이다. 영화를 보고 역사적 배경을 떠올리면 더 풍부한 통찰을 펼칠 수 있을 것이다.

세계사 책을 읽을 때마다 미래의 나에게 적금 들어놓는 일인 것 같다. 내가 원하고 추구하는 관심사를 놓치지 않고 차곡차곡 쌓아간다. 흔들리지 않는 나의 삶을 살아간다.

세상 밖으로 나가고 싶다

송미향

외벌이 사 남매의 맏이로 자랐다. 아버지의 넘치는 사랑과 기대를 누구보다 많이 받았다. 제약회사에 다니시던 아버지의 꿈은 딸이 약사가 되는 거였다. 아버지 세대엔 여자가 일하는 것이 흔치 않았다. 자신의 이름을 앞세우고 당당하게 일하는 모습이 멋져 보였던 모양이다. 물론 돈을 잘 번다는 것이 가장 큰 이유였다. 그 꿈을 이루어 줄 자식은 당연히 나였다. 공부를 못했거나 순종적인 자식이 아니었다면 동생들에게 기회가 넘어갔을지도 모르겠다. 선생님이나 부모님이 하는 말은 곧 법으로 여겼던 모범생이었다. '약사가 되어라'도 아닌 '약사가 되어야 한다'라는 말을 수도 없이 들었다. 머리가 커지고, 나름대로 가치관이 성립되어 갈수록 벗어나고 싶었다. 동네 약국에서 일하는 약사의 모습도 전혀 매력적이지 않았다.

몇 번 수학 교수가 되고 싶다고 강력하게 말해 보기도 했다. 교수라면 괜찮다고 할 것 같았다. 솔직히 교수가 되는 것도 쉽지 않다는 것을 그때는 몰랐다. 아버지는 약대 교수가 되면 되지 않겠냐고 하셨다. 마음을 돌리게 하려고 친한 여약사를 만나 보게도 하셨다. 나름 성공한 약사들을 만나면 좋은 영향을 받을 거라고 생각하신 거였다. 꿈조차 마음대로 가질 수 없다는 갑갑함에 도망만 치고 싶었다. 부모님은 우리들을 최고는 아니어도 남들에게 뒤지지 않게 키우려고 애쓰셨다. 하지만 외벌이로 자식 네 명을 공부시킨다는 것은 쉽지 않은 일이다. 경제적 위기가 자주 찾아왔다. 돈 때문에 부모님이 다투시는 일이 잦았다. 그런 모습을 지켜보면서 내 욕심만을 채울 수가 없었다. 어떻게든 부모님, 특히 엄마의 짐을 덜어주고 싶었다. '그래, 해보자. 나쁜 것을 하라고 하는 것도 아니고. 약사가 되면 나도 좋고 무엇보다 우리 가족들에게 도움이 된다는데….'

결국 약대에 진학했고 약사가 되었다. 졸업 후 약국으로 바로 나가고 싶지 않았다. 병원의 약사로 일하면서 대학원에 진학하고 싶다고 아버지에게 말했다. 그런데 이미 약국 자리를 봐 두었다고 하시는 거다. 대구도 아닌, 어디에 있는지도 모르는 '경남 함안군 칠원'이라는 곳이라고 했다. 딸이지만 엄연한 성인의 인생을 마음대로 하시려고 드는 아버지를 아무리 이해하려 해도 이해할 수 없었다. 말 잘 듣고 자란 보상이 이런 것인가 싶어 억울했다. 직접 내려와서 본 그 당시의 칠원은 비참함만 더 안겨줬다. 도시에서만 자란 나로서는 받아들이기 힘든 환경이었다. 소달구지가 도로를 지나다니고, 쇠똥이 곳곳에 떨어져 있었다. 시골 냄새조차 낯설었다. 눈물이 마구 쏟아졌다. 엄마에게 난 절대로 가지 않을 거라고 악을 썼다. 당시 우리 집 경제 상황은 더 나빠져 있었다. 아직 공부시켜야 할 자식도 셋이나 남아 있었다.

남편과 자식의 입장을 모두 이해하셨던 엄마는 누구 편도 들지 못하고 속앓이만 하셨다. 그때의 부모님 나이가 되어 보니 숨 막혔을 상황이 이해되지만, 핑크빛으로 미래를 꿈꾸던 20대의 나는 온전히 받아들이기 힘들었다. 설혹 이해했다고 해도 방법이 잘못되었다고 생각한다. 적어도 약국의 선택지는 주었어야 했다. 모질지 못한 성격 탓에, "딱 2년 만 해서 돈이 모이면 대구로 오자."라는 아버지 말에 고집을 꺾었다. 그렇게 칠원으로 내려왔다.

사회 경험은 전혀 없이 시작한 약국 생활은 정글 속에 혼자 버려진 것 같았다. 타지에서 온 어린 약사가 못 미더운 건 당연한데, 당시 나는 온전한 약사로 봐 주지 않는 사람들을 원망했다. 이런 대접 받으려고 힘들게 공부했나 싶었다. '아무리 어려도 약사는 약사인데 제대로 대우는 해줘야 하는 거 아냐? 무턱대고 왜 반말을 하는 거야?'라는 생각만 가득했다. 속마음을 터놓을 친구라도 가까이 있었으면 견디기 쉬웠을 텐데, 주위엔 아무도 없었다. 약국 문을 닫고 집으로 돌아오면 텅 빈 방에 혼자 남겨졌다. 아버지와 함께 내려왔지만 평소에 소통이 없던 부녀였던지라 서로 서먹하게 지냈다. 더군다나 외딴섬으로 끌고 온 아버지에 대한 원망이 가득했다. 당연히 부드러운 말이 나오지 않았다.

약국 일이 몰릴 때는 화장실에 갈 여유도 없이 바쁘지만, 혼자 있는 시간도 많다. 통으로 비워진 시간은 아니다. 여기저기 흩어져 있는 조각난 시간들이다. 처음에는 무엇을 해야 할지 몰라서 무작정 흘려보냈다. 어려 보이는 외모 때문에 가뜩이나 대접받지 못하고 있는데, 텔레비전만 쳐다보고 있는 모습은 보이고 싶지 않았다. 신문을 처음부터 마지막 장까지 읽어 보기도 했고, 부족한 임상경험을 빨리 채우고 싶어 전공 공부도 했다. 지금처럼 SNS가 발달했다면 하루가 그렇게 길지 않았을 것이다. 아쉽게도 당시에는 전화 모뎀으로 하는 PC 통신 시대였다. 컴퓨터는 의료보험 청구용으로만 사용했었다.

세상과 연결할 수 있다는 것을 생각도 하지 못했다. 출입문 하나만 열고 나가면 바깥세상인데, 그 문 하나 열고 나가기가 우주로 나가는 것만큼 힘들었다. 낯선 동네, 낯선 사람들. 오히려 밖이 더 위험한 정글 같았다. 약국은 창살 없는 감옥, 밖은 어디서 뛰쳐나올지 모르는 야수들이 드글거리는 정글. 편히 쉴 곳 하나 없었다. 일요일만 되면 누가 잡을세라 대구로 도망쳤다. 일주일 동안 쌓아놓았던 스트레스를 쇼핑과 친구들과의 수다로 풀었다. 구더기가 나올 정도로 입 다물고 산 일주일 치의 말들을 마구 쏟아냈다. 그러고 나면 뾰족해 있던 마음이 조금 누그러뜨려졌다. 월요일 새벽, 칠원으로 내려오는 길은 도살장으로 끌려가는 기분이었다. 신경이 곤두서며 다시 뾰족해졌다.

어느 날 신문을 보는데 신간 소식이 눈에 들어왔다. '학교 다닐 때는 학업에 치여서 보고 싶은 책 못 봤잖아. 이렇게 시간이 남아도는 데 책을 볼 생각을 왜 안 했지?' 대학 시절 교양과목 철학 시간이었던 걸로 기억된다. 약학대학 특성상 타과와 만나는 경우는 1, 2학년 필수 교양과목 말고는 없었다. 거의 모든 과정이 약대 내에서만 이루어지기 때문이다. 다른 과와는 보이지 않는 벽이 있었다. 우리 스스로도 타과와 선을 그어 놓고 콧대를 높였다. 그 교수님은 그런 우리가 곱게 보이지 않았던 모양이다.

"약국에 가보면 약사들이 책 읽고 있는 경우는 잘 없더라. 가뭄에 콩 나듯이 읽고 있는 약사들도 있긴 한데, 읽고 있는 책들을 보면 한숨 나올 때도 많다."라며 대놓고 우리들을 공격했다. 그 말에 속이 부글부글 끓었지만 아무도 적절한 대꾸를 못했다. 갑자기 그 생각이 나면서 '좋아. 내가 책 읽는 우아한 약사가 되어 보리라.' 다짐하며 책을 들기 시작했다. 평소에 책을 즐겨 읽지 않았으니 어떤 책부터 시작해야 할지 막막했다. 일단 신문에 나온 베스트셀러부터 읽기 시작했다. 고요한 약국과 책은 찰떡궁합이었다. 거기에 좋아하는 음악과 커피가 함께 있으니, 차갑고 숨 막히던 공간이 포근하고 따뜻하게 느껴졌다. 책 속으로 빨려 들어가 하나가 될 때 느껴지는 황홀한 감정들로 벅차올랐다. 약국 문을 열고 밖으로 나가지 않아도 세상으로 통하는 길도 찾았다.

이집트 여왕이 되어 보기도 하고, 헤어진 연인을 피렌체의 두오모 성당의 종탑에서 만나기도 했다. 원하는 곳은 어디든지 갈 수 있었다. 그렇게 답답한 현실에서 도망치고 싶을 때마다 다른 세상으로 향하기 위해 책을 들었다.

책 읽는 사람에 대한 동경

정상미

흑백사진 한 장이 있다. 무릎 아래로 내려오는 롱스커트를 입고 다리를 꼬고 앉아 있는 여자가 보인다. 카메라를 바라보지 않고 살짝 고개를 숙였다. 시선 끝 무릎 위에는 문고판 사이즈의 책이 펼쳐져 있다. 책 읽는 시야를 방해받고 싶지 않은지 긴 생머리는 귀 뒤로 넘겼다. 따스한 햇살이 비추고 있다. 엄마의 처녀 시절 사진이다. 2남 2녀의 맏딸로 태어난 엄마는 학교 졸업 후에 사회생활을 하지 않고 집안일을 도왔다. "맏딸은 살림 밑천"이라는 그 말 그대로 살았다. 오전에 집안일을 끝내면 마당 툇마루에 앉아 책을 읽었다. 마당에 해가 넘어가는 것을 따라 자리를 옮기며 책을 읽었다고 했다. 내향적이고 낯선 것을 두려워하는 엄마는 책을 통해서만 세상을 만나고 모험을 즐기는 사람이었으리라. 가족 중에 누군가가 그런 엄마의 모습을 사진에 남겼겠지. 이 사진 속 엄마의 모습이 좋다. 그렇게 단아하게 앉아서 책을 읽는 엄마를 실제로 본 적은 없다. 짧은 파마머리에 목이 늘어난 옷차림, 이불 속에 엎드려 책을 읽는 엄마가 더 익숙하다.

책을 좋아하는 엄마가 아이에게 줄 수 있는 최고의 선물 역시 책이었다. 다섯 살 때 우리 집에 들어온 전래동화 전집이 시작이었다. 10여 권의 책과 성우의 목소리로 이야기를 들려주는 테이프가 세트였다. 나는 책을 펼쳐 테이프를 듣고 또 들으며 이야기 속으로 빠져들었다. 얼마나 봤는지 다섯 살 때 한글을 떼었다고 한다.

"온달 왕자의 관이 움직이지 않았어요. 이때 달려온 평강공주가 눈물을 흘리며 온달의 관을 어루만지자 드디어 관이 움직였어요." 《평강공주와 바보 온달》의 마지막 장면에 흘러나왔던 장엄한 음악은 40년이 흐른 지금도 선명하다. 최근에 그 곡의 제목을 알았다. 헨델의 〈사라방드〉. 내 생애 최초의 클래식 음악이다.

책을 좋아하는 딸이 기특했는지 명작동화, 과학동화, 위인전, 백과사전 등등 아낌없이 책을 사 주셨다. 우리가 살던 13평 주공 아파트는 방 두 칸에 주방, 화장실만 있는 작은 집이었지만, 책에 아낌없이 공간을 내어 주었다. 초등학교 고학년 때는 엄마의 책장을 훔쳐보는 것이 좋았다. 거기에 꽂혀 있던 박경리의 《토지》 전집은 질은 갈색 표지와 깨알 같은 글씨로 위압감을 주었다. 언젠가는 정복하고 싶은 대상이었다. 외할머니 집에서 자는 날 몰래 보던 드라마 〈빙점〉의 원작이 마침 엄마의 책장에 있었다. 학교 숙제로 독후감을 써냈다. "엄마가 이 책 읽어도 아무 말 안 하시니?" 담임선생님이 의아하게 물어보았다. 이유를 모르는 나는 그렇다고 대답했다. 어른이 되어서 다시 펼쳐 본《빙점》에는 어린이가 읽기에는 부적절한 불륜, 복수, 학대가 눈에 들어왔다. 선생님의 질문이 이해되었다. 하지만 열한 살은 열한 살의 시선으로 책을 읽었다. 어른의 세계에는 관심이 없었고, 그저 엄마에게 구박받는 주인공 요코가 불쌍했다. 엄마를 원망하지 않고 꿋꿋이 공부하며 착한 심성을 가진 요코에게 응원의 편지를 썼을 뿐이다.

엄마는 엄마의 책을 읽었다. 우리에게 어떤 책을 읽으라고 강요하지도 않았고, 어떤 책을 읽어도 반대하지 않았다. 고등학교 야간 자율학습을 마치고 집에 오니 엄마 머리맡에 박경리의《김약국의 딸들》이 놓여 있었다. 엄마가 제일 좋아하는 작가라고 늘 말하는 박경리.《토지》는 그 방대한 분량에 기가 죽어 시도해 보지 못했다. 한 권짜리《김약국의 딸들》은 어렵지 않게 읽을 수 있었다. 다섯 자매의 기구한 운명을 안타까워하며 숙제도 하지 않고 단숨에 읽어 내려갔다. 이 책을 내 일생일대의 한순간에 다시 만났다. 1996년 11월, 수학능력 시험 1교시 국어 시간. 국어 과목은 자신이 있었지만,

긴장되었다. 여기서 실수하면 그동안 힘들게 공부한 노력이 물거품이 된다. 추운 날씨에 손끝도 얼었다. 호호 입김으로 손끝을, 긴장된 마음을 녹이며 문제를 읽어 갔다. 익숙한 내용이 눈에 들어왔다. 《김약국의 딸들》이었다. 소설 일부가 지문으로 나왔다. 손이 하나도 시리지 않았다. 몇 문제 되지 않았지만, 자신 있게 문제를 풀었다. 수능 대비 필독서, 교과서 수록 도서, 고등학생이 꼭 봐야 할 필독서가 아닌 '엄마의 책'이 수능 시험에 출제되다니. 엄마의 응원을 받은 느낌이었다. 결과적으로 수능 점수가 모의고사보다 20점이 더 높았다. 책 읽는 엄마가 고마웠다. 책 읽는 엄마 모습을 더 좋아하게 되었다. 나이가 들어서도 책 읽는 사람이 되고 싶었다. 공부하라는 잔소리 대신 책을 통해 지혜를 알려주는 엄마가 되자고 결심했다.

세월이 흘러 나도 엄마가 되었다. "책 읽는 엄마! 내일 아침에도 여기서 책 읽을 거지?" 내가 매일 아침 책을 읽는 식탁을 가리키며 당시 초등학교 1학년이던 딸 나연이가 말했다. 뜬금없이 내뱉은 말이 놀랍고도 기뻤다. 이제 4학년이 된 딸의 핸드폰에 나는 '책 읽는 여왕'으로 저장되어 있다. 아들 건일이도 "엄마는 책이 그렇게 재미있어?"라고 물으며 지나간다. 내가 동경하던 책 읽는 엄마의 모습으로 아이들에게 보이는 것 같다. 그렇다고 우리 아이들이 책을 좋아하느냐 하면 답은 '글쎄요'이다. 어릴 때부터 무릎에 앉혀 책도 읽어 주고, 도서관에서 책도 열심히 빌려다 주었다. 책의 재미를 알게 하려고 노력했지만, 유튜브와 게임을 더 좋아한다. 책 좀 읽으라는 잔소리가 불쑥불쑥 튀어나온다. 절반의 성공, 절반의 실패다.

이제 연세가 드신 엄마는 눈이 침침해져 책을 거의 읽지 않으신다. 딸이 쓴 이 책이 엄마의 눈을 밝게 해주었으면 좋겠다. 책 읽는 엄마의 모습을 다시 보고 싶다.

06

성공하고 싶었습니다

주은정

어린 시절부터 욕심이 많았다. 남들이 가진 것은 다 가지고 싶었다. 옆집에 부자 친구가 살았다. 2층으로 올라가는 계단이 아주 멋있었다. 거실에는 까만 고급스러운 피아노와 벽면 가득 책들이 있었다. 알 수 없는 한자가 적힌 전집이 가득했다. 한국문학, 세계문학 전집도 정리되어 있었다. 잘 사는 집의 필수품인 것 같았다. 유리 장식장 안에는 비싸 보이는 그릇과 인형들이 가득 있었다. 윤이 나는 까만 피아노와 바비 인형이 제일 부러웠다.

그 친구보다는 무엇이든 잘하고 싶었다. 피아노 실력도 이기고 싶은 마음에 커다란 전지에 건반을 그려놓고 피아노 연습을 했다. 노란 긴 머리를 가진 바비 인형은 부모님께 아무리 졸라도 사 주지 않으셨다. 특이한 종이 인형을 구해 바꿔 놓았다. 친구가 배우는 것은 모조리 다 배워야 마음이 안정되었다. 주산, 태권도, 미술 등 다 배웠다. 성적도 누구에게 뒤처지는 게 싫어서 악착같이 공부했다. 그런데도 조금 모자랐다. 모자람의 이유가 독서라는 것을 고등학교 시절 깨달았다. 그 이후는 책을 읽으려고 노력했다. 책만 많이 읽으면 성공할 것 같았다.

하지만 인생이 뜻대로 되던가. 가난한 가정 형편 때문에, 대학 시절 내내 학원 강사 알바를 했다. 부족했던 용돈을 채워야 했다. 장학금을 받기 위해 시험 기간에는 밤새워 공부했다. 일, 학과 공부, 선후배와의 모임 등 모두 잘하고 싶었다. 책을 읽을 시간이 부족했다. 책과 서서히 멀어지고 있었다.

결혼을 해서도 마찬가지였다. 대출로 얻은 임대 아파트 때문에 맞벌이는 필수가 되었다. 무역회사에 취직해 부족한 영어 공부도 해야 했다. 아이도 하나, 둘, 셋 태어나다 보니 독서는 아주 먼 세상 이야기가 되었다. 아이를 잘 키워보고 싶어 가끔 도서관에서 육아서만 빌려 보는 게 독서의 전부였다.

책에 욕심이 많아서일까? 어린 시절 기억 때문일까? 아이들에게 읽어 줘야 한다며 책을 사들이기 시작했다. 세계 명작동화, 위인전, 전래동화, 창작동화, 백과사전까지 모조리 샀다. 거실을 서재로 만들었다. 거실 벽 한 면, 책장 안에 책이 가득 메워졌을 때 비로소 안심이 되었다. 뿌듯했다. 아이들이 미래에 성공한 느낌이었다. 하지만 아이들은 스스로 책을 읽지 않았다. 책을 좋아하지 않았다.

가게에서 온종일 말을 많이 한다. 집에 오면 말을 하기 싫다. 쉬고 싶었다. 책장 가득한 책을 보면 읽어줘야 한다는 마음이 가득했다. 다른 성향과 나이를 가진 세 아이. 가져오는 책이 달랐다. 읽어주는 세 쉽지 않았다. 겨우 1권씩만 읽어 주고 나면 목이 칼칼했다. 내일 읽어 준다며 책을 덮었다. 결국 책장 가득한 책들은 장식품이 되어갔다.

가끔 서점에 들르면 기분이 설레고 좋다. 읽고 싶은 책이 넘쳐난다. 몇 권씩 사와 책장에 꽂아두기 일쑤였다. 살 때는 읽어야지 했지만, 육아와 일에 지친 몸은 독서까지 생각하지 못했다. 읽지 못한 책이 한가득 쌓여가고 있었다.

2020년 1월. 코로나19가 전 세계를 뒤흔드는 사건이 발생했다. 전국이 아수라장이 되었다. 겁이 나서 밖에 나가지도 못했다. 집에서 꼼짝없이 지냈다. 사람들이 나오지 않으니 가게도 문을 닫을 수밖에 없었다. 여닫는 것을 반복하다 보니 매출은 반토막이 났다. 쌓여가는 빚을 해결해야 했다. 아무것도 할 수가 없었다. 어영부영 시간만 흘러갔다. 많이 벌어야 하는데 벌 수 없으니 마음만 조급해졌다.

아이들과 함께 있는 시간이 많아졌다. 잔소리도 늘었다.

"게임만 하지 말고 공부 좀 해!"

"공부하기 싫으면 책이라도 좀 읽지?"

"책 읽으면 얼마나 좋은데?"

"책장에 좋은 책도 엄청 많이 있구면?"

"책, 정말 재미없어요. 잠만 와요.",

"재미있으면 엄마나 많이 읽으세요!"

"우리에게 강요하지 말고요."

"지금 당장 도움도 안되는데 왜 읽어요?" 큰아들이 말했다.

순간, 아차 싶었다. 책에 대한 욕심을 아이들에게 전가하고 있었구나. 아이들이 읽으면 내가 읽은 것처럼 착각하고 있었구나.

잘못하고 있다는 생각이 들었다. 아이들을 다그칠 게 아니라 '내가 읽어야겠다'고 생각했다. 잔소리하는 엄마가 아닌, 책 읽고 공부하는 엄마를 보여 줘야겠다 싶었다. 효과적으로 읽고 싶어서 인터넷 독서모임을 검색했다.

예전부터 독서모임에 관심이 많았다. 참여하려고 알아봤지만, 입맛에 맞는 모임을 찾기 힘들었다. 맞벌이에 육아까지 하는 상황에서는 오프라인 참여가 어려웠다. 인터넷으로 독서모임에 참여해 보자는 생각이 들었다. 인터넷을 통해 최서연 작가님이 운영 중인 오픈 톡방에 들어가게 되었다. BBM(Book, Binder, Mindmap)은 최고의 만남이었다. 책을 좋아하고, 바인더에 계획 짜고, 마인드맵으로 정리까지 할 수 있는 모임. 찾고 있던 모임이었다. 줌으로 모임을 하니까 먼 장소까지 갈 필요가 없었다. 최고의 조건이었다. BBM에 본격적으로 발을 담그기에 충분했다. 우연인지, 필연인지 독서모임에 필요한 책들이 집에 있었다. 좋아하는 책 분야가 비슷해서 호감이 갔다. 갖고 있는 책들은 모두 참여하자고 생각했다. 장식품이던 책을 읽기 시작했다. 같은 책을 읽고 서로의 생각을 나누는 시간은 행복했다. 비슷한 생각을 가진 사람들과의 만남이어서 웃음이 끊이지 않았다. 똑같은 책을 읽었지만 서로 다른 적용 점을 찾아내는 것도 신기했다. 독서모임은 책과는 다른 위로와 용기를 얻을 수 있었다. 아들이 슬그머니 와서 물어본다. "엄마, 나에게 추천해 줄 책 있어?" 책 읽고 공부하기 잘했다 싶다.

성공하고 싶었고, 부자가 되고 싶었다. 그런 나에게 BBM을 통해 만나게 된 독서모임은 성공적이었다. 책을 다시 읽게 되었다. 아직 읽지 않은 책들이 책장 가득하다. 책들을 보면 부담스럽지만, 10년 뒤 경제적 자유를 이룬 나를 상상하며 즐거운 책 읽기를 한다. 독서모임까지 생각하면 설레는 이유는 뭘까?

07

책을 다시 읽고 되찾은 자신감

김은지

나는 5살 때부터 피아노를 배웠다. 초등학교 5학년이 되면서 교회 반주를 하게 되었고, 고등학교 때 교회 전도사님의 권유를 받아 피아노 전공을 결심했다. 고2 때 피아노 입시공부를 시작해 4년제 대학에서 피아노를 전공하고 졸업과 동시에 취직을 해서 올해로 11년째 피아노 강사를 하고 있다. 여태까지 살아오면서 부모님의 사랑도 많이 받았고, 큰 굴곡과 어려움이 없었던 나는 무슨 일이든지 늘 자신감도 넘치고 자존감이 높으며, 웬만하면 우울감과 외로움을 느끼지 않는 사람이다. 그러나 2019년부터 시작된 코로나로 인해 거의 1년 동안 일을 할 수 없었기에 극심한 코로나 블루를 겪게 되었다. 그동안 30년이 넘는 시간을 피아노 하나만을 바라보면서 살아왔는데, 일을 할 수 없어 수입이 0원이 되니 자신감은 바닥을 치기 시작했고, 돈 한 푼도 못 버는 쓸모없는 사람이 되어 버렸다는 생각에 우울감은 하늘을 찌르기 시작했다. 신랑이 이참에 쉬면서 집안도 돌보고 몸도 돌보라는 위로의 말을 해주었지만, 하나도 귀에 들어오지 않았고, 자신감이 더욱 떨어져서인지 신랑에게 미안한 마음도 들면서 내 자신이 신랑의 짐처럼 느껴졌다. 프리랜서라 결혼할 때 신혼여행을 가느라 휴가를 낸 이후 매년 여름방학 2박 3일의 휴가 말고는 쉬고 싶어도 못 쉬는 일을 하고 있었지만, 참 이상하게도 막상 쉬려고 하니 무엇을 해야 할지 몰라 멘붕에 빠지게 되었다.

그렇게 일주일 정도가 지난 후에 코로나가 언제 끝날지도 알 수 없고, 언제 다시 학원에서 일하게 될지도 모르는데, 계속 이렇게 지내면 내가 더 쓸모없는 사람이 되어 버릴 수도 있겠다는 생각이 들었다. 그러나 당장의 수입이 없으니 비싼 수강료를 내야 하는 강의나 독서모임을 하기에는 신랑의 눈치가 보였다. 일단 모아두었던 돈으로 그동안 일하느라 시간의 제약이 있어 직접 가서 듣지 못했던 강의들을 하나씩 듣기 시작했고, 먼지만 쌓여가는 책들을 읽기 시작했다. 그러나 나의 좁은 경험과 가치관으로만 책을 읽으니 성장하기보다는 제자리인 느낌이 들었다. 그래서 인터넷으로 현재 가지고 있는 책들로 진행하는 독서모임을 검색해 가면서 일주일에 5,000원 정도 하는 독서모임에 참여하기 시작했다. 아무래도 오프라인으로 듣는 것보다 온라인으로 듣는 것이 더 현장감이 떨어져서 아쉽기는 했지만, 교통비도 안 들고, 점심도 집에서 대충 해결하면 되고, 이동시간도 절약이 되니 편리하게 독서모임에 참여할 수 있었다. 그뿐만 아니라 강의를 들으면서 다양한 배움을 경험할 수 있었다. 이렇게 편하게 집에서 독서모임에 참여하고 강의를 듣는다는 것 자체가 너무 신기했고, 이 시간을 통해 나는 다시 삶에 활력을 찾기 시작했다.

독서모임을 통해 평생 손대지 않을 거라고 장담했던 재테크에 대해서도 배우기 시작했다. 코로나를 통해 한 가지 직업만 가지고는 이 세상에서 살아남기가 쉽지 않음을 처절하게 깨닫고 나서 새로운 부수입원을 만들자고 다짐했다. 그 후 처음 재테크 독서모임에 참여하면서 해외 주식의 배당주라는 것을 배우게 되었다. 이렇게 독서와 독서모임을 통해 새롭게 배운 것들로 월급 외의 부수입을 하나씩 늘리고 있고, 부수입도 조금씩 늘려가는 경험을 쌓고 있다. 또한 1인 기업이라는 단어를 알고 나 자신을 브랜딩하기 시작하면서 강사나 작가는 절대 하지 않을 거라고 선전포고를 했었는데, 지금은 어느새 공저 출판을 하게 된 작가를 비롯해 바인더 코칭과 독서모임을 운영하는 강사가 되었다. 그리고 앞으로는 내 이름으로 된 책을 쓰고 싶다는 꿈도 가지게 되었다. 내가 현재 강사로 활동하면서 강의하는 모든 강의안은 독서를 통해 얻은 인사이트와 독서모임을 하면서 얻은 깨달음과 책을 읽은 후 실천하고 적용한 나의 스토리가 담겨있다. 강사나 작가는 뭔가 대단하고 거창한 것이 아니라 나의 경험과 생각을 나답게 풀어내고 이야기하는 것이라는 걸 깨닫게 되었다. 이렇게 독서모임과 독서는 자신감이 부족해서 절대 하지 않을 거라고 선포했던 일들을 하나씩 실현시켜 주면서 나에게 자신감을 심어 주었다.

그렇다고 해서 당장 1인 기업을 시작하라거나, 강사나 작가가 되라고 밀하고 싶지는 않다. 내가 현재 하고 있는 일이나 가정에서도 책과 독서모임을 통해 충분히 자신감을 가질 수 있고, 선한 영향력을 끼칠 수 있다. 그동안 피아노 학원에서 아이들을 가르치면서 아이들에게 짜증도 많이 내고, 가르쳐 준 대로 못하거나 실력이 늘지 않으면 아이들을 차별하고 함부로 대했다. 그래서 내가 무섭고 짜증을 잘 낸다는 소문이 났고, 다른 반으로 옮기고 싶다고 한 아이들이 많이 있어서 원장님으로부터 자주 주의해 달라는 말을 듣기도 했다. 사실 그 당시에는 인정이 잘되지 않고 속상한 마음이 컸다. 그러지 말자고 혼자 다짐도 하고 노력도 했지만, 잘되지 않았다. 그런데 말투, 인간관계에 관련된 책을 읽고 독서모임에 참여해 나의 고민을 나누고, 책을 통해 답을 얻게 되면서 아이들을 소중히 대하게 되었다.

피아노를 잘 치지 못해도 잘할 수 있다고 격려하고 좋은 점을 찾아 칭찬하니 점점 익숙해졌다. 쉽지는 않지만, 아이들을 사랑하고 따뜻하게 말하는 교사가 되려고 노력하고 있다. 지금에 와서 생각해 보면 나중에 아이를 낳아서 학원에 보내게 되면 나 같은 교사에게는 아이를 맡기고 싶지 않을 것 같다. 최근에는 아이들에게도 진심이 전해졌는지 다른 반 아이가 나의 모습을 보고 선생님이 친절하고 따뜻하게 대해 주는 것 같아 우리 반으로 오고 싶다고 해서 우리 반으로 온 아이가 있다. 이렇게 독서와 독서모임은 나의 성품을 변화시켜 주었을 뿐만 아니라 내가 일하고 있는 가치와 신념을 바꾸어 주었고, 자신감을 되찾게 해준 소중한 보물이 되었다. "잘 가르치는 교사보다는 잘 사랑하는 교사가 되자!"라는 가치관을 가지고 아이들에게 피아노에 대한 재미와 힐링을 전달하고 있다. 그러다 보니 예전에는 무조건 일을 그만두고 싶어서 부업도 알아봤는데, 지금은 일에 대한 스트레스가 많이 줄었고, 아이들과의 트러블도 줄어들어 즐거운 마음으로 일하고 있다.

만약 코로나를 통해 책과 독서모임으로 성장의 시간을 갖지 못했다면 나는 여전히 피아노 하나만 붙잡고 있는 우물 안의 개구리가 되어 다양한 세상의 경험을 하지 못했을 것이다. 또한 여전히 나만의 신념과 가치관을 고집하며 문제점은 파악하지 못한 채 아이들에게 사랑보다는 더 많은 상처를 주는 교사가 되어 있을지도 모른다. 신랑에게도 마찬가지로 내 생각만 고집하는 이기적인 아내가 되어 혹시 이혼을 했을지도 모른다. 그리고 나중에 임신을 하고 출산을 해서 피아노 학원에 복귀를 못하거나, 개인 레슨을 하지 못하

면 할 수 있는 일이 없기에, 삶의 의욕을 잃고 진정한 나의 모습을
잃어버린 채 누군가의 엄마로만 살아갈지도 모른다.

코로나로 인해 일을 하지 못하게 되었을 때 처음에는 너무나도
억울하고 분해서 환경 탓, 상황 탓을 하면서 원망스러운 마음이 가
득했다. 하지만 오히려 코로나로 인해 다양한 책들을 접하고, 독서
모임을 통해 다양한 경험을 함으로써 시야도 넓어지고 더 여유로운
마음을 가지게 되었다. 또한 피아노뿐 아니라 다른 강점을 찾게 되
었고, 다른 사람들의 습관들을 무작정 따라 하느라 스트레스를 받
았지만, 지금은 나만의 루틴을 만들어 자신감을 갖게 되었다. 책을
통해 자신감을 가지게 됨으로써 언제나 나를 1순위에 두며 살아가
는 지금이 너무 행복하다. 다른 사람들의 삶에 한눈을 팔며 살기에
는 너무나도 소중한 내 인생이지 않은가.

08

그 사람을 만나 자극받았습니다

유명임

20대 초반 이후 소설만 탐닉했다. 철학책 한 권 잘못 읽은 탓에 염세주의자가 되었다. 다시는 책이 내 인생을 좌지우지하지 못하게 하겠다고 결심했다. 소설은 나만의 세상에서 즐거움을 찾는 도피처 였다. 친구가 선물해 준 《독서 천재가 된 홍대리》를 읽은 후 처음으로 소설이 아닌 책을 손에 들었다. 술술 잘 읽히는 소설과 달리, 이게 뭔 소린가 싶은 말들로 가득했다. 한 페이지 읽는데 10분이 넘게 걸리기도 하고, 앞 페이지로 다시 돌아가 읽기도 했다. 책을 읽으면 생각이 변하고, 행동이 변하고, 인생이 변한다고 해서 '꾸준히' 읽었다. 책 속에서 만난 그들처럼 성공적인 삶을 살고 싶었다. 책을 읽기만 하면 그들의 삶과 가까워질 수 있다고 생각했다. 그런데 책을 읽으면 읽을수록 답답함이 밀려왔다. 답답함을 넘어 죄책감까지 들었다. 내가 책을 잘 읽고 있는 것인지 궁금했다. 책을 읽어도 변화가 없는 삶이 불안했다. 심장이 요동을 쳐서 책장을 넘기기가 무서웠다. 어떤 날은 책을 손에 잡기조차 싫어져서 종일 텔레비전만 보고 있기도 했다. 나는 책을 '꾸준히만' 읽고 있었다.

더는 이러면 안되겠다는 생각에 책을 읽는 사람들이 모인 곳을 검색했다. 그래도 그동안 책을 읽었다고, 될 수밖에 없는 환경 속에 나를 밀어 넣으라는 말이 생각난 것이다. 검색을 하던 중 '책 먹는 여자'라는 닉네임이 눈에 띄었다. 《오늘부터 1인 기업》의 지자 최시연 작가다. 1년에 200권이 넘는 독서량. 책 속에서 아이디어를 얻고, 가려운 곳을 긁어주듯 사람들의 마음을 읽어 도움이 되는 콘텐츠를 제공하는 최서연 작가는 지금도 나의 롤모델이다. 그녀의 카카오톡 오픈 채팅방 BBM에 들어갔다. 이전에 경험했던 오픈 채팅방과는 분위기가 사뭇 달랐다. 새벽 기상과 루틴을 하는 사람들, 식단과 운동으로 건강을 지키는 사람들, 감사일기와 3P 바인더를 쓰는 사람들, 읽은 책의 구절을 나누는 사람들의 인증으로 쉴 새 없이 채팅방이 북적거렸다. 그 모든 활동이 책과 함께라는 사실에 무릎을 쳤다. 책을 읽고 배운 것을 바로 실행하는 것. 실행을 통해 성과를 내면 노하우를 아낌없이 나누는 것. 그것이 자기 계발의 시작이었고, 변화와 성장을 위한 독서였다. 최서연 작가가 깔아놓은 명석에서 사람들은 신명 나게 변화와 성장을 만끽하고 있었다. 독서의 기쁨이 가득한 그곳에서 과거 책과 찜찜한 관계를 털어버리고 책과 새롭게 만났다. 감사일기를 시작으로 BBM 환경 속에 들어갔다. 그리고 독서모임에 하나씩 참여하기 시작했다. 제대로 된 독서모임에 참여한 적이 없는 내가 BBM을 통해 사람들과 어울려 책을 읽었다. 한 작가의 책을 몰아 읽는 R365(Reading 365 Days), 절판 도서 읽기, 눈독(눈뜨자마자 독서모임), 1인 기업 전략 독서모임 더석세스 리더스 클럽 등에 참여하며 다양한 책들을 읽었다. 독서모임을 통해 적용하는 독서, 실천하는 독서, 질문하는 독서를 배우게 되었다. 최서연 작가의 독서 노트로 저자와 대화하며 느낀 점과 생각, 질문을 만들고 답을 하며 책을 정리했다. 책린이었던 내가 독서의 즐거움을 알아가기 시작했다. 칭찬은 고래도 춤추게 한다고 했다. 최서연 작가가 "저보다 제 독서 노트를 더 잘 쓰시네요."라고 하는 말에 신이 나서 더 열심히 책을 읽고, 독서 노트를 썼다. 기록하는 독서를 꾸준히 한 덕분에 '더빅리치 캠퍼스'에서 독서 노트 쓰기 습관 프로젝트의 리더를 맡게 되었다. 10기부터 참여했던 더석세스 리더스 클럽 독서모임의 공동 리더로도 활동하고 있다.

최서연 작가는 자기 계발, 경제, 금융, 인문, 고전, 건강, 마케팅, 종교 등 다양한 분야의 책을 읽은 후 적용하고 성과를 냈다. 그것을 바탕으로 도움이 필요한 사람들을 위한 독서모임과 강의를 만들었다. 참여한 사람들은 정보를 공유하고, 응원을 보내고, 서로가 서로에게 배웠다. 열 사람이 모임에 참여하면 열 개의 경험을 얻어 갈 수 있는 것이다. 그 경험을 바탕으로 자신만의 콘텐츠를 만들어 1인 기업을 시작하는 사람들이 활발하게 활동했다. 책을 통해 무엇을 잘하는지, 잘하고 싶은지를 찾고, 열심히 공부하고, 경험하고 배운 것을 다시 나누는 선순환이 일어나는 것이다. 나도 그런 사람이 되고 싶었다. 하지만 선뜻 용기가 나지 않았다. 전업주부인 내가 도움을 주는 사람이 될 수 있을까 하는 꿈을 가지다가도 늘 움츠러들기 일쑤였다.

코로나19가 본격화되면서 온라인 강의가 늘어나기 시작했다. 시대에 발맞춰 BBM에도 온라인 강사 양성 과정이 있었다. 온라인으로 진행되는 강의라는 말에 도전 의지가 생겼다. 오프라인 강의였다면 아직도 망설이고 있었을지도 모르겠다. 며칠의 고민 끝에 온강사(온라인 강사 과정) 5기를 신청했다. 강의 신청 후 최서연 작가로부터 연락이 왔다. 온강사 과정에 전업주부 신청은 처음이라고 했다. '역시 전업주부인 나는 아닌 건가, 그럼 그렇지.' 후회가 밀려들려는 찰나 "명임님께 어떤 도움을 드릴 수 있을지 고민해 볼게요."라는 그녀의 말에 용기가 생겼다. 온강사 5주는 나에게 새로운 세상이었다. 배워야 할 것들, 새롭게 도전해야 할 것들이 많았다. 어려웠고 실패도 있었다. 그래도 좌절하지 않았고, 100점이 아니어도 오늘에 최선을 다했다면 스스로를 칭찬했다. 그런 과정 덕분에 더빅리치 캠퍼스 강사라는 기회도 얻었다.

　모든 것이 함께하는 독서를 찾았던 마음 하나에서 시작되었다. 그 마음이 최서연 작가를 찾게 했고, 해결책을 찾는 환경 속에 나를 밀어 넣었다. 계속 혼자서 '꾸준히만' 읽었다면 일어날 수 없는 일이었다. 아니, '꾸준히만' 읽었던 덕분이다. 토끼와 거북이의 경주에서 거북이의 목표는 토끼를 이기는 것이 아니었다. 산 위에 꽂힌 깃발까지 완주하는 것이 목표였다. 그렇기에 토끼와는 상관없이 거북이만의 속도로 '꾸준히' 갈 수 있었다. 나는 온강사 5기 동기 중 성장이 가장 더딘 사람이다. 하지만 나보다 앞서가는 사람들, 먼저 성공을 이룬 사람들과 나를 비교하지 않는다.

　목표를 가지고 꾸준히 노력하면 반드시 이뤄낼 수 있다는 것을 최서연 작가에게 배웠고, 경험하고 있고, 더 큰 꿈을 위해 나아가고 있기 때문이다. 책으로 성장하고 싶다는 건강한 욕심이 멘토를 찾게 했고, 최서연 작가를 만났다. 원하는 그곳에 느리지만 매일 쉬지 않고 가고 있다. 아직 가야 할 길은 멀다. 하지만 긍정의 자극을 주는 멘토와 같은 목표를 가진 사람들이 함께하고 있기에 어제보다 더 기대되는 오늘을 기쁘게 맞이한다.

09

지적인 인생을 위하여

김은경

결혼과 함께 농사를 짓고, 소를 키운 지 5년 차다. 사는 곳이 바뀌면서 만나는 사람들의 평균 나이도 꽤 달라졌다. 동네에서 만나는 대부분이 노년층이다. 농촌에 젊은 사람이 없음을 실감한다. 장례식 참석도 많아졌다. 삶과 죽음. 노년의 모습에 대해 실감하고 생각하게 될 기회가 늘었다. 봄이 되면서 농사 준비를 위해 바쁘게 움직이는 사람들이 많아졌다. 겨우내 못 보던 동네 할머니들도 여기저기 보인다. 도롯가 밭을 일구거나, 봄나물이라도 캐 볼 요량으로 길가, 논둑에 냉장고 자석처럼 붙어 있다. 나이로는 내가 새댁인데, 여기서는 60대 중반도 새댁이다. 새댁들의 유모차도 곳곳에서 보인다. 걷기에 도움도 받고 호미, 낫, 바구니 등 농사 소도구들을 넣어 다닌다. '헌댁'이라 자칭하는 그녀들의 필수 아이템이다. 마실 다니는 회관에도 꼭 동행한다. 더러 강아지가 동승하고 올 때도 있다. 할머니라는 단어는 나에게 유모차와 함께 있는 그림이 되었다. 결혼 전보다 가까워진 거리에 부모님과 만남도 늘었다. 두 분의 은퇴 후 일상도 나에게 같은 생각을 연장하게 한다. 부모님의 하루는 단조롭다. 어떤 것을 먹을지, 어디에 갈지, 두 가지가 일과의 전부일 정도다. 시간은 많아졌고, 취미라고 부를 일은 딱히 없는 하루다. 간단한 운동, 음식 재료 준비, 요리 등에 상당한 시간을 사용하며 보낸다. 둘이라 적적함은 덜하지만, 역할이 줄었음에도 혼자 보내는 시간은 특별히 할 만한 것을 찾기 어려워 보인다. TV가 친구가 되어 준다.

내 노후도 저렇겠거니 생각이 들 때면 미래의 일인데도 먹먹함이 생긴다. 시골에 박혀 산다는 느낌, 혼자 보내는 시간에 대한 두려움, 노동에 익숙해져 지적 활동은 없어질까 봐, 두렵고 답답했다. 다른 사람들과의 비교만 늘었다. 돈과 시간이 있어도 뭘 해야 하는지 몰라서, 취미가 없어서, 시간 보내기용 노동을 하고, 마을회관에 들러 사람들과 보내는 일을 반복할 게 뻔했다. 나라고 별도리가 없어 보였다. 나이가 들수록 성장한 나와 살고 싶었다. 지적이게, 지혜롭게, 자유롭게 살고 싶었다. 농사일 외에 다른 일들도 너끈히 해내고, 지역과 상관없이 일하고, 어디든 갈 수 있도록 활기차게 나이 들고 싶었다.

몸으로 일할 때마다 문득문득 노후의 삶이 떠올랐다. 늘어난 두려움이 절실함과 용기를 만들어 주었다. 이루어 보지 못한 일들을 지금부터 하며 살아보자고 마음먹었다. 지금부터라도 50대에 나를 만들고, 60대의 나를 준비하고 싶었다. 노후를 위한 도구를 찾기 시작했다. 경제적인 부담이 없을 것, 나이가 들어서도 시간을 보낼 수 있을 것, 도구와 연결된 공간이 있을 것, 배울 수 있을 것. 여러 가지 조건에 공동으로 걸리는 것이 책과 도서관이었다. 집에서 10분 거리에 이용 가능한 도서관만 네 곳이 있었다. 직장을 다니며 대도시에 살 때보다 도서관과의 접근성이 좋아졌다. 고맙고 다행스러웠다. 책을 읽는 습관만 들이더라도 노년의 좋은 취미가 될 것은 확실해 보였다. 혼자 할 수 있다는 점도 좋았다. 시골 일이 손에 익은 때부터 책 읽기를 시작했다. 습관을 붙이고 싶었다. 영어 단어를 외우는 것처럼 논밭에 갈 때 몸뻬 주머니에 두어 장씩 책을 찢어 넣었다. 같은 책 두 권을 반은 찢어서 읽었다. 살면서 그렇게 절실해 본 것이 몇 번인가 싶어 웃음이 났다.

책을 생활에 넣으려는 시도를 늘리고 있다. 분량이 작더라도 책을 읽으며 하루를 시작하고, 가방에도 책 한두 권은 넣고 다닌다. 자투리 시간에 책을 활용하려고 한다. 지인들에게도 책을 선물하기 시작했다. 책에 관해 이야기해 보는 시간도 늘었다. 대화의 주제가 달라졌다. 가십거리나 다른 이의 사는 방식이 이야기의 주제였다.

나와 다르다는 이유로 답답해했다. 이야기하는 것에 모자라 토론까지 해대던 날을 보냈다. 다른 사람의 방식을 인정하지 않았던 것이다. 각자의 삶을 자신의 상황대로 충실히 사는 것일 뿐, 나와 상관이 없는 일임을 깨달았다. 내가 사는 것에 집중하자는 마음이 커졌다. 책 읽는 습관을 붙여보고 싶어 새벽 독서모임에도 참여했다. 또래 여자들이 없는 이곳 생활에 온라인 인맥들이 채워졌다. 의견을 나누고 소통할 수 있는 이들이 생겼다. 만남으로 이어지기도 하니 온라인 인연들이 신기하고 소중했다.

책과 만나면서 스스로에게 하는 질문도 늘었다. 같은 질문을 농사일로 몸을 움직이는 동안 생각해 보는 재미도 좋았다. 나를 더 이해하게 되었다. 지금의 삶에서 벗어나면 할 수 있는 것들이 사라질 것만 같았다. 다른 직종의 직장으로 옮겨가면 할 수 있는 게 없을 것 같은 막연한 불안감이 생겼다. 땅과 같이하는 일은 땅이 있는 곳이 터전이 되고, 땅이 있어 일이 된다. 농사일, 소를 돌보는 묶인 생활에 일과 씨름하다 나이 들겠지 싶었다. 책을 읽고, 소통하고, 나를 알아가면서 이런 마음들도 줄었다. 덕분에 농촌 생활에도 안정감 생기기 시작했다. 일에 더 집중할 수 있었다.

구체적으로 할 일들이 생기면서 미래에 대한 불안도 덜어져 감을 느낀다. 노후의 시간을 준비하지 못할까 두려웠던 마음이 평화로워지고 있다. 주변의 사람들도 여러 색으로 다양해졌다. 더 풍성해진 사람들과 교류하며 삶의 지혜도 배운다. 40대 지적인 인생을 위해 책을 만나고, 함께하고 있다. 노후 준비의 영역 중 한 영역은 제대로 준비를 시작했다고 생각한다. 나에겐 노후가 인생의 4막 정도 되지 않을까? 부모님과 살던 1막, 직장 생활을 하던 2막, 귀농한 지금의 3막, 노년의 삶이 인생 4막 정도가 되겠지. 작은 물방울이 번져도 울렁임으로 물의 형태가 달라진다. 책의 한 구절이 물방울 같이 나를 울렁이고, 번짐이 있는 사람으로 만들어 주기를 기대한다. 시간이 더해지면 크고, 멋지게 형태가 바뀌기를 바라본다.

혼자 있는 시간도 두렵지 않을 인생 4막. 지적인 나의 인생을 위해. 작업복 차림의 나이 든 '헌댁'일지라도 지적이게, 지혜롭게, 자유롭게 살고 싶다.

10

우연히 읽은 한 권의 책에서

강은숙

　막막했다. 아무것도 할 수 없었다. 아이들은 유치원에 가고, 엄마는 좁은 거실에서 파를 다듬고 계셨다. 오늘이 며칠이지? 머리도 감지 않고 방에만 누워 있었다. 밖으로 나가야 하는데, 일어나야 하는데…. 좀처럼 쉽지 않았다. 엄마를 위해서도, 아이들을 위해서도 이러면 안되겠다는 생각이 들었다. 문득 머릿속을 스친 문장 하나 '책 속에 길이 있다.' 책을 읽으면 나도 길을 찾을 수 있을까 하는 막연한 생각이 들었다. 그대로 일어나 씻지도 않고 장례식장에서 입었던 검정 재킷을 입었다. "어디 가냐?" 엄마의 걱정스러운 목소리를 뒤로하고 나는 집을 나섰다. 3개월 만의 외출이었다. 늘 다니던 역 앞은 활기가 넘쳐났다. 오고가는 사람들은 모두 행복해 보였다. 사람들의 시선을 피하는 내 모습이 초라해 보였다. 복잡한 중심 상가를 지나 서점으로 들어갔다. 점원이 반갑게 인사했다. 대꾸도 안 했다. 고개를 숙이고 진열된 책들을 살펴봤다. 무슨 책을 읽어야 할지 코너를 둘러보았다. 신간 서적 코너로 갔다. 이 책 저 책 들췄다. 시선이 멈췄다. 겉표지에 쓴 제목보다 작은 글씨로 설명된 '교통사고'라는 글이 훅 들어왔다. 《지선아 사랑해》였다.

추석 연휴 첫날 시댁에 가져가려고 이른 아침부터 갈비를 굽고 있었다. 4일 후면 중국에 파견 근무 중인 남편을 만날 수 있다는 기대감에 들떠 있었다. 전화 한 통이 걸려왔다. 남편 회사였다. "채영식 씨 부인되시죠?", "네". "어제 채영식 차장이 교통사고로 사망했습니다." 정적이 흘렀다. 눈물도 나오지 않았다. 조금 뒤 "뭐라고요?". 아파트가 떠나가도록 나는 소리를 지르고 있었다. 전화를 끊었다. 떨리는 손으로 수화기를 들었다. 아이들은 놀랐는지 나를 보고 울고 있었다. 얼마 안 있어 도련님이 도착했다. 도련님이 나를 안았다. 그제야 눈물이 쏟아졌다. 시부모님도 도착했다. 어머니가 대성통곡을 했다. 셋째 언니와 형부도 왔다. 서로 슬픔을 감추지 못했다. 바로 시신 수습을 위해 중국으로 가야 했다. 아이들은 언니가 봐주기로 했다. 중국 여행을 위해 싸놓은 짐을 들고 문을 나서는 뒤로 딸아이가 떼를 쓰며 울었다.

"나도 비행기 타고 싶어. 따라갈 거야!"라고 외치던 막내딸 목소리가 지금도 선명하다.

기둥에서 연기가 나고 있었다. 매캐했다. 우리는 안내자를 따라 문을 열고 들어갔다. 내가 사 준 파란 체크 남방, 베이지색 바지를 입은 남편이 누워 있었다. "왜 자기가 여기 있어?, 왜! 왜! 왜!". 울부짖었다. 시신 확인 후 중국에서 한국으로 이송될 수 있도록 절차를 밟아야 했다. 아무것도 할 수 없었다. 도련님이 회사 측과 상의하며 모든 일을 진행했다. 남편이 근무하던 회사에 갔다. 책상에 놓인 사진이 보였다. 아이들과 나, 사진 속 남편은 환하게 웃고 있었다. 남편이 사용하던 펜, 다이어리, 업무 일지 등이 책상에 놓여 있었다. 남편의 유품을 하나하나 상자에 정성껏 담았다. 아무 생각 없이 밖으로 나왔다. 뜰에 주저앉았다.

세상은 변함없이 잘 돌아가는데 나만 모든 것이 변한 것 같았다. 멍하게 앉아 있는 내 주변을 나비 한 마리가 팔랑거리며 돌고 있었다. 남편이 내 주변을 돌고 있는 것 같았다. 회사에 있던 유품을 정리한 후 남편이 살던 집으로 갔다. 방문을 열어 보니 남편의 옷가지들이 보였다. 집에서 가져온 익숙한 가방도 보였다. 침대에 이불이 바르게 펴져 있었다. 침대 이불 속으로 들어갔다. 눈을 감았다.

남편 시신과 함께 나는 인천공항에 도착했다. 마중 나온 언니와 오빠. 우리는 서로 바라만 보고 아무 말도 하지 못했다. 나는 시댁으로 가서 주사를 맞았다. 장례식장에서 딸들을 봤다. 어린 딸들이 검정 원피스를 입고 있는 모습이 안타까웠다. 아이들을 안았다. 울지 않고 안겨만 있는 아이들을 보고 내가 설움에 복받쳐 울음을 터트렸다. 그 당시 큰딸은 여덟 살, 막내딸은 여섯 살이었다. 속속들이 놓이는 화환들, 많은 조문객, 뉴스를 통해 소식을 듣고 찾아온 남편 친구들. 끊이지 않는 연도 소리. 떠나지 못하고 끝까지 지켜주는 가족들. 모두 힘겹게 버티고 있었다. 조문을 온 지인이 "레나야, 한쪽 문이 닫히면 한쪽 문이 열린다."라는 말을 하며 안아주었다. 하염없이 눈물을 흘렸다.

서점에서 사온 《지선아 사랑해》 책을 하루 만에 읽었다. 대학 4학년이었던 그녀는 음주운전 자가 낸 교통사고로 전신 55%, 3도 화상을 입었다. 4~5년에 한 번 나올까 말까한 중환자로 의사들마저 치료를 포기한 상황이었다. 하지만 거기서 끝나지 않았다. 7개월간의 입원, 11차례의 수술, 끔찍하게 고통스러운 치료, 3년의 세월이 흘렀지만 사고 나기 전의 예쁜 얼굴은 찾아볼 수 없었다. 그러나 그녀는 온몸에 화상의 흔적이 뚜렷이 남아 있지만, 누구보다 당당하고 즐거운 인생을 살고 있었다. 세상사람 누구에게나 고통은 있다고, 때로는 고난 자체가 가장 큰 축복이 될 수 있다고, 고난을 통하지 않고서는 배울 수 없는, 가질 수 없는 열매들이 얼마나 귀한 것인지, 그녀는 나에게 말해 주고 있었다. 그때부터였다. '책 속에 길이 있다'라는 것을. 다음 날 또 서점에 갔다. 제목을 보고 나에게 위로가 될 만한 책들을 샀다. 어려움을 이겨내고 성공한 사람들의 이야기가 잘 읽혔다. 책을 통해 나만 힘든 게 아니라는 것을 깨달으며 위로를 받았다. 편안했다. 마음에 온기가 붙었다.

누워 있는 시간이 점점 줄어갔다. 일어나지 못해 누워만 있던 나를 대신에 친정엄마가 아이들을 챙기고 있었다. 아이들 유치원 버스 시간에 맞춰 나갔다. 딸아이가 "엄마, 이젠 괜찮아? 할머니가 안 나오고 이젠 엄마가 나와?" 하며 좋아했다. 엄마로서의 일상을 다시 찾기 시작했다. 청소도 하고, 빨래도 하고, 유치원 버스를 기다리고, 운전 연습을 하고, 식사도 친정엄마와 같이 준비했다. 막내딸 걱정으로 근심이 가득했던 친정엄마 얼굴도 점점 편안해 보였다.

하루아침에 모든 것을 잃은 것 같았다. 빈자리를 그 무엇으로 채울 수 없었다. 혼자 아이 둘을 키워야 한다는 현실이 두려웠다. 그녀가 말한 지금 현재 감당하지 못할 고통이지만, 아이들을 잘 키우고 싶었다. 일어나 걸을 수 있고, 예쁜 아이들도 있고, 사랑하는 엄마, 언니들, 오빠, 나를 믿어주는 시부모님이 있었다. 무엇보다 하늘에서 나를 지켜주는 남편이 있었다. 언제쯤 나도 그녀처럼 당당하게 고통이 축복이 되었다고 말할 수 있을지 모르겠지만, '그럼에도 불구하고' 잘 살았다고, 잘 해냈다고 말하고 싶다. 우연히 집어든 그녀의 책 한 권이 나를 살렸다.

11

살아야 한다는 절박함으로

주애라

처음 책을 재미있게 읽었던 것은 중학교에 다닐 때 읽었던 《셜록 홈스》 시리즈였다. 다른 친구들은 손바닥만 한 연애 소설을 읽을 때 나 혼자 추리소설을 읽었다. 범인을 추리하는 것이 그렇게 재미있을 수가 없었다. 고등학교에 진학하면서는 수능을 준비하느라 책을 읽지 못했다. 그렇게 대학교에 진학하고도 책은 잘 읽지 않았다. 다만 뭔가 매우 바빠서 책을 읽을 여유가 없다는 생각이 들 때면 언제나 책을 읽고 싶었다. 바쁠 때 읽는 책이 훨씬 더 재미있었다.

책을 좋아하고 그리워하는 것은 우리 엄마의 영향이 크다. 엄마는 6남매의 막내였다. 엄마가 태어나고 얼마 지나지 않아 외할아버지가 갑자기 쓰러지셨다. 그 옛날 원인도 밝히지 못하고 돌아가셨다고 한다. 엄마는 배움에 항상 목말라 있었지만, 막내까지 교육시킬 만큼 집안 형편은 넉넉하지 못했다. 아니 많이 가난했다. 엄마는 배우고자 하는 의지로 야학에도 다니고, 한자가 수두룩한 신문을 독학으로 읽었다. 결혼하고도 생활은 별반 나아지지 않았다. 공부를 잘했던 아빠는 당시의 철도고등학교를 졸업한 후 기관사가 될 수 있었지만, 지방 발령으로 그만두었다고 한다. 사업을 했지만, 안타깝게도 그마저도 쉽지 않았다. 그렇게 또 우리 집은 가난했다. 아빠는 결국 변변한 직장 생활을 하지 못했다.

부모님은 나에게 상고 진학을 권유했다. 마침 담임선생님의 만류로 나는 인문계 고등학교에 진학했지만, 동생은 나보다 더 우수한 학업 성적이었음에도 상고에 진학할 수밖에 없었다. 나는 고등학교 졸업 후 취업이 잘된다는 간호학과에 진학했다. 대학을 다니는 동안 거의 매일 도서관에 들락거렸다. 대학에서처럼 공부했으면 서울대에 갔을 것이라고 친구들끼리 우스갯소리를 할 정도였다. 도서관에 가서 또 하나 하는 것이 있었다. 엄마가 읽을 책을 빌리는 것이었다. 엄마에게 여쭈어보진 않았지만, 지금 생각해 보면 엄마는 아마도 살기 위해 책을 읽은 듯하다.

시간이 흘러서 나는 간호사가 되었다. 처음 발령을 받은 부서의 수간호사 선생님은 어디 가서 경력을 인정받으려면 적어도 3년은 일해야 한다고 했다. 당시 마른 편인 나를 보고 보약을 먹으라고도 했다. 그때만 해도 그 말이 무슨 뜻인지 몰랐다. 하지만 의미를 알아차리는 데는 그리 오랜 시간이 필요하지 않았다. 정신없이 돌아가는 삼교대 근무는 적응하기 힘들었다. 그것보다 더 힘든 것은 이제 막 학교를 졸업한 신규 간호사가 돌봐야 하는 환자는 16명이나 되었고, 중증도 또한 높았다.

환자의 건강에 치명적인 영향을 미칠 수 있었기 때문에 작은 실수도 용납되지 않았다. 환자 앞에서도 심한 꾸지람을 들어야 했고, 동료 간호사 앞이라고 예외는 없었다. 말 그대로 '태움'이었다. 그때는 서러웠지만, 그것이 당연하다고 생각했다. 버스에서 병원이 보이면 가보지도 않은 감옥에 끌려가는 느낌이 들었으니 말이다. 술자리의 분위기는 좋아하지만 술을 마시지 못하는 나는 그 스트레스를 서점에서 풀었다. 쉬는 날이면 어김없이 대학 동기와 광화문 교보문고에서 만났다. 각자 일하는 시간이 달라 만나지 못하는 날이면 나 혼자라도 갔다. 그냥 책이 좋았고, 서점 구석에 앉아 책을 읽는 것도 좋았다.

간호사 근무는 쉽지 않았다. 어떤 날은 밥은커녕 물을 마실 시간도 없었고, 근무시간 동안 화장실을 한 번도 가지 않았다는 것을 퇴근할 때 깨달은 날도 있었다. 근무 인수인계 후 탈의실에서 옷을 갈아입을 힘이 없어서 동료들과 의자에 축 처져 앉아 있다가 옷을 갈아입고 퇴근하기도 했다. 집에 와서는 씻기도 전에 쓰러져 자는 날도 있었다. 책을 읽어도 한두 장 읽다 덮기 일쑤였다. 이렇게 점점 책과도 멀어지게 되었다.

결혼을 하고 1년 5개월 뒤 나는 사랑스러운 아이의 엄마가 되었다. 또 다른 어려움의 시작이었다. 엄마는 처음이었고, 모든 것이 서툴렀다. 다행히 아이가 매우 순해서 100일쯤 지나자 말로만 듣던 100일의 기적이 찾아왔다. 그렇게 아이를 키우다가 복직을 하게 되면서 나는 워킹 맘이 되었다. 친정에서 육아를 도와주어서 평일의 쉬는 날이면 아이를 보러 친정에 가서 아이와 지냈다. 주말에는 친정에서 아이를 데리고 왔다가 출근 전날 밤에 아이를 다시 데려다주는 생활이 시작되었다. 그렇게 4년을 보냈다. 편입을 준비한다고 정신이 없었고, 둘째가 생기지 않아 조바심도 났다.

점점 더 지치고 힘들다고 느낄 때 병원에서 독서클럽이 열렸다. 무료로 주는 책을 읽고 독후감을 쓰는 것으로, 잘 쓴 사람은 포상도 했다. 그때 읽은 책이 혜민 스님의 《바꾸면, 비로소 보이는 것들》이다. 마음이 편해져서인지, 주변의 도움이 있어서인지 둘째를 임신했다. 그때부터 다시 책을 읽기 시작했다. 예전처럼 책에 알록달록한 줄을 긋지는 않았다. 둘째가 태어나고 1년 뒤 부서 이동을 하면서 복직하게 되었다. 1년 정도는 엄마가 도와주었지만, 이후에는 첫째와 둘째를 오롯이 남편과 내가 돌보며 직장 생활을 하게 되었다.

마침 둘째 아이가 3살이 되던 해에 병원에 어린이집이 생겼다. 삼교대를 불규칙하게 하는 부서는 아니라 병원 어린이집에 둘째를 보내기로 했다. 주변에서는 모두 걱정을 했다. 어린아이가 차로 30분가량 걸리는 어린이집에 매일 다니는 것이 무리라는 것이다. 두 번째는 내가 출근할 때 아이를 데려가고, 퇴근할 때 데리고 와야 하는 것이었다. 얼핏 보면 가장 이상적인 상황이었지만, 나에게는 정말 힘든 일이었다. 그리고 낯가림이 심한 둘째는 새로운 생활에 적응하는 것을 힘들어해서 다른 사람에게 맡기기도 어려웠다.

초등학교 저학년인 큰아이도 엄마 손이 필요한 시간이었다. 물론 집에 오면 남편이 집안일을 많이 도와주고, 큰아이도 많이 돌봐주고 있었다. 하지만 나만의 시간은 없었다. 가끔 반차를 받거나, 1시간이나 2시간 일찍 퇴근할 수 있는 날이 있었다. 다른 엄마들은 아이가 있는 어린이집에 바로 달려가 아이와 함께 퇴근했을 것으로 생각하겠지만 나는 그러지 않았다. 아니 그렇게 하지 못했다. 그 시간이 너무도 소중했다. 나는 직원 휴게실이나 카페에 가서 책을 읽었다. 나만의 시간이 너무나 필요했다. 오히려 더 많이 읽고, 블로그에 서평도 썼다. 책에 다시 밑줄도 긋고, 독서 노트를 만들어 책에 있는 내용을 필사하면서 내 생각도 써보았다. 그 시간이 그렇게 재미있을 수가 없었다.

그러던 어느 날 나는 직원 휴게실에서 만난 선배 간호사의 말을 듣고 깜짝 놀랐다. "선생님은 책 읽을 여유도 있구나?" 나는 여유가 있어서 책을 읽은 것이 아니다. 힘들어서, 여유가 없어서 읽고 있었다. 주저앉을 것 같아서 책을 읽었다. 아이에게 짜증만 낼 것 같아서, 집에 가서 화만 낼 것 같아서 책을 읽었다.

이제는 큰아이가 중학생, 작은 아이가 초등학생으로 제법 커서 엄마 손이 덜 필요하다. 지금도 나는 책을 읽는다. 힘든 시간을 버티게 해준 책에, 책을 많이 사들이는 아내에게 싫은 소리 하지 않은 남편에게, 지금은 필요한 책이 있으면 엄마 책 살 때 은근슬쩍 이야기하는 제법 큰 아이들에게 너무나 감사하다. 그리고 버텨낸 나에게 진심으로 감사하다.

더 이상 무시당하며 살고 싶지 않습니다

최서연

"얼마가 필요하세요? 어디에 쓰실 거죠?"

"전세 보증금 내려고요."

"최서연님. 계약직이라서 대출이 어렵겠습니다."

　병원에서 검사 후 결과를 들으러 의사 앞에 앉을 때, 면접관 앞에서 자기소개를 할 때, 은행직원 앞에서 대출 심사를 요청할 때 한없이 작아진다.

　낙성대 근처에서 전세로 살았을 때다. 2년을 채우지 않았는데 집주인의 아들이 들어와서 살아야 한다며 두 달 뒤에 집을 빼라고 했다. 스물 후반, 내가 모아놓은 돈은 천만 원이 전부였다. 매일 출근해서 일했고, 퇴근해서는 비즈 공예를 배운 것으로 귀걸이도 만들어 팔았다. 주말에는 백화점 의무실 아르바이트도 했다. 가진 돈에 맞추다 보니, 내 몸 하나 누울 방을 구하기도 쉽지 않았다.

'얼마나 죽어라 일해야 돈을 많이 벌 수 있는 거지? 왜 저 사람은 돈이 있고 나는 없지? 이렇게는 살지 않을 거야.'라고 마음먹었다. 초등학교 4학년 때 아빠가 돌아가셨고, 엄마 혼자서 딸 다섯을 키워야 했기에 살림은 녹록치 않았다. 주변에는 보고 배울 만한 부자가 없었다. 돈을 어떻게 벌고 모아야 하는지 몰랐다.

2017년 3월이었다. 하브 에커의 《백만장자 시크릿》을 읽었다. 돈을 벌면서도 부자가 되지 못하는 이유는 '돈에 대한 고정관념' 때문이라고 했다. 맞다. 우리 집은 돈으로 행복해 본 적이 없었다. 엄마가 옷 장사를 하면서 벌어놓은 돈을 옷장 깊숙이 숨겨 놓으면 아빠는 그 돈을 몰래 빼가서 술을 마셨다. 아빠가 살아계실 때부터 돈은 우리 집의 화근이었다. 그놈의 돈. 돈. 돈… 하브 에커는 돈의 부정적 사슬을 끊으라고 했다. 그래서 그렇게 했다.

미니멀라이프 관련 책을 오십 권 이상 읽고, 집을 청소하고 정리하면서 소비 습관이 바뀌었다. 허전한 마음에, 싸다는 이유로, 언젠가는 입을 거라는 변명으로 사들인 물건을 하나씩 비워냈다. 기름진 혈관이 청소되면서 온몸에 피가 도는 기분이었다. 그때 곤도 마리에, 도미니크 로로의 책을 읽었다. 수십 권의 미니멀라이프 책 중

꼭 한 권을 읽어야 한다면, 캐런 킹스턴의 《아무것도 못 버리는 사람》을 추천한다.

가진 것에 감사하고 집중하면서 재테크 공부를 시작했다. 2017년부터 돈과 관련된 책을 읽었다. 2020년부터는 재테크 독서모임 '빅리치 북클럽'을 꾸리고 있다. 돈 공부는 처음인 3050 회원들과 책을 읽고 직접 새테크노 해보면서 돈에 대한 관점을 바꿔가고 있다.

스물아홉 살의 서러움은 쓴 약이 돼서 나를 성장시켰다. 감사하게도 그 후에 조그마한 집을 마련했다. 이제 두 번째 도전을 하려고 한다. 사무실을 얻게 되면서 부동산에 대해 무지했음을 깨달았다. 몇 년 뒤에는 나만의 건물을 갖는 꿈을 갖고 부동산 공부도 하려고 한다.

재테크를 막 시작하는 분들께는 이런 책을 추천한다.

《열두 살에 부자가 된 키라》 (보도 섀퍼, 을파소, 2014년)

《바빌론 부자들의 돈 버는 지혜》 (조지 S. 클래이슨, 책수레, 2021년)

《부자들은 왜 장지갑을 쓸까》 (카메다 준이치로, 21세기북스. 2011년)

내 가족을 위해서라도

한명욱

2001년 1월 1일, 빨간 날은 어김없이 근무다. 타종 소리가 끝날 즈음 남자 친구에게 전화로 새해 인사를 했다. "올해 목표가 뭐야?" 엉뚱한 답이 돌아왔다. "결혼." 우리 나이 25살, 동갑내기라 어려도 한참 어린 나이였는데, 그때는 무언가 홀렸나 보다. "목표는 이뤄야지." 청혼을 승낙했다.

결혼은 이상이 아니고 현실이었다. 바로 아이를 낳았다. 삼교대를 하며 육아는 언감생심, 초유만 먹이고 젖을 뗐다. 시댁에 보내고 나니 어린 군인 엄마는 최악이었다. 쉬는 날에만 아이를 볼 수 있었다. 월 1~2회밖에 만날 수가 없었다. 직접 키우고 싶어 원하는 곳으로 발령받자는 욕심에 파병을 자청했다. 6개월만 떨어져 있으면 된다는 생각이 어리석었음을, 타지에서 깨달았다. 평생 군인으로 살

자는 꿈은 아이가 1순위가 되면서 내려놓았다. 전역을 했다.

'꿈이란 무엇일까?'

군인이 꿈은 아니었다. 그냥 나라는 존재를 인정받고 평등한 힘을 갖고 싶었다. 그런데 전역 후 내 이름은 사라졌다. 대신 자리한 '○○ 엄마'였다. 영혼을 빼앗긴 듯했다. 처음으로 온 가족이 모였는데, 행복하지 않았다. '나는 누구지? 무엇을 하고 살아야 하지?' 꼬리에 꼬리를 무는 생각은 후회였다. 일찍 결혼한 것이 후회됐다. 일찍 아이를 낳은 것이 속상했다. 전역한 것을 되돌리고 싶었다. 결혼은 둘이 한 건데, 육아를 혼자 하는 것 같아 화가 났다. 점점 집안에 큰 소리가 났다.

나를 살피느라 아이를 살필 여유가 없었다. 파병 기간, 엄마를 못 본 아이는 분리불안이 생긴 것 같다. 애착 물건이 사라지면 소리 지르고 우는 아이, 달래지지 않는 아이의 반응은 당황스러웠다. 미안했다. 죄책감에 사로잡히면서도 아이를 보듬기에는 마음의 공간이 없었다. 새로운 돌발 행동들이 보였지만, 그때는 눈치 채지 못했다.

용수철 같은 아이의 행동이 반복되었다. 호기심이라 생각했는데, 남편은 참지 못했다. 학교에서 연락이 왔다. 산만하다고 했다. 한참 EBS방송에서 ADHD 전문가들이 나왔고 솔루션을 제공하던 시기였다. 아이를 방송에 나온 전문가가 운영하는 병원에 데려갔다. '주의력 결핍 과잉행동 증후군' 진단을 받았다. 강원도 철원에서 서울까지 갔다. 돌아오는 버스에서 잠든 아이를 내려다봤다. 큰 병이라도 걸린 것 같이 하늘이 무너지는 걸 느꼈다. 소리가 새어나갈까 입을 틀어막고 울음을 터트렸다.

아이를 위한다면서 몸만 아이 곁에 있었다. 인터넷이 지금처럼 발달하지 않았고, 느렸던 때였다. 정보가 필요했다. 서울로 나갈 때마다 관련 책을 사기 시작했다. 엄마의 눈으로는 활발할 뿐인데, '여자아이는 이렇다.'라는 잣대를 들이대고 있는 것은 아닐까? 몇 년 동안 부부 사이가 안 좋았던 것이 문제였을까? 미안하고 또 미안했다.《아이의 사생활》,《상처받은 내면아이 치유》,《가족 희생양이 된 자녀의 심리와 상담》,《ADHD 아동의 재능》,《가족》,《자기사랑 노트》등 닥치는 대로 책을 샀다.

기도하는 마음으로 살았던 시간을 잊었다. 어려운 순간 책을 통해 이겨낸 사춘기가 떠올랐다. 책을 읽으면 읽을수록 아이의 과잉행동은 불안정한 환경이 원인이었다. 주 양육자가 자주 바뀐 것이다. 이리저리 옮겨 다니느라 어린이집과 유치원을 아홉 번 만에 졸업했다.

남편을 가만히 들여다봤다. 줄줄이 어린 동생이 있어 혼자 할머니 집에 보내졌다고 한다. 남편의 어린 시절도 산만했다. 사랑받을 틈도 없이 일찍 돌아가신 아버지 대신 가장의 짐을 일찍 진 사람이었다.

아이를 돌보지 못한 것에 죄책감만 가득했다. 육아 또는 일로 양자택일해야 한다고 생각했다. 나를 잃었다고 생각했다. 열등감도 있었다. 군에 남아 있는 동기들이 부러웠다. 엄마라는 신분이 얼마나 대단하고 중요한지 몰랐다. 그저 어린 내가 거기 있었다. 어른 흉내는 내지만, 어떤 부모가 되어야 하는지 생각할 겨를이 없이 우리는 그렇게 부모가 된 것이다.

심리 책을 처음 접했다. 삼교대로 고단하다고, 일 년 동안 책 한 권 제대로 읽지를 않았다. 친구였고 스승이었던 책들이 떠난 빈자리에 덩그러니 남겨진 내가 보였다. 행복하지 않다고 느낀 순간, 가족 모두 행복하지 않았다. 내 아이가 다치고 있었다. 엄마가 한눈을 파니 아이는 자신을 보라고 신호를 보낸 거였다.

《대한민국에서 일하는 엄마로 산다는 것》,《MOM CEO》책은 위안이 되고 힘이 되었다. 엄마로 살며 일한다는 게 쉽지 않음을 인정했다. 내 잘못이 아니라고 토닥였다. 육아를 결정했으니 가정경영인이 되기로 했다.

'남편은 행복할까?' 그의 마음이 궁금했다. 매일 아침 위험한 GP로 작전을 수행하러 떠나는 남편을 생각하며 울었다. 그 또한 어루만져 줄 내 가족이었다.

책을 읽고 아이에 대한 죄책감을 덜어냈다. 남편에 대한 서운한 마음을 덜어냈다. 가족이 보였다. 나를 먼저 사랑하고 인정하기로 했다. '책 속에 길이 있다.' 누누이 생각했는데 잊었다.《자기사랑 노트》로 매일 나를 만나는 시간을 가졌다. 날이 섰던 마음이 가라앉았다. 마침《가족》을 함께 읽는 독서모임이 있어 참석했다. 내면 아이를 만나 치유의 시간을 얻었다.

'난 혼자가 아니야.' 아이가 받은 진단은 '가족이 함께 행복'하라는 메시지였다. 내가 행복해야 가족이 행복하다. 가족을 위해 다시 책을 들었다. 책으로 나를 다시 찾은 시간이었다. 이제는 책을 놓지 않는다. 더 많이 읽고 같이 행복해지고 있다.

제3장

독서모임,
새로운 세상

한 권의 책, 다양한 이야기

정상미

2019년 8월에 김미경 유튜브 대학 열정 대학에 입학했다. 북드라마 선정 도서를 읽고 리뷰를 쓰면 학점도 받을 수 있었다. 부산지역 북클럽에 참여 문의를 했다. 지역 리더가 연산, 동래 모임 향유팀을 소개해 주었고, 북클럽의 단톡방에 초대했다. "어서 오세요. 환영합니다." 화려한 이모티콘이 줄줄이 올라오며 격하게 반겨줬다. 그 분위기에 응답하기 위해 엉덩이를 흔들며 하트를 내뿜는 이모티콘으로 수줍고 낯선 내 마음을 숨겼다. "감사합니다. 잘 부탁드려요." 휴~ 1단계는 무사히 통과했다.

이전의 나는 책 한 권을 완독하면 북 리스트에 제목만 적고 책장의 제자리에 돌려놓았었다. 독서노트를 작성하지도, SNS에 한 줄

평을 남기지도 않았다. "어, 나 그 책 봤어. 너무 좋더라." 간혹 책 이 야기를 할 때는 이 짧은 문장으로 끝냈다. 책의 감동으로 가슴이 벅 차오를 때는 초록검색창에 책 제목을 입력했다. 책 리뷰를 읽으며 고개를 끄덕거리고 나의 감상을 다른 사람의 글로 정리했다. 그런 데 김미경 학장님이 아무리 책을 많이 봐도 읽기만 하면 내 것이 되 지 않는다고 했다. 글로 남기든, 독서모임에 참여하든 소위 말하는 아웃풋을 해야 한다고 했다. 내 생각이 틀렸을까 봐 아웃풋을 못했 는데, 어떡하지? 손톱을 깨물었다. 그렇지만 책을 읽어도 남는 게 없다는 위기감이 더 컸다. 북클럽에 참여해 보기로 했다.

향유팀 단톡방에서 새벽 기상 인사를 했다. 눈이 떠지지 않는 새 벽 5시, 카톡으로 수다를 떨다 보면 잠이 달아났다. 그리고 각자 기 적의 시간을 만들어 갔다. 처음에 어색했던 멤버들이 매일 아침을 함께 여는 사이가 되었다. 만나기도 전에 친근해졌다. 첫 모임 책은 《어떻게 휘둘리지 않는 개인이 되는가》였다. 선정 도서부터 내가 절대 선택하지 않을 것 같은 철학 입문서였다. 선택의 폭을 넓혀주 는 것이 북클럽의 장점이라는 것을 처음으로 경험했다. 데카르트, 스피노자, 칸트, 헤겔, 쇼펜하우어, 니체. 이 책에서는 누구나 이름 은 들어보았을 유명한 6인의 철학자를 소개한다. 그들의 탄생부터 전 생애를 따라가다 보면 천재적인 면은 물론 인간적이다 못해 찌 질해 보이는 면도 알게 되어 재미있게 그들의 철학에 접근할 수 있었다. 그렇지만 책을 재미있게 읽었던 것은 별개로 북클럽 초짜인 나는 사람들 앞에서 어떤 얘기를 어떻게 정리해서 해야 할지 몰라 진땀이 났다. 아이스커피를 벌컥벌컥 들이켰다.

각자 공감이 되는 철학자에 대해 중점적으로 이야기해 보는 것으로 독서모임은 진행되었다. 4명의 멤버가 모두 다른 철학자를 선택했다. 나는 근대 철학의 아버지 데카르트였다. 몸이 약하게 태어난 어린 데카르트는 여자들의 헌신적인 보살핌과 관심, 그리고 여자 친구와의 우정으로 평생 여성에게 호의적인 감정을 가졌다. 시대적으로 여성이나 장애인이 천시받던 사회였다. 그들이 일반 남성보다 뒤떨어지는지 발견할 수 없었던 데카르트는 사회적 믿음보다 자신의 경험을 신뢰했다. 그래서 차별하지 않았다. 그는 편견으로부터 자유로웠다. 세상의 관광객으로서 넓은 세상을 경험하며 다양성을 인정하고 추구했다. 나는 데카르트에게 매료되었다. 그에 대해 이야기를 하다 의도치 않게 내 이야기가 더해졌다. 다름을 인정하지 않고 자기만 옳다고 우겨대는 친구 때문에 힘들었던 시절과 안전한 걸 좋아하고 게으른 단점까지 나의 삶이 술술 나왔다.

황금고물님은 외모부터 성품, 지성까지 넘사벽이라 할 수 있는 스피노자를 선택했다. 놀라운 지성과는 반대로 성품은 소박하여 일상의 즐거움을 소중히 여기는 부분이 자신과 닮았다고 했다. 황금

고물님의 소확행 이야기에 우리도 덩달아 미소가 번졌다. 유리나 님은 대기만성형 헤겔의 정반합 개념에서 현시대 정치적 논의까지 엮어 이야기했다. 스스로를 갈고닦으며 인격적, 문화적으로 성숙한 사람이 되자고 우리를 북돋아 주었다. 산들의 노래님은 빛나는 두 뇌를 가졌으나 천성적으로 음울하고 나약한 성품의 쇼펜하우어를 골랐다. 쇼펜하우어의 염세주의적 모습에서 사춘기를 힘들게 지나 온 아들이 보였다고 했다. 이제 방황의 시기가 끝났다는 이야기에 우리는 가슴을 쓸어내렸다.

각자의 삶이 있었다. 서양 철학자의 인생과 사상을 엮어 향유팀 멤버들의 삶도 엿볼 수 있었다. 혼자 읽을 때는 내 경험 안에서만 책을 본다. 아는 만큼만 상상하고, 아는 만큼만 받아들인다. 그런데 북클럽은 달랐다. 네 명이 모이면 네 명의 삶을, 다섯 명이 모이면 다섯 명의 삶을 경험했다. 분명 같은 책을 읽었는데 관점이 달랐다. 꼼꼼하게 읽었다고 생각했는데 간혹 '어? 그런 내용이 있었어?' 놓친 부분이 튀어나왔다. 생각지도 못한 관점에서 이야기하는 사람을 보면 머리에서 탄산이 톡톡 터지는 것 같다. 어떨 때는 폭죽도 팡팡 터진다. 터진 부분만큼 내 세상이 확장되는 것 같았다. 나는 독서모임에 반하지 않을 수 없었다. 그렇게 한 달에 두 번씩 만나며 우리의 세상은 넓어지고 관계는 깊어졌다.

북클럽에 참여하고 약 반년 후 코로나가 찾아왔다. 처음엔 기다렸다. 카페에서 책 이야기를 나누고, 식당에 가서 밥정을 쌓아오던 우리는 다시 만날 날을 마냥 기다렸다. 메르스나 신종플루처럼 금세 지나갈 거라고 믿었다. 그런데 점점 희망이 사라졌다. 책 안에서 항상 새롭고 다양한 세상을 만나던 우리는 온라인 독서모임이라는 신세계를 빨리 받아들였다. 주저할 것도 없었다. 혼자보다 함께 읽기에 목마른 사람들이니까. 책 이야기를 나누지 않으면 화장실에서 뒤처리하지 않은 것처럼 찝찝한 사람들이니까. 그렇게 이어진 온라인 북클럽 향유팀은 현재까지 건재하다. 그간 멤버의 변화가 있었고 같이 밥을 먹을 수 없었지만, 또 금세 가까워졌다. 서로의 장점을 찾아내고, 단점을 이해하고 꿈을 응원한다.

참 이상하다. 우리는 분명 책 이야기를 하러 만난 사이인데 서로의 삶에 밑줄을 긋고, 별표를 그리고, 플래그를 붙이고 있다. 강제적으로 사람과 거리 두기를 해야 하는 팬데믹 시대에 나는 북클럽을 통해 오히려 다양한 사람들을 만나서 나를 이해받고 있다. 외로울 틈이 없다.

내가 알지 못했던 세상

송미향

2020년 1월, 여동생이 큰 수술로 병원에 입원해 있었다. 결혼을 안 하고 있었기에 보호자로 병원에서 함께 지내야 했다. TV에서 연일 '우한 폐렴' 소식이 나왔다. 그때만 해도 우리에게 큰 영향이 미칠 거라고는 생각을 못했다. 설마 했던 상황이 급변했다. 국내에 발을 디딘 코로나19의 습격이 대구로 향했고, 무서운 기세로 모든 사람들을 공포로 몰아넣었다. 마스크 대란이 일어나고, 공적 마스크라는 사상 초유의 일이 벌어졌다. 알지 못하는 대상에 대한 두려움으로부터 자신을 보호하려는 인간의 본능은 필사적이었고 적나라했다. 낯선 사람들의 말이 화살이 되고 칼날이 되어 나를 찔렀다. 전화벨 소리만 울려도 울렁거리고, 사람들이 약국에 들어오는 것이 무서웠다. 악몽까지 꾸는 날도 있었다.

두 달 정도 전화와 마스크에 시달리던 것도 차츰 마스크 수급이 안정되면서 사라졌다. 전처럼 평안한 일상이 찾아오기 시작했다. 그러나 한번 흔들렸던 멘탈은 쉽게 돌아오지 않았다. 아직은 친구를 만나 수다를 마음껏 할 수 있는 상황도 아니었다. 마스크로 인해 놓았던 책을 다시 봐야겠다는 마음이 들었다.

시동이 잘 걸리지 않았다. 책 한 권을 읽는데 시간이 많이 걸렸다. 7월 어느 날, 동갑내기 아들로 인해 인연을 맺은 영숙 씨가 약국에 잠시 들렀다. 학교 도서관 봉사 모임인 '북마미' 엄마들과 함께 논어 필사를 하고 있다며 같이 해보지 않겠냐고 했다. 혼자서 논어 필사를 하다 멈추었던 적이 있었다. 같이하면 끝까지 마칠 수 있을 거 같아 흔쾌히 수락했다. 아쉽게도 정원이 다 차서 필사팀에 들어가지 못했다. 미안했던지 영숙 씨가 다른 모임을 제안했다.

"언니, 사실 나 요즘 새벽에 줌으로 낭독 모임하고 있거든요.《책먹는 여자》라는 책을 쓴 최서연 작가님이 운영하고 있어요. 지금은 《노인과 바다》를 읽고 있는데 와, 신세계, 신세계! 언니도 들어와요. 다음 책은《시크릿 데일리 티칭》으로 할 거예요."

"《노인과 바다》요? 와, 좋다. 낭독 모임은 어떻게 하는 건데요?"

"서로 돌아가면서 책을 읽고 나서 그날 느꼈던 것 한마디씩만 하면 돼요."

책을 함께 읽는다는 것에 호기심이 생기며 솔깃했다. 문제는 새벽 5시 30분에 한다는 것이었다. 아침에 겨우 일어나 일상을 시작하는 나로서는 엄두가 안 나는 시간이었다.

"내가 깨워줄게요. 언니, 꼭 같이해요. 문자 남기면 아마 최서연 작가님이 연락 줄 거예요. 나 믿고 한번 해 봐요. 이거 진짜 강추! 언니랑 같이했으면 좋겠어요."

영숙 씨는 평소에도 만나면 손에 들고 있는 거 아낌없이 나눠주고, 일하느라 놓치는 학교 소식을 알려주는 고마운 사람이다. 오랜 시간을 알고 지냈지만, 이처럼 강하게 권유하는 것을 본 적이 없었다. 마음이 흔들렸다. 무엇보다 책에 깊이 빠져보고 싶은 내적 욕구가 꿈틀거렸다.

회비를 입금하고 최서연 작가에게 문자를 보냈다. 얼마 후 전화가 왔다. 줌 링크를 보낼 테니 설치하고 책을 준비하라고 했다. 새벽 낭독 단톡방에도 초대를 해줬다. 참가자들이 환영의 인사와 귀여운 이모티콘들로 반겨줬다. 나도 수줍게 인사를 나눴다. 버벅대면서 줌을 설치하고, 8월 10일이 되기를 기다렸다. 새벽에 못 일어날까 봐 어찌나 긴장을 했던지 자꾸 잠을 깼다. 일어나 시계를 보면 2시 25분, 눈을 붙이고 잠들었다 놀라서 깨보면 3시 10분, 첫날은 시간마다 깼다. 5시 10분부터 노트북을 켜고 기다렸다. 줌도 처음이었고, 영숙 씨 말고 모두 모르는 사람들이어서 긴장을 많이 했다. 드디어 줌이라는 세상에서 사람들을 만났다. 화면에 내 얼굴이 나오는 것도, 목소리를 듣는 것도 낯설었다. 한 사람씩 돌아가면서 일정 분량을 읽었다. 읽어 주는 사람들의 에너지가 담겨 있어서인지 혼자 읽을 때와는 다른 파동으로 다가왔다.

낭독 책이 끌어당김을 이야기하는 《시크릿 데일리 티칭》이어서 강하게 다가왔을 수도 있다. 예전에 《시크릿》이 유명했을 때 읽었던 적이 있었다. 그때는 온전히 받아들이지 못했다. 부정의 마음이 가득 차 있었던 때라 어떤 좋은 말도 눈에 들어오지 않았던 것 같다. 40분 정도의 낭독이 끝나자 5분의 시간을 주면서, 좋았던 구절을 찾고 어떤 것을 실천할 것인지 생각하라고 했다. '실천할 사항? 뭐지?' 익숙지 않은 방식이라 당황했다. 다행히 순서를 마지막으로 해준 덕분에 앞서 하는 다른 사람들을 보며 눈치껏 할 수 있었다. 긴장과 떨림을 가지고 참석한 첫 낭독 모임이 끝났다. 독서모임 자체를 해 본 적이 없었기에 첫날 받은 느낌은 신선했고 강렬했다. '아, 저렇게도 생각할 수 있구나.', '어, 저 부분을 나는 왜 못 봤지?' 책 내용에서뿐 아니라, 나누는 이야기들에서도 깊은 울림을 받았다. 책을 꼭꼭 씹어먹고 되새김질하게 해주었다. 남들이 자고 있는 새벽 시간에 책을 읽었다는 뿌듯함으로 하루 종일 기분도 좋았다.

대면은 아니어도 월, 수, 금 주 3회 만나다 보니, 함께하는 참여자들과 보이지 않는 끈끈한 유대감이 생겼다. 가족들에게조차 말하지 않는 속내가 어느 순간 자연스럽게 술술 나왔다. 오랜 시간 동안 함께한 참여자가 빠지게 될 때는 섭섭함이 밀려왔다. 물론 새로 합류하는 사람들이 허전함을 곧 메꾸어 주었다. 책을 읽으려고 들어간 독서모임에서 '사람'이라는 뜻하지 않은 보물을 발견했다. 코로나 때문에 마스크와 아크릴 가림막으로 막혔다고 생각한 사람 간의 교류가 오히려 더 확장되고 있다. 전국 곳곳의 책을 좋아하는 사람은 누구나 만날 수 있었다. 그것도 더블샷 에스프레소처럼 진한 맛으로 말이다.

2020년 8월 10일부터 시작한 새벽 낭독을 현재까지 하고 있다. 덕분에 매일 새벽 5시에 일어나는 습관을 장착했다. 아이가 태어난 후 개인적인 시간을 전혀 가질 수 없다고 생각했다. 가질 수 없었던 것이 아니라 가질 생각을 안 한 것이었다. 낭독 모임 덕분에 소중한 아침 두 시간을 선물로 받았다. 그뿐이 아니다. 최서연 작가는 여러 독서모임을 운영하고 있다. 거기에 하나씩 참여하게 되면서 독서의 폭이 넓어졌다. 혼자라면 읽다가 포기할 책들도 함께여서 끝까지 읽을 수 있었다. 어려워서 머리를 움켜잡고 읽었던 책도 나눔의 시간을 통해 이해의 실마리를 얻을 수 있었다. 그동안 이런 세상을 몰랐다는 것이 억울했다. 무수한 시간을 흘려보낸 것이 아깝기만 했다. 아니다. 이제라도 보물이 가득한 세상으로 향하는 행운의 티켓을 잡을 수 있었으니 다행이고 감사한 일이다. 읽으면 읽을수록 읽어야 할 책의 산이 점점 높아지고 있다. 덕분에 책상에는 읽고 있는 책들이 켜켜이 쌓여있다. 책장에는 숨 쉴 공간 없이 책들로 꽉 차있다. 가방도 항상 책들로 불룩하다. 어디에도 없는 나만의 명품 책장과 명품 가방이 생겼다. 보고만 있어도 배가 부르다는 말을 실감하는 중이다.

03

속 시원한 시간들

한명욱

    네 아이 엄마라는 수식어가 따라붙은 마흔 이후 밤마다 허기가 졌다. 갈망이었음을 알았다. 삐꺽거리던 30대 초반, 내면을 꿰뚫는 심리학에 꽂혔었다. 《30대, 다시 공부에 미쳐라》를 읽으며 새로 시작할 용기를 얻었다. 대학원에 가고 싶었다. 드디어 기회가 왔는데, 셋째가 생겼다. 어린이집 갈 때까지만 키우자 했는데, 2022년 현재 넷째가 일곱 살이 되었다. 40대 중반이 되니 다시 배움에 대한 갈망이 꿈틀대며 마음이 고팠다.

    코로나19는 오프라인에서 이뤄지던 수업들을 온라인으로 옮겨왔다. 세상이 빠르게 바뀌는 것이 보였다. 솔직한 입담과 마음을 울리는 강의로 존경받는 김미경 강사의 새 책 《김미경의 리부트》는 잠든 갈망을 깨웠다. 'mkyu'라는 온라인 공간은 젊은 날의 꿈은 온데간데없고 아이들은 커버린, 엄마들의 성장 갈망을 해결해 주는 곳이었다. 엄마들이 집에서도 강의를 들을 수 있는 세상을 정확하게 짚었다. 두 번째 스무 살을 꿈꾸며 '열정 대학생'으로 등록했다. 강의를 들으면서 내 갈망이 '학위였을까, 진정한 배움이었을까?' 다시 질문할 수 있었다. 세상은 바뀌었다. 학위가 아닌 경험이 브랜드가 되는 세상을 깨닫는 순간, 우물 안 개구리였음을 알았다.

2016년 막내를 낳은 후 몇 년은 위기였다. 번 아웃된 신랑과 극도의 사춘기 우울증을 겪으며 고등학교에 진학하지 않은 첫째를 돌봐야 했던 시간이었다. 다시 나를 찾는 시간이 필요했고, 성장하고 싶었다.

"우물 밖으로 나가고 싶다. 나를 바꾸고 싶다."

나를 바꾸려면 만나는 사람을 바꾸고, 환경을 바꿔야 한다. 직장 동료가 아닌, 새로운 사람과 만나기로 했다. 늘 읽던 책에서 벗어나기로 다짐했다.

책 편식이 심한 편이었기에 다른 분야의 책을 살펴보기 시작했다. 때마침 눈에 띈 책을 샀다.《사이드잡으로 월급만큼 돈 버는 법》,《1인 기업을 한다는 것》등 생소한 책이었다.《30대, 다시 공부에 미쳐라》에서 경제학 공부를 강조했다. 마케팅에 관심을 가지라고 했고, 독서와 글쓰기를 강조했다. '사이드잡', '1인 기업'이라는 새로운 세상에 뛰어들고 싶었다. 나의 경험으로 만들어 갈 브랜드를 상상하니 배가 불렀다. 역시나 온라인 세상에 집을 지어야겠단 생각이 들었다. 때마침 십여 년 만에 연락이 닿은 선배가 1인 기업 강의를 추천해 줬다. 나 자신이 CEO라니, '사장님처럼 살기'를 선택하니 비로소 내 삶의 주인공이 되었다. 무엇을 하며 살아야 하는지 삶의 의미를 찾아 많은 책을 탐독했다. 이제라도 우물 밖 세상을 본 것에 감사했다. 독서는 성공의 충분조건이다. 책을 많이 읽는다고 모두 성공하는 것은 아니다. 그러나 성공한 사람은 모두 독서광이었다. '1인 기업가가 되고 싶다. 내 분야의 전문가가 되고 싶다.' 오랜만에 꿈틀대는 열정이 좋았다.

"일단 저지르자."

전략독서라는 새로운 독서방법을 배우게 되었다. '전문가가 되기 위해 어떤 책을 읽을 것인가?' 많이 읽는 것도 중요하지만, 어떤 책을 읽을 것인가도 중요했다. 변하기 위해 자기 계발서를 읽었다. 자기 계발에 철저한 사람들의 루틴을 배우고 싶었다. 생각의 영역을 넓히고 싶었다. 경제와 마케팅 분야 독서를 위해 독서모임에 들어갔다. 함께 읽으니 월 1권에서 주 4권의 독서량으로 늘어났다. 다양한 관점을 들을 수 있는 것은 독서모임의 장점이었다.

자기 계발서, 경제, 마케팅 분야의 책은 모두 독서모임을 통해 읽었다. 그리고 따로 전공을 살리기 위한 전략독서를 시작했다. 건강

전문가로 1인 기업을 준비했다. 김형환 교수의 '1인 기업 & CEO 실전경영전략스쿨' 강의를 들었다. 강의의 최대 장점은 각계각층의 멘토 인터뷰다. 멘토가 읽는 책은 추천 독서 목록으로 들어갔다. 전략독서를 배우기 위해 김윤수 작가를 만났다. 자기 분야의 전략독서로 최소 30권 관련 책을 읽으라고 알려줬다. 서점에서 책 선택도 도와줬다. 독서모임 덕분에 김윤수 작가와 같은 다른 작가들과도 연이 닿았다. 만나는 사람이 달라졌다. 새로운 세상이 눈앞에 펼쳐졌다. 다양한 독서모임에 참가하니 감사와 위안을 주는 책을 만났다. 《오티움》, 《이제 몸을 챙깁니다》. '문요한 작가와의 북토크'라는 상상할 수 없는 기회도 있었다. 새로운 사람들을 만나고, 에너지를 얻었다. 남편과 아이를 챙기면서도 바닥을 치지 않으려 몸부림쳤던 나날들이 보답을 받는 순간이었다. 배운 것을 나누고 싶어 어쭙잖게 팀 전략독서 모임을 시작했다. 성장을 돕고 싶어 시작한 일이 나의 성장을 돕는다.

지금 공저를 같이 쓰는 최서연 작가도 감사함으로 닿은 인연이다. 책을 읽고, 강의를 들으며 온라인 세상에 집을 짓는 것이 쉽지 않았다. 제법 시대를 따라간다고 생각했다. 그러나 자만이었다. 배움의 시간, 다양한 독서모임에 참여하기 위한 시간 관리가 절실했다. 조급해지는 마음을 다잡았다. '1인 기업 도구마스터', '책 먹는 여자'의 수식어가 잘 어울리는 최서연 작가를 모방하기로 했다. 3P

바인더 프로과정을 들으며 시간 관리자가 되었고, 더 많은 책을 읽을 수 있었다. 정말 변하고 싶었다. 루틴을 만들고, 의미를 부여하니 가능성이 보였다. 책을 통해 삶의 결이 비슷한 온라인 친구를 만났고, 인연을 넓혀 가니 온라인 전문가들과 연결되었다.

허기진 갈망을 채우기 위해 새로운 영역의 책을 읽었을 뿐인데, 일 년의 시간이 쌓였다. 달라진 내가 보였다. 마이크로 인플루언서가 되고, 블로그에 콘텐츠를 올리고 기록을 시작했다. 독서 모임으로 어려웠던 분야가 조금씩 이해되었다. 읽고 적용하니 생활이 달라졌다. 열심히 살면서도 고군분투했던 나였는데, 지금은 여유롭게 세상을 바라보고 있다. '건강독서 분야가 어려운 분들은 내가 도우면 되지 않을까?' 코로나로 건강 욕구가 높다. 기대 수명의 연장으로 건강은 삶의 질과 밀접해졌다. 어느 순간 배움의 갈망에서 '내가 가진 장점을 어떻게 나누고, 건강한 삶을 도울 수 있을까?'라고 고민하는 내가 신기하다.

2021년 11월 17일 기준 알라딘 구매 도서 333권. 깜짝 놀란 수치였다. 그만큼 책 영역은 확장되었고, 세상을 바라보는 눈도, 가족을 바라보는 시선도 달라졌다. 어떤 일이든 작게 시작해도 결과가 쌓이면 태산이 될 수 있음을 경험하고 있다.

갈망이 해결됐다. 밤에 누워도 허기지지 않는다. 배가 부른 요즘이다. 매일 즐겁다. '잘하고 있다.'라고 칭찬하는 여유도 생겼다. 나에게 사랑 고백을 하며 아침마다 긍정 확언을 외치고 시작하는 아침이다. 독서모임으로 긍정 에너지를 받고, 배움의 영역을 넓이는 지금처럼 속 시원하고, 살맛나는 하루는 또 없는 것 같다. 참 속 시원하다. 독서로 행복하다.

04

책이 담고 있는 의미와 가치

김은지

어렸을 때부터 독서와 글쓰기를 좋아했다. 그러나 나의 성장을 돕는 것보다는 시간을 때우는 단순한 취미에 불과했고, 성인이 되었을 때까지도 고상한 취미라는 합리화를 하면서 자기만족으로 묻어 두고 있었다. 이전부터 계속해 오던 나의 독서 방식은 1년에 50권 읽기, 1년에 100권 읽기와 같은 목표를 매년 세운 후 그 목표를 이루기 위해 누가 뭐라고 하는 것도 아닌데 경주를 하듯 책을 읽었다. 그러다 보니 마음이 조급해지고 책을 꼼꼼히 읽지 않았기 때문에 내용을 충분히 이해하지 못하더라도 그냥 넘어간 적이 많았다.

이렇다 보니 꾸준히 책을 읽고는 있었지만, 내용이 기억나지 않았던 적이 많이 있었다. 무엇보다 독서모임에 참여했을 때 책을 보지도 않고 마치 작가인 듯이 책의 내용과 본인의 경험을 적절히 섞어서 술술술 이야기하고, 느낌과 적용할 점까지 일사천리로 이야기하는 모습이 마냥 부럽기만 했었다.

그러나 이제는 권수 채우기에 급급한 목표를 내려놓고 하루에 한 페이지를 읽더라도 나에게 주는 인사이트를 발견해서 내가 적용할 점을 뽑아 행동하기 위해 노력하고 있다. 이렇게 나의 삶이 변화하는 독서로 방법을 바꾸었더니 책을 읽는 시간이 행복해졌고 마음도 편해졌다. 물론 읽는 속도는 예전보다 느리고 더디지만, 한 글자한 글자 씹어 먹듯이 꼼꼼하게 읽으니 예전에 읽었던 책들인데도 놓쳤던 구절들이 새롭게 다가왔고, 책을 읽어야 하는 의미와 가치를 다시 발견하게 되었다. 책 내용을 직접 실천해 보고 적용해 보니더 기억에 오래 남게 되었다. 이제는 일 년 동안 책을 몇 권 읽었는지 중요하게 생각하지 않게 되니 조급한 마음도, 다른 사람들과 비교하는 습관도 사라지게 되었다.

책을 읽고 삶에 하나씩 적용하다 보니 예전과 많이 달라졌다는 이야기를 종종 듣는다. 특히 신랑에게 말투도 많이 달라지고 생각도 많이 달라졌다는 이야기를 들었고, 조금 더 너그럽고 여유로워져서 편해 보인다는 이야기를 들었을 때 감동이었다. 신랑은 게임이 취미이기도 하고, 게임으로 스트레스를 푸는 사람이라 퇴근 후나 쉬는 날에는 게임을 하기에 바쁘다. 그래서 사실 공통된 취미도 없고 관심사도 부족해 저녁을 먹으면서 그날 있었던 일들에 대해 가볍게 대화를 나누거나 TV를 보는 게 전부여서 늘 대화 주제에 대한 아쉬움이 있었는데, 최근에 신랑이 내가 재테크 관련 공부를 하는 걸 알고 재테크 책 중에서 읽을 만한 거 있으면 추천해 달라고 해서 깜짝 놀랐다. 그래서 나도 재테크 입문서로 추천받았던 책 3권을 그대로 추천해서 신랑에게 선물로 주었다. 그렇게 우리는 책에 대한 공통된 취미가 생겼고, 대화의 주제가 하나 더 늘어나게 되었다. 그뿐만 아니라 독서를 한 후 SNS에 서평을 남기는 나의 삶을 격하게 응원해 주는 지원군이 되어 가끔은 댓글을 달아주기도 한다. 물론 지금도 책을 읽고 있는지 아닌지는 모르겠지만, 책은 나뿐만 아니라 주변 사람에게 선한 영향력을 끼칠 수 있는 엄청난 힘을 가지고 있다는 것을 깨닫게 되었다.

책을 읽다 보면 그동안 살아오면서 쌓았던 경험이나, 내가 옳다고 생각해 왔던 가치관과 신념이 우물 안의 개구리에 불과했다는 사실을 뼈저리게 느끼게 된다. 그동안 내 생각이나 가치관과 맞지 않는 의견이면 누구든지 불문하고 무시하며 받아들이지 못했다. 심지어 그런 행동이 잘못인지조차 모르고 살았다. 그런데 책을 읽고 다양한 세상과 사람들을 접하게 되면서, 나의 고집들이 점점 사라지며 더 너그럽고 다른 사람들을 받아들일 수 있는 마음도 생기게 되었다. 아마 신랑도 나의 그런 변화를 알아차린 것 같다. 책을 깊이 있게 읽다 보면, 지금까지 살아왔던 것과는 전혀 다른 방식으로 삶을 살아갈 수 있게 된다.

또 다양한 책들을 통해 나보다 먼저 내가 가고 싶은 길을 갔던 선배들의 깊이 있는 조언을 들을 수 있고, 내가 경험해 보지 못했던 세계를 간접적으로나마 경험할 수 있기 때문에 시간을 절약할 수 있고, 여러 가지 위험부담도 최소화할 수 있다. 나는 지적당하고 조언을 듣는 것에 대해 불편해하고 기분 나빠하는데, 책을 통해 나의 문제점이나 단점을 마주하게 될 때는 기분이 덜 나쁘고, 책의 구절이 더 쉽게 내 마음속에 들어온다. 그러다 보니 이제는 나의 고민이나 어려움을 다른 사람들에게 이야기 하기보다는 책을 통해 해결하는 경우가 더 많다. 이렇게 책에 담긴 의미와 가치를 찾아가며 책과 점점 친하게 지내다 보니 단순히 취미로 시간이 남을 때 잠깐 읽는 정도였던 독서가 어느새 나의 삶 속에 깊이 들어와 점점 나를 성장시키고 변화시키고 있다.

독서는 가장 가성비 높은 공부법이다. 다른 사람이 써놓은 책을 읽으면 본인이 평소에 살았던 세상과는 전혀 다른 세상을 접할 수 있다. 나는 어렸을 때부터 피아노를 쳤고, 대학에서 피아노를 전공한 후 음악 학원에서 11년 동안 아이들을 가르치면서 자연스럽게 피아노에 관련한 경험을 많이 쌓게 되었다. 그런 덕분에 사람들이 나를 피아노 전문가라고 부른다. 이렇듯 배움과 자연스러운 경험으로 전문가가 될 수 있다. 하지만 내가 요즘 만들어 가고 있는 '기록'이라는 콘텐츠의 전문가가 되기 위해서 다시 대학을 다닐 수도 없고, 전공을 할 수도 없다. 그렇기에 기록의 전문가가 되기 위해 올해 1년 동안 기록과 글쓰기에 관련된 책 50권의 리스트를 뽑아 전략 독서를 하려고 한다. 한 분야의 전문가가 되기 위해서는 최소 10년이 걸리고, 비용도 만만치 않게 많이 든다. 하지만 책값은 대학 등록금이나 대학원 등록금에 비교하지 못할 만큼 저렴하다. 책 속에는 작가의 경험과 인생과 전문가가 되기 위한 과정들이 고스란히 녹아있기 때문에 한 분야의 책만 꾸준히 읽어도 충분히 전문가가 될 수 있다. 이렇게 독서는 단순히 취미를 넘어서 본인의 직업이나 관심 있는 분야의 지식을 쌓을 수 있도록 엄청난 도움을 준다.

물론 책을 처음부터 끝까지 다 읽기만 한다고 해서 삶이 바뀌지는 않는다. 그러나 책에서 만난 단 한 문장을 통해서라도 삶의 의미와 가치를 새롭게 깨달을 수 있다. 나는 어느 책에선가 보게 된 '아무것도 하지 않으면 아무 일도 일어나지 않는다.'라는 구절을 통해 행동의 중요성을 깨닫게 되었고, 계획과 생각보다는 실천을 먼저 하려고 노력하고 있다. 원래 나는 걱정이 많고 완벽주의자이기 때문에 계획을 철저하게 세우려고 한다. 그래서 계획이 완벽하게 세워질 때까지 전혀 행동하지 않는 사람이다. 그러다 보니 배운 것만큼 실천하고 행동하는 게 부족해서 성과나 성장도 다른 사람들보다 더디게 나타난다.

그걸 깨닫게 된 후로는 작은 것 하나라도 먼저 경험하고, 실천하고, 행동하려고 노력하니 조금씩 성장하고 있음을 느끼게 되었다. 책은 저자가 직접 경험하고 고생하면서 얻은 지식과 경험을 모아놓은 모음집이다. 우리는 그러한 책을 잘 읽기만 하면 그 속에 담겨 있는 것들을 우리의 것으로 만들어서 성장할 수 있다. 가장 저렴한 비용으로 가장 오랫동안 즐거움을 누릴 수 있는 것이 바로 책이 담고 있는 의미와 가치이다.

틀렸다? 다르다!

유명임

　코로나19가 시작된 후 자유롭게 사람을 만나는 것이 힘들어지면서 온라인으로 소통하는 모임이 많아졌다. 독서모임도 그중 하나다. 오프라인 독서모임보다 온라인 독서모임이 활발하게 이뤄지고 있다. 나 역시 코로나19로 인해 온라인 독서모임을 처음 경험했다. 오프라인 독서모임에 참여해 본 적은 있지만, 주로 저자 강연회이거나 뚜렷한 목적이 없는 독서모임이었다.

　혼자서 오롯이 책과 마주하는 시간이 좋았다. 혼자서 책을 읽는 시간이 길어질수록 정말 책을 잘 읽고 있는 것인지 의문이 들었다. "내용을 잘 이해하며 읽고 있는 것일까?", "책을 읽고 지금 느끼고 생각한 게 맞는 것일까?" 하는 고민이 되기 시작했다. 고민은 점점 내 생각과 느낌, 가치관이 틀릴 수도 있다는 불안감으로 변했다. 책의 저자가 말하는 것은 다 맞고 내 생각은 전부 틀린 것 같았다. 책에 관해 대화를 나눌 사람이 없다 보니 내 생각과 느낌을 검증받을 곳이 필요했다. 목적을 가지고 꾸준히 책을 읽는 독서모임을 하는 환경에 들어가야겠다고 생각했다.

2020년 2월은 코로나로 온 나라가 긴장 상태에 있던 때였다. 오프라인보다는 온라인 독서모임이 안전하겠다는 생각에 인터넷 검색을 하던 중 '책 먹는 여자' 최서연 작가와 BBM을 알게 되었다. BBM에서 진행되는 모든 프로젝트의 기본은 독서. 그곳의 환경 속에 있다 보니 자연스럽게 독서모임에 참여하게 됐다. 대망의 첫 독서모임, 한 작가의 책 몰아 읽기로 나폴레온 힐의 《놓치고 싶지 않은 나의 꿈 나의 인생》 1권~3권을 읽었다.

독서모임 참여 몇 시간 전까지 수도 없이 고민했다. 트리플 A형이라 낯가림이 심한데다가 오랜 시간 혼자서만 책을 읽었던 터라 다른 사람들 앞에서 내 생각과 의견을 말한다는 것이 망설여졌다. '내 생각이 틀리면 창피해서 어쩌지?', '말했다가 비웃음당하면 어쩌지?', '자신 있고, 조리 있게 잘 말할 수 있을까?' 별의별 생각이 다 들었다. 독서모임 후 녹화 영상을 올려준다는 말에 나중에 영상으로 볼까? 마음이 흔들렸다. 하지만 한 번 미루면 계속해서 독서모임에 참여할 수 없을 것 같았다.

첫 온라인 독서모임에 참여하던 날을 아직도 잊지 못한다. 내가 진행하는 독서모임도 아닌 참여자에 불과한데도 왜 그렇게 떨리던지. 드디어 독서모임이 시작됐다. 이름과 사는 곳, 하는 일, 독서모임에 참여하게 된 계기 등 자기소개를 했다. 전문직, 회사원, 개인사업 등 다양한 분야에 종사하고 있는 사람들과 독서모임을 한다고 생각하니 어떤 이야기들이 오고갈지 기대가 됐다. 질문에 대한 자기 생각을 나누는 시간이 되었다.

앞서 느낀 기대감과는 달리 나보다 월등히 뛰어난 사회 경력과 독서력을 가진 사람들 앞에서 나를 드러내야 한다는 생각에 살짝 주눅이 들었다. 틀린 생각을 말해 분위기를 흐리면 어쩌나 싶기도 했다. 내 차례가 되어 한마디, 한마디 할 때마다 식은땀이 났지만, 공통된 책 한 권으로 여러 이야기가 오고가는 것이 재미있었다. 내가 알지 못했던 분야에서 일하는 사람들의 다양한 경험과 생각을 들으면서, 내 생각과 느낌은 틀린 것이 아니라 다를 뿐이라는 것을 깨달았다. 독서모임을 통해 내가 틀린 것이 아니라는 것을 검증받으려 했던 내가 부끄러웠다.

그렇게 한 번, 두 번 독서모임을 거치면서 나도 다른 사람들처럼 내 생각과 느낌을 자연스럽게 전달할 수 있었다. 평소엔 만나볼 수 없는 직업군을 가진 사람들의 다양한 생각과 가치관에 귀 기울이고 이야기를 나누며 많은 것을 배울 수 있었다. 혼자만의 세계에 갇혀 책을 읽던 예전과는 비교도 할 수 없을 만큼 책을 읽는 것이 즐거웠다. 떨리는 마음으로 독서모임에 참여했던 때가 엊그제 같은데, 지금은 리더로 그 자리를 함께하고 있다는 사실이 꿈만 같다.

계속해서 다른 독서모임에도 참여했다. 독서모임이 있는 날은 사전 질문을 준비하고, 독서 노트를 읽으면서 책을 읽고 느꼈던 점들을 복기했다. 온라인이지만 한 번의 독서모임이 끝나면 함께한 사람들과 한층 더 가까워짐을 느꼈다. 모임의 장소가 오프라인에서 온라인으로 바뀌었을 뿐, 독서모임을 통한 공감과 나눔, 배움은 달라지지 않는다. 독서모임은 나와 타인의 생각이 다름을 인정하고, 그 다름의 개수만큼 통찰력을 얻어가는 것이다. 한 가지 시선만으로 세상을 보던 눈에서 떠나 다른 시각, 다른 각도에서 세상을 바라보게 된다. 다른 사람들을 더 많이 이해하게 되고, 배려하게 되고, 관심을 가지게 된다. 서로에게 영향을 받기도 하고, 영향을 주기도 한다. 그로 인해 동기부여를 받는다. 타인의 경험을 내 상황에 맞춰 재가공해 적용도 한다. 독서모임에 참여하는 횟수만큼 내 생각의 깊이와 넓이가 확장된다.

독서모임은 완독 후 참여하는 것이 좋다. 책을 읽지 않아도 참여는 할 수 있다. 사람들이 책에 관해 이야기하는 것을 들으면 어느 정도 내용은 파악할 수 있다. 하지만 독서모임의 목적은 책 내용을 알아가는 것이 아니다. 독서가 삶의 일부가 되어 적용하고 실천하기 위함이다. 책을 읽지 않고 참여를 하면 수동적인 자세가 될 수밖에 없다. 책 내용을 알지 못하니 내 생각과 느낌을 제대로 전달할 수가 없다. 진행자나 다른 사람의 생각을 따라가게 된다. 완독하면 독서모임에 능동적으로 참여하게 된다. 내 생각을 적극적으로 표현하게 되고, 다른 사람의 다름을 인정하고 받아들이면서 사유의 폭이 점점 넓어진다. 그러면서 한 단계 더 성숙한 독서를 하게 된다. 이렇게 꾸준히 독서모임에 참여하게 되면 들인 시간과 비용 대비 2배, 3배의 가치를 얻을 수 있다.

책을 통해 지금까지와는 다른 삶을 살기를 원했기에, 할 수밖에 없는 환경으로 들어갔다. 독서모임이 확실한 지름길이었다. 독서모임은 내 생각의 옳고 그름을 검증받는 곳이 아니다. 다른 생각은 있을지언정 틀린 생각은 없다. 저자와의 교감, 함께 이야기를 나누는 동료들을 통해 저자가 의도하는 바를 받아들이고, 다른 사람의 기준에 따르지 않는 나의 다름을 존중하게 된다. 다양한 간접경험을 통해 타인의 경험을 공유받고 공유하며 넓은 세상을 보는 시야를 갖게 된다. 그러한 경험들이 모여 불쑥불쑥 찾아오는 삶의 난제들을 해결할 수 있는 지혜도 얻는다. 행복과 풍요로움이 가득한 인생. 독서모임 안에 그 답이 있다.

06

건전한 토론 문화에 대하여

최서연

"발표도 해야 하나요?"

"저는 사람들 앞에서 말하는 게 부끄러워요."

"어떻게 생각을 정리해서 말해야 할지 모르겠어요."

2017년 여름부터 독서모임을 꾸렸다. 첫 시작은 보험설계사 모임이었다. 고객에게 상처를 받는 설계사에게도 처방전이 필요했다. 세일즈로 성공한 사람들의 책을 보며 동기부여도 받고, 노하우도 배우는 시간으로 만들고 싶었다. 그때부터 회원들에게 들었던 질문은 '말하기'에 대한 것이다.

누구나 자기 생각을 가지고 있고, 타인과 말을 주고받는다. 독서모임에서는 그 주제가 '책'일 뿐이다. 책을 읽고 내가 좋았던 구절을 찾아서 소개한다. 그 부분이 왜 좋았는지 이유도 말한다. 내 삶에 어떻게 적용해서 실천할지 다짐도 한다. 말해야 하는 기준이 있으면 발표하는 것에 대한 두려움이 줄어든다.

또 하나, 토론을 어려워하는 이유는 문화적인 부분이다. 각자 살아온 길이 다르기 때문에 한 줄의 내용도 다르게 해석할 수 있다. 책은 한 권이지만 참가자의 수만큼 해석이 풍부해진다. 독서모임을 운영하는 묘미도 있고, 삶을 배울 수 있는 시간이기도 하다. 하지만 독서모임이 익숙하지 않은 참가자는 자기 생각을 말하기도 어렵고, 다른 관점을 경험하는 것도 불편할 수도 있다.

2014년부터 책을 읽기 시작했다. 혼자 책을 읽을 때는 나와 다른 의견을 말하는 사람을 만나면 틀렸다고 생각했다. 책을 읽어도 딱 그만큼만 성장했다. 자아도취에 빠져 콧대만 높아졌다. 2017년부터 2022년까지 독서모임을 6년째 꾸리고 있다. 한 해도 쉰 적이 없다. N잡러로 여러 일을 하고 있지만, 평생 딱 하나의 일만 해야 한다면 독서모임을 선택할 것이다. 이유는 바로 사람들과 소통할 수 있기 때문이다.

원활한 토론을 위한 몇 가지 팁을 소개한다.

첫째, 어떤 주제로 이야기할지 리더가 먼저 예시를 들어 설명한다. "이야기해 보세요."라고 말하지 않고, "책을 읽고 좋았던 구절을 페이지 포함해서 읽어 주시겠어요?", "그 부분을 읽고 어떤 느낌이었나요?", "책을 통해서 내 삶에 적용해 보고 싶은 것이 있다면 무엇인가요?"라고 구체적으로 질문한다.

둘째, 참가자 누구나 대화를 할 수 있도록 시간 배분을 해야 한다. 대화를 힘들어하는 참가자도 있지만, 정리되지 않은 생각을 혼자서 5분 이상 이야기하는 회원도 있다. 주제와 상관없는 이야기를 하면서 본인도 무슨 말을 하고 있는지 모르는 경우다. 예전에는 말을 끊었지만, 요즘은 다 들어준다. 본인도 뭔가 잘못됐다는 걸 안다. 발표가 끝나면 "발표하실 때는 결론부터 이야기해 주세요. 다른 분들을 위해 3분 이내로 부탁드립니다."라고 안내한다. 리더는 전체 참가자를 위해 쓴소리도 해야 한다. 회원들은 다른 사람의 모습을 통해 자신을 돌아본다. 이후에는 서로 시간을 지키면서 이야기하려고 노력한다.

책은 작가의 이야기다. 책을 읽은 사람들이 모이면 각자의 삶을 실로 엮어 우리만의 작품을 만들 수 있다. 토론하고 서로에게서 배우는 독서모임이 좋다.

07

경청과 집중, 그리고 배려

김명주

독서모임에서 나를 만나고, 다른 사람을 만나고, 새로운 세상을 만났다. 편하고 좋은 사람이 아닌, 어렵고 불편해서 부딪히고 싶지 않은 사람들도 함께한다. 듣고 싶지 않아도 들어야 하고, 말하고 싶지 않아도 말해야 하는 순간을 마주한다. 그 과정 모두가 나를 다듬고 채워가는 시간임을 깨닫는다.

삼십 대 중반에 약 5주간 진행되는 독서모임의 팀장을 권유받았다. 부족하고, 준비가 덜 되었다는 생각에 계속 거절했다. 가르치면서 배우고, 더 잘하게 되니 일단 해보라는 말이 맴돌았다. 결정력이 빠른 편이었는데, 많은 좌절을 맛본 후 머뭇거림이 심해졌다. 책임감과 열정이 있어야 한다는 부담감 속에 '잘 할 수 있을까?', '사람들이 과연 얼마나 올까?', '실망하면 어쩌지?' 싶은 걱정이 앞섰다. 나를 뛰어넘는 용기가 필요했다.

오랜 고민 끝에 모임을 맡았다. 이왕 시작했으니 잘 해내고 싶은 마음이 커졌다. 모임 당일이 되었다. 모집된 인원을 보니 빨리 퇴근하고 싶었다. 거절한 사람이 맞나 싶을 만큼 모임을 기다리는 내 모습에 웃음이 났다. 준비한 교재와 간식을 양손에 들고 발걸음 가볍게 모임 장소에 도착했다. 자기소개와 참가 계기, 기대 사항, 진행 안내와 함께한 첫날 오리엔테이션은 무사히 잘 마쳤다. 다음 회차에 대한 기대가 커졌다.

2회차도 잘 마무리되고, 3회차를 맞이했다. 사람들과 눈빛을 교감하고, 끄덕끄덕 호응하는 가운데 역시 잘 진행되는 듯했다. 시간이 흘러 중간쯤 되었을까. 볼펜을 탁탁거리는 소리가 들리더니, 조금 지나 노트에 선을 찍찍 긋는 소리가 들렸다. 가까운 자리에 앉은 한 여성분이 고개를 푹 숙이고 짜증난다는 듯이 한숨을 쉬면서 그 동작을 하고 있는 게 아닌가. 식은땀이 흘렀다. 사람들이 민망해하며 눈치를 보기 시작했다. 시간이 어떻게 지났는지 모르겠다. 마무리에 돌아가며 소감을 나누다 보니 분위기가 다시 좋아졌다. 그 여성분 차례가 되니 다시 긴장감과 적막이 흐르는 듯했다. 심드렁하게 수고 많으셨다는 이야기로 마무리되었다. 그 여성분은 앞으로 참석하지 않을 것 같았고, 분위기가 걱정되었다.

집에 돌아와 곰곰이 상황을 되짚어보았다. 과연 내 문제와 실수는 없었는지 생각해 보았다. 계속 생각하니 괴로웠다. 부끄럽고, 속상하고, 답답했다. 뜻대로 되지 않을 수 있고, 미숙할 수밖에 없는 나, 부족한 모습의 나, 있는 그대로의 나를 힘들지만 받아들이기로 했다. 그럼에도 불구하고 노력하는 나를 긍정적으로 바라보자고 다짐했다. 내가 할 수 있는 것과 할 수 없는 것을 생각하고 메모하며 두 손을 모았다. 참석 여부와 반응은 내가 할 수 없는 것, 최선을 다해 준비하고 끝까지 마무리하는 것은 내가 할 수 있는 것. 정리하며 준비하다 보니 깨달아지는 것이 있었다.

'경청' 그저 상대방의 말을 잘 들어주는 것만을 생각했다. 부딪히며 공부해 보니 상대방의 말을 잘 듣는 것을 넘어 잘 말할 수 있도록 도와주는 것도 '경청'이라는 것을 알았다. 그러려면 상대방에 대해 잘 알아야 하고, 잘 알기 위해서는 세심한 관찰과 관심이 필요함을 깨달았다. 모임 전에 팀원들을 좀 더 파악하고 준비했다면 어땠을까? 상대방을 향한 따뜻한 배려라는 생각이 들었다. 이 일을 겪은 덕분에 무슨 일을 하든 되도록 함께할 사람들과 미리 이야기를 나눠보고, 좀 더 편안한 자리로 안내하고자 애쓰게 된다. 아팠던 경험이 상처나 아쉬움으로 남지 않고 배움으로 남아서 감사하다. 시간이 흘러 초등학생들을 대상으로 '감사 칭찬을 통한 행복한 의사

소통'이라는 주제로 강연을 맡게 되었다. 어린 친구들과 주거니 받거니 하는 액션플랜으로 좋은 호응을 받고, 어른에게도 긍정적인 피드백을 받아 뿌듯함에 미소가 지어지는 강연이다. 어느 여름날, 박수를 받고 마무리하는데 먼발치에 있던 한 사람이 엄지척하는 모습이 보였다. 첫 독서모임에서 배움을 안겨 준 그 여성분이었다. 강단에서 내려와 퇴장하는데 "와우. 정말 최고였어요. 다시 봤어요!"라고 말해 주었다. 쑥스럽지만 눈물 날 정도로 뭉클하고 기뻤던 그날을 잊을 수가 없다.

독서모임에는 사람을 바꾸는 힘이 있음을 경험한다. '경청'과 '집중', 그리고 '배려'가 있기 때문이라고 생각한다. 한상복 작가의 《배려》에 나온 '배려의 세 가지 조건'이 떠올라 정리해 보았다.

첫째, 행복의 조건인 스스로를 위한 배려로 '솔직하라!' 독서모임에서도 마찬가지로 나눔이 솔직하지 못하면 서로에게 도움이 되지 않음을 보았다. 어느 한 명으로부터 시작된 진솔한 나눔과 눈물, 콧물을 쏟기도 하고, 배꼽이 터질 정도로 웃기도 했다. 어디서도 경험하지 못한 치유와 회복이 일어났다는 고백도 들었다. 다음 모임을 더 기대 하게 만들었다.

둘째, 즐거움의 조건인 너와 나를 위한 배려로 '상대방의 관점으로 보라!' 역지사지의 마음이 없다면 편견과 선입견 속에 머물 수밖에 없었다. 옳고 그름이 아닌 다름을 이야기했다고 하지만, 듣는 사람의 마음을 헤아릴 줄 아는 소통의 지혜가 필요했다. 불안한 마음 끝에 독서모임 참여가 부담되어 불참한 모습도 보았다. 서로의 노력이 필요한 부분이라 협조를 구하는 공지를 조심스레 올린 후 나눔을 갖다 보니 다시 행복한 모임이 됐다.

셋째, 성공의 조건인 모두를 위한 배려로 '통찰력을 가져라!' 의견이 어느 한쪽으로 치우치면 안되는데, 토론처럼 갑론을박 되어버린 경우도 있었다. 중립을 지키며 꼭 하나라도 얻어 갈 수 있는 좋은 장을 만들기 위한 지혜로운 통찰력을 갖고 싶다. 많은 훈련과 공부가 필요한 부분이기도 해서 꾸준히 노력하고자 한다.

'배려'의 사전적 정의는 '도와주거나 보살펴 주려고 마음을 씀'이다. 실수하고 실패하면서 변화와 성장을 이룰 수 있는 독서모임이 좋다. 나를 비롯한 다른 사람을 배려하는 독서모임을 평생 꾸리고 전파하며 살고 싶다.

두 가지에서 영향받지 않는다면 우리 인생은 5년이 지나도 지금과 똑같을 것이다.
그 두 가지란 우리가 만나는 사람과 읽는 책이다.

찰스 존스

08

그들의 생각을 읽다

강은숙

매슬로우의 인간 욕구 5단계 중 가장 높은 5단계 '자아실현 욕구'가 있다. 대학원 동기가 박사 코스를 밟고 있었다. 나도 박사과 정을 공부하고 싶었지만 여러 가지 이유로 포기했다. 도전하지 못한 나를 위로라도 하듯 무언가 또 다른 배움을 찾고 있었다. 책을 꾸준히 읽었지만, 특별하게 나아지는 게 없는 하루하루를 보냈다. '변화를 원하면 주변 환경이나, 새로운 사람을 만나야 한다.'고 책에서 읽었던 기억이 떠올랐다.

나는 '독서모임'을 검색했다. 독서모임을 모집하는 유튜브 영상이 있었다. 바로 유튜브에 적힌 번호로 전화를 했다. 신호가 울릴때 긴장이 됐다. 최서연이라고 밝힌 그녀는 자세하게 안내를 해주었다. 걱정이 많았던 나는 "남 앞에서 말도 못하고 책도 많이 읽지 않았는데, 저 같은 사람도 독서모임에 참석할 수 있나요?"라고 물었다. 그녀는 "그럼요."라고 흔쾌히 말하면서 독서모임 전에 '씽크와이즈'도 강의하는 데 참여해 보라며 모임 시간과 장소를 알려주었다. 시간에 맞추어 수업에 참여하였다. 무엇인지도 모르고 강의를 들었다. 마인드맵을 컴퓨터로 작성하는 프로그램이었다. 컴퓨터에 익숙하지 않은 나는 수업을 듣는 동안 다른 사람들보다 버벅거리며 따라가기 쉽지 않았다. 두 시간 강의를 들으면서 뭘 했는지 긴 한숨만 나왔다. 새로운 것을 찾고자 여기까지 왔는데 집에 돌아오는 길, 머리가 아파져 왔다. 일주일 후 그녀가 운영하는 독서모임에 참여했다. 독서모임에는 나이가 지긋한 분을 비롯해 30대에서 40대 여자분들과 50대 정도 되는 남성분도 있었다. 서로 간단하게 자기소개를 했다. 그녀의 진행에 따라 순서가 되면 내 의견을 이야기하고, 다른 사람들의 이야기도 들었다. 같은 책을 읽었지만, 좋아하는 구절이 다르고 생각도 다양했다. 씽크와이즈 수업과는 느낌이 달랐다. 끝난 후 전철을 타고 돌아오는 길, 발걸음이 가벼웠다. 뭔가 빛이 보이기 시작했다.

그녀가 운영하는 빅리치 1기 독서모임을 1년 넘게 꾸준히 참여했다. 내 생활이 점점 바뀌기 시작했다. 알람이 울리면 벌떡 일어나고 이불을 가지런히 정리했다. 창문을 열어 환기를 시키고, 차를 따듯하게 한 잔 마시며 책을 읽기 시작했다. 블로그에 글을 올리기도 했다. 출근 시간, 상상도 못하는 일이 벌어지고 있었다. 아이들의 아침을 챙겨 준 후 씻고, 출근하기 바빴던 나는 예전과는 다른 일상을 보내고 있었다.

어느 날 팀 페리스의 저서《지금 하지 않으면 언제 하겠는가?》를 읽고 있었다. 하고 싶은 것이 있으면 지금 당장 하라는 이야기였다. 가슴에서 뜨거운 것이 올라왔다. 지금 당장 독서모임을 개설하고 싶었다. 지금 하지 않으면 또 포기할 것 같았다. 코로나로 인해 독서모임은 줌을 사용하여 온라인으로 진행하는 경우가 많았다. 나는 줌 사용법을 몰라서 내가 할 방법을 찾아 독서모임을 개설해야 했다. 낭독을 좋아했기에 책을 읽고 녹음을 해서 인증하는 방식으로 독서모임을 꾸리고 싶었다. 최서연 작가에게 도움을 요청했다. 바로 약속을 잡고 달려갔다. 코치를 받고 '북소리 온라인 독서모임'을 개설했다.

2020년 9월부터 독서모임 리더가 됐다. '북을 치며 나는 소리의 울림처럼 책으로 당신의 목소리를 들려주세요.'라는 독서모임이다. 책 한 권을 선정해 지정된 페이지까지 읽고, 마음에 드는 구절을 1~3분 정도 녹음한 후 단톡방에 올린다. 회원들이 글을 녹음해서 올리면 낭독을 듣고 댓글을 남기는 방법으로 소통하고 있다. 현재 19개월째 운영하고 있다. 매달 회원 모집 글을 올린다. 신청자가 열 명일 때도 있고, 적은 달은 세 명일 때도 있다. 1기 때부터 꾸준히 참여하고 있는 김은정 씨, 2기 때부터 참여하고 있는 이미영 씨 덕분에 독서모임을 이어 올 수 있었다.

열 명 중 두 명은 내 팬이 되고, 여섯 명은 그냥 아는 사람이고, 두 명은 나를 싫어하는 사람이라는 글귀를 읽은 적은 있는데, 딱 나의 상황과 같았다. 두 사람의 든든한 응원 덕분에 포기하지 않고 지금까지 힘을 얻어 운영할 수 있었다. 처음 참여해 자신의 목소리를 녹음해서 들으면 자기 목소리가 아닌 것 같다며 어색해한다. 회원들이 인증하는 녹음을 듣고 감정을 읽을 수가 있었다. 기쁜 일이 있었는지, 몸이 피곤한지, 아픈지, 힘든 일이 있었는지. 목소리를 통해 그대로 전해졌다. 눈으로 책을 읽을 때와 낭독을 하며 책을 읽을 때와는 또 다른 느낌으로 전해진다. 같은 내용도 내가 읽었을 때와 다른 사람의 목소리로 낭독해서 다시 들을 땐 느낌이 달랐다. 잊었던 내용을 기억하게 만들고, 미처 생각하지 못하고 놓쳤던 좋은 글귀도 마음에 새겨졌다.

1년 정도 지났을 무렵, 운영방식에 발전이 없는 것 같았다. 줌 사용도 배워 다른 독서모임처럼 나눔도 하고 싶었다. 개인적으로 성장하는 모습도 보여주고 싶었다. 늘 제자리걸음만 하는 것 같아 '낭독으로 할 수 있는 일이 무엇일까?' 고민했다. 내가 즐겁게 하는 '팟빵'을 사람들에게 가르쳐 주고 싶었다. '팟빵 크리에이터'로 2년 가까이 매주 두 개의 에피소드를 올리고 있다. 내가 아는 만큼 사람들에게 알려주고 싶었다. 독서모임과 함께 팟빵 강의를 오픈했다. 2기 때부터 참여하고 있는 이미영 씨가 제일 먼저 신청했다. 이미영 씨는 독서모임 첫 달부터 팟빵에 관심을 보였다. 나는 딸아이에게 줌 사용법과 PPT를 배웠다. 강의 전에 딸아이와 연습도 했다. 초대 문자만 받던 내가 줌으로 초대 문자를 보냈다. 강의 시간 전에 미리 들어가 대기하고 있었다. 1년 정도 목소리만 듣던 회원들의 얼굴을 직접 보고 강의를 한다는 것에 떨렸다. 줌 강의가 처음이라 기능도 서툴고, 말도 꼬이며 진땀도 났다. 부족하지만 온 마음을 다해 팟빵을 알려주었다. 세 시간 정도가 훌쩍 흘렀다. 수업을 들은 이미영 씨가 팟빵을 개설하고 에피소드 한 편을 단톡방에 공유했다. 컴퓨터에서 흘러나오는 목소리를 처음 듣는 순간 짜릿한 기분. '구독'과 '좋아요'를 당당하게 눌렀다.

직장만 다녔던 내가 독서모임을 통해 책을 읽고 따라 한 결과 무한한 디지털 세상에서 소통하고 있다. 매일 독서를 하고, 매일 낭독을 하고, 매일 댓글을 단다. 거창하지는 않지만 반복하다 보니 삶에 대한 나의 태도가 변하고 있다. 사람들 앞에 서면 많이 떨던 내가 조금씩 덜 떨면서 의사를 전달한다. 일하면서 생기는 불편한 감정들도 다름을 인정하고 이해하려 노력하고 있다. 흙탕물도 시간이 지나면 맑은 물이 되듯, 매일 하는 낭독 덕분에 나쁜 감정들은 가라 앉고 좋은 감정이 흐르며 쌓이고 있다. 온라인 세상은 누구에게나 열려있다고 했다.

김미경 강사는 "디지털 시장은 밤하늘의 별과 같아요. 별은 1, 2, 3등이 따로 없잖아요. 자리 잡고 빛나면 그게 별이에요."라고 말했 다. 나는 오늘도 '책읽어주는 별쌤'으로 반짝반짝 빛나고 있다.

09

기다려지는 시간

주애라

학창 시절, 학교에서는 동아리 활동을 했었다. 여러 가지 주제의 동아리를 선택할 때 인기 있는 동아리의 자리는 금방 차버린다. 그러고 나면 나처럼 소심한 아이들이나 동아리 활동에 관심 없는 아이들이 선택하는 것이 독서반이었다. 적어도 나는 그랬다. 지금 생각해 보면, 1주일에 1시간 주어진 동아리 시간에 책을 읽고 토론해 보면 좋았으련만 그런 시간은 없었다.

하지만 토론 시간이 있었다면 소심했던 나는 그마저도 피했을 것이다. 동아리 시간에는 교실에 있던 아무 책이나 들고 가서 형식적으로 읽거나 쉬었다. 긍정적으로 말하면 그때도 책을 가까이했다고 포장하겠지만, 아쉽게도 그때 읽었던 책의 내용은 기억이 나지 않는다.

고등학생 시절은 입시를 준비해야 했다. 간호학과에 진학한 후 교수님의 첫마디는 "고등학교에 한 번 더 다닌다고 생각하세요."였다. 아직도 기억이 생생하다. 나의 꿈에 그리던 캠퍼스 생활은 그 순간 교수님의 말씀과 함께 날아가 버렸다. 그만큼 과제도 많고 공부할 것도, 실습도 많았다. 평일에는 8시간 꼬박 수업을 들었고, 병원 실습도 다녔다. 주말과 방학 기간에는 사촌 오빠의 옷 가게에서 종일 일했다. 장학금과 아르바이트를 통해 IMF 시절임에도 휴학 한 번 없이 무사히 대학을 졸업했다. 그렇게 나는 간호사가 되었다. 20대 초반의 아가씨가 감당하기에는 힘든 일들이 병원에는 참 많았다. 돌파구가 필요했다. 술을 마시지 못하는 나는 다른 방법을 찾아야 했다. 다행히 책을 좋아하는 친구들이 있어 함께 광화문 교보문고를 놀이터 삼아 다녔다. 규칙성 없는 삼교대 근무는 친구들과 쉬는 시간을 맞추는 것도 어려웠다. 그런 날은 혼자 교보문고로 나갔다. 그곳에 가면 마음이 편하고 좋았다. 그렇다고 책을 많이 읽지는 않았다. 그냥 좋았다.

시간이 지나 결혼하고 아이를 낳고부터는 책을 멀리하게 되었다. 병원 일은 여전히 바빴고, 처음 하는 엄마라는 역할 또한 힘들기는 마찬가지였다. 남편과 친정 식구들이 많이 도와주었지만, 마음의 여유가 없었다. 퇴근하면 친정으로 아이를 보러 갔고, 집에 돌아와 겨우 잠만 자고 다시 출근하는 생활이 반복되었다. 정신없이 시간만 보내고 있을 때 병원에서 책을 무료로 나눠주며 독후감을 쓰는 행사인 독서클럽이 열리면서 다시 책을 읽기 시작했다. 사실 빨리 읽지도 못하는 나는 책 제목을 보고 천천히 읽었다. 책을 읽고 좋아서 이야기도 나눠 보고 싶었다. 하지만 주변 사람들에게 책에 관한 이야기를 꺼내도 말이 통하지 않았다. 주변에 책을 읽는 사람이 거의 없었다. 그래서 책을 읽고 함께 이야기를 나눠 보기 위해 주변에 독서모임이 있는지 인터넷으로 검색해 보았다. 오프라인으로 운영하는 독서모임을 몇 군데 찾기는 했지만, 소심한 나는 선뜻 가보지 못했다. 생판 모르는 사람들과 책에 관해서 이야기하기가 부담스러웠다. 나의 얕은 지식과 생각이 금방 들통날 것 같아서 두려웠다. 몇몇 독서모임은 책에 관한 이야기가 끝난 후 친목을 도모하는 시간이 있었고, 이 또한 부담스러웠다. 혹자는 친목 시간이 더 좋다고도 하지만, 나는 그 시간이 너무 어려웠다. 그래서 다른 방법을 찾기 시작했다. 역시 인터넷 검색을 통해서였다. 블로그에 책을 읽은 후 소감을 하나둘 쓰기 시작했다. 내 글을 누가 읽겠냐 싶었지만, 신기하게도 읽는 사람들이 늘어났고, 또 나와 같이 글을 쓰는 사람들도 많다는 걸 알았다. 같은 책을 읽는 사람이 쓴 글들을 보는 것도 나름의 재미가 있었다.

그러던 중 둘째 아이가 초등학교에 입학하게 되었다. 불행히도 아이의 초등학교 생활은 코로나와 함께였다. 둘째 아이의 학교생활을 잘 적응시키고자 받았던 한 달의 육아휴직 동안 아이는 학교에 거의 가지 못했고, 온라인 수업을 하게 되었다. 코로나로 인해 온라인 세상이 더 빨리, 더 가까이 오게 되었다. 이 무렵 최서연 작가와 연락이 닿았다. 블로그를 통해서 최서연 작가의 활동을 지켜보고 있었던 차였다. 나는 조심스레 물었다.

"저는 한 번도 독서모임에 참여해 본 적이 없어요. 그래도 가능할까요?"

"그럼요. 가능하세요. 마음에 드는 독서모임으로 신청해 보세요."

명쾌한 답변을 듣고도 나는 한참이나 고민했다. 거의 1년 가까이 걸렸으니 말이다. 드디어 나는 결심했다. 코로나 덕에 온라인으로 독서모임에 참여하게 되었다. 독서모임 첫날, 자기소개를 하고 책에 관해서 이야기하는데, 2시간이 어떻게 지나갔는지도 모르게 훌쩍 지나갔다. 두근두근했지만 같은 책을 읽고 다른 생각을 하는 사람들의 이야기를 듣는 게 신기했고, 같은 생각을 하는 사람들의 이야기를 들으며 동질감을 느꼈다. 독서모임에 참여하는 것이 정말 즐거웠다. 또한 독서모임하면서 혼자라면 읽지 않았을 법한 책을 읽기도 하고, 배우기도 했다. 그러기를 벌써 1년이 지났다. 최서연 작가가 주최하는 재테크 독서모임, 1인 기업 독서모임, 신간 독서모임 등 독서모임을 신청해 놓으면 그 시점부터 기다려진다. 그리고 가족들에게 반복해서 이야기한다. 그 시간에 방해하지 말라는 뜻으로 카운트다운에 들어가는 것이다.

"3일 뒤 8시부터 독서모임이야."

"내일모레 독서모임이야."

"오늘 저녁이야, 8시!"

그러면 남편과 아이들은 "독서 모임? 알았어."라고 한다. 그리고 그 시간만큼은 나에게 자유를 주려고 가족 모두가 배려해 준다. 정말 고맙다. 독서모임에 참여하다 보니 독서모임을 진행해 보고 싶다는 생각이 들기 시작했다. 정말 신기했다. 독서모임에 한 번 가보는 것도 그렇게 어려워하던 내가 모임을 운영해 보고 싶다는 생각을 하다니 말이다. 마침 최서연 작가가 독서모임을 이끌 사람을 지원받는다고 했다. 안될 수도 있다는 생각이 있었지만, 지원했다. 이또한 책을 통해 얻은 가르침 덕이다. 일단은 시작하고 보자. 시작하고 진행하면서 수정하고, 나만의 매뉴얼을 만들면 더욱 훌륭한 모임으로 이끌 수 있다고 생각했다. 책에서 배운 대로 손을 들었고, 그 손을 최서연 작가가 잡아 주었다.

지금은 최서연 작가가 운영 중인 오픈 카톡방인 BBM(book, binder, mindmap)에서 '더 석세스 리더스 클럽'이라는 이름의 1인 기업 독서모임을 최서연, 유명임 작가와 함께 운영하고 있다. 잠시 쉬고 있지만, 'IAM'이라는 이름으로 나를 치유하는 독서와 필사를 동시에 하는 모임을 운영했었다. 독서모임 리더를 하면서 더 잘하고 싶은 욕심이 생겼다. 내친김에 독서모임 리더 과정도 이수했다. 앞으로 어떤 독서모임에 참여하게 될지, 어떤 독서모임을 운영할지 알지 못한다. 하지만 지금 이 순간에도 앞으로가 기다려진다. 좋은 책은 너무나 많고, 함께 읽으며 이야기하고 싶으니까 말이다.

10

잘 읽는 사람이 말도 잘한다?

오지연

맞기도 하고 틀리기도 하다. 말을 하려고 해도 인풋된 것들이 없으면 말을 할 수가 없다. 아는 것이 있어야 말도 할 수 있지 않겠는가 싶다. 하지만 말을 잘하는 것은 잘 읽고 잘 아는 것과는 또 별개로 꾸준한 연습이 필요한 부분이다.

꾸준히 놓치지 않고 매일매일 책을 읽고 있다. 하지만 막상 사람들 앞에서 이야기를 하려고 하면 머릿속이 하얘지는 경험은 시시때때로 있다. 강의를 할 때도 마찬가지이다. 강의 전에 무던히도 많은 준비와 연습을 하지만, 실제로 강의를 할 때는 말하고자 했던 내용을 적어 두었음에도 전달하지 못했던 것들이 생각나니 말이다. 말을 잘하기 위해서는 꾸준히 읽는 것과 함께 평소에 아웃풋하는 연습 또한 꾸준히 해야 한다. 인풋만 너무 하다가는 머리가 커져서 고

꾸라진다는 말이 있듯, 적당한 인풋과 아웃풋은 함께 이루어져야 하는 부분인 것이다.

읽는 것만 즐겨하는 사람이 있는가 하면, 알려주는 걸 즐기는 사람이 있다. 읽는다는 것은 혼자 하는 작업이다. 내가 아닌 다른 사람, 저자의 생각을 읽고 해석하여 나에게 적용하기까지의 단계가 필요하다. 말하고 알려주는 것은, 우선은 상대방의 호감을 얻고 집중하게 할 수 있는 스킬이 필요하다. 발투, 단어의 선택, 표정, 목소리 등, 단순히 내뱉는 것과는 별개로 입체적인 준비가 필요한 것이다.

보험설계사로 10년 가까이 일을 했지만, 고객 앞에서는 한없이 작아지는 건 어쩔 수 없었다. 그렇다고 내가 약관의 내용을 몰랐던 것도 아니고, 상품에 대해 정확히 알지 못했던 것 또한 아니다. 고객과의 만남에서 계약으로 체결되지 못했던 건 아마도 이야기하는 내 태도나 말투, 억양 등에서 느껴지는 신뢰의 문제였으리라고 생각한다. 같은 보장의 상품을 팔아도 한마디면 사인을 받는 설계사가 있다. 하지만 두 시간을 떠들어도 결국엔 빈 종이로 돌아오는 설계사가 있는 것과 마찬가지인 것 같다.

유명한 드라마 작가, 소설가들도 글을 읽고 쓰는 것과 상관없이 인터뷰나 방송에는 모습을 드러내지 않으시는 분들도 있다. 정반대로 우리가 길에서 만나는 "도를 아십니까?"라고 말하는 사람들이나 전형적인 사기꾼, 보이스피싱 등의 현란하고 능숙한 언변에는 나도 모르는 새 홀린 듯 빠져드는 경우가 있다. 이것을 생각해 본다면 글을 잘 읽는 것과 말을 잘하는 것의 연관성은 없어 보인다.

영업을 오래 했음에도 사람들 앞에서 이야기하는 것이 불편하고 어려웠다. 독서모임에 참여하면서부터 조금씩 말하는 것에 자신감이 생기기 시작했다. 내가 말하는 것에 대해 사람들이 이상하게 생각하면 어쩌나, 싶은 생각은 접어두고 일단 내 생각을 이야기하는 것 자체에 의미를 부여했다. 다른 사람들의 이야기를 들으면서 좁았던 생각의 폭을 많이 넓힐 수 있었다. 책을 읽을 때에도 무작정 읽는 것이 아니라 주제를 가지고 읽어야 하는 것도 깨달았다. 여러 독서모임을 통해서 정말 다양한 분야에 있는 사람들의 다양한 이야기를 들었다.

독서모임은 단순히 책에 관해 이야기를 나누고 마는 것이 아니다. 내가 경험해 보지 못한 삶을 살고 있는 사람들을 통해 또 다른 세상을 만나는 통로와도 같았다. 특히나 BBM의 재테크 독서모임인 빅리치 북클럽은, 재테크는 주식과 부동산이 전부인 줄 알았던 나에게 또 다른 세상을 알려주었다. 주변 사람들과 나누지 못했던 재테크 방법이나 대화를 진솔하게 나누고 알 수 있는 계기가 되어 주었다.

이번에 처음으로 빅리치 북클럽을 통해 유서 작성을 해보았다. 이미 여러 번 작성해 보셨던 분들의 두 번째, 세 번째 작성된 유서를 들어보았다. 들을 땐 혼자서 눈물, 콧물을 쏙 뺐지만, 이런 것도 감사한 부분인데 놓치고 살았구나, 싶은 생각이 들었다. 인생을 살면서 어떤 마음가짐과 생각, 주관을 가지고 살아가야 하는가에 대한 심도 있는 생각을 할 수 있었다. 40년을 살면서 처음 작성해 본 유서는 내가 살아온 인생과 주변에 대해 생각하고 또 생각하며 돌아보게 했다. 꽤 오랜 시간 나에게 후폭풍을 안겨 주었다. 살면서 생각지도 못했던 경험과 생각을 할 수 있도록 도와주는 도구가 책과 독서모임이 된다는 게 너무나 신기한 경험이었다.

보험설계사로 10년을 살아오면서 단 한 번도 내가 1인 기업이라는 생각은 해보지 못했다. 그래서였을까? 책임의식은 부족했던 것 같다. 하지만 이제는 보험설계사라는 직업을 정리하고 바인더 코치로서, 강사로서의 첫발을 내딛는다. 1인 기업으로써 갖춰야 할 자세와 자질을 책과 독서모임을 통해서 마련해 나가보려고 한다. BBM 커뮤니티에서 진행되는 석세스 독서모임에 꾸준히 참여하면 될 것 같다. 이미 1인 기업가로 폭넓게 활동하시는 분들의 생생한 이야기도 들을 수 있고, 경험할 수 있을 거라 기대한다. 내가 생각하는 필요한 모든 프로그램이 다 있는 BBM! 떠나지 못하는 이유이다!

책을 읽고 독서모임에 꾸준히 참여하면서 생각의 깊이와 세상을 바라보는 시각을 넓히고 있다. 아주 조금씩, 그렇지만 꾸준히 성장해 나가고 있는 내가 참 신기하고 대견하다. 지난 40년간 살아오면서 이렇게 꾸준히 무언가를 했던 적이 있었나 싶다. 무엇보다 가장 중요한 것은 나 자신에게 관대해지면서도 가장 냉정해져야 한다는 걸 배웠다. 허용할 것은 허용하되, 자신에게 벌도 줄줄 알아야 내면의 뿌리도 깊게 내려질 수 있다. 또한 내면의 뿌리가 깊이 잘 내려져서 중심을 굳게 잡고 있는 사람은 인생의 그 어떤 풍파가 와도 쉽게 흔들리지 않는다.

책을 통해 상처를 치유할 수 있다는 것 또한 깨달았다. 내면을 다스릴 수 있다는 걸 매일 온몸으로 느끼며 더 나은 사람으로 성장하는 게 내 눈에도 명확히 보이는 삶을 살고 있다. 독서모임 참여로 시작한 BBM에서의 활동이 나에게 '강사'라는 꿈까지도 꾸게 해 주었다. 이제 조금 더 나은 강사가 되기 위해 오늘도 책과 함께하는 하루를 보내고 있다. 그리고 인풋만 하는 것이 아니라 진정한 강사가 되기 위해 말하는 연습도 놓치지 않고 있다. 내 생각을 이야기할 줄 알고 타인의 생각 또한 들을 수 있다. 강요하는 것이 아니라 설득의 기술 또한 익히는 중이다. 내 이야기를 할 줄 알게 되면서 지인들과의 관계도, 아이들과의 관계도, 남편과의 관계도 점점 더 나아지는 중이다. 잘 읽는 사람이 무조건 말을 잘하는 것은 아니지만 잘 읽는 것도, 말을 잘하는 것도, 이 세상을 살아가며 겪게 되는 그 어떤 것들도 습득하고 훈련하다 보면 가능하다는 것을 나는 아주 잘 알고 있다.

나도 내 이야기를 할 수 있습니다

김은경

직장 생활에서 농부의 아내로 하는 일이 바뀌었다. 1년은 새로운 것을 알아가기에도 바빴다. 다시 신입이 된 기분이었다. 시간에 맞춰 사는 방식보다 해가 뜨고 지는 일에 맞춰 살았다. 농사일이 최소 3배 이상은 힘들었다. 자신과의 싸움 때문에 그랬다. 날씨가 나쁘면 다음 날로 일을 미뤘다. 더 자고 싶으면 더 자고 잠깐의 자유를 즐겼다. 느슨해진 생활 뒤엔 미루고 난 것들의 보상이 항상 따라왔다. 일이 태산만큼 많아지거나 손실을 감수해야 했다. 2년 차가 되었음에도 일머리를 몰라 시키는 것조차 엉성하게 해냈다. 사람은 적응의 동물임이 확실했다. 지나고 나니 일이 익숙해지고 여유를 부려볼 수 있었다. 반복적이고 불규칙한 주부와 농사일이 손에 익었다. 그럴수록 성취감도 떨어졌다. 돈으로 환원되지 않는 나의 노동력이 무기력으로 바뀌었다. 먹고, 자고, 똥만 만드는 기계로 변하고 있다는 생각이 늘어났다. 일하지 않는 것이 아니었다. 그럼에도 회사 다니는 사람들과의 격차가 생긴다는 불안감이 들었다. 주부 생활이 길었던 친구들이 했던 말에 점점 공감이 갔다.

시골 생활 후 만나는 사람이 확연히 줄었다. 동네에서 내 또래 사람을 찾는 일은 쉽지 않았다. 젊은 사람들이 60대의 나이다. 직장 생활을 하지 않는 지인들에게 전화를 건다. 핸드폰에 매달려 하루를 보낸다. 20년이 지난 대학생활 이야기며, 누구는 어떻게 산다는 등으로 서로의 말문을 연다. 혼자 있는 시간만큼은 쉬어도 되련만 입은 쉬지를 못했다. 변화가 필요했다. 뭐라도 해보고 싶었다. 지금의 환경에서 해볼 수 있는 것들을 찾아 문화센터, 여성회관, 관심 없던 신부수업 코스프레를 빙빙 거렸다. 시간에 맞는 것들을 골라 시작했다. 배우는 것은 있었지만, 딱히 원하던 것이나 일에 끌고 와 사용할 수 있는 것들은 아니었다. 사람을 사귈 수 있을 거라는 기대감도 채워주지 못했다. 밖으로 돌던 자기 계발을 집으로 옮겨왔다. 온라인으로 할 수 있는 강의들을 들었다. 목적 없이 기웃거리던 강의 모두, 책에서 답을 찾아야 한다는 말을 했다. 책과 가까운 사람이 아니었다. 1년에 한 권 겨우 읽을 정도였다. 아이쇼핑 삼아 서점을 들르고, 기념품처럼 유행하는 책을 들고 나왔다. 손에 넣었다는 뿌듯함 이상을 바라지 않았다. 이런 내가 책 읽는 습관을 만들 수 있을지 의문이었다.

어설픈 책 읽기기가 시작됐다. 책상, 자, 볼펜이 필요했다. 커피도 필요했다. 시험이 내일인데도 책상 정리부터 하고 싶은 중학생 같은 마음이 들었다. 재미있게 해보고 싶었다. 책과 어울리는 사람이 아니라는 마음 때문인지 시작부터 어설프기만 했다. 재미를 붙이기는커녕 교과서처럼 책의 무게만 느껴졌다. 혼자 읽기가 어려웠다. 책 읽는 다른 사람들의 노하우도 알고 싶었다. 온라인 독서모임이 있다는 것을 알았다. 지원해 보고 싶었지만 책으로 소통한다는 말에 부담감과 오글거림이 밀려왔다.

도서 요약을 해주는 유튜브들을 찾아 책 읽기에 도움을 받았다. 한 걸음 더 떼서 독서모임에 지원했다. 여러 형태로 운영하는 독서모임에 참여를 늘렸다. 책을 요약해서 정리해 주는 형식, 서로 읽고 좋은 구절을 나누는 모임, 리더의 질문에 각자의 생각을 말해 보는 기회가 있는 모임 등, 가리지 않고 참여했다. 그렇게 완독한 책들이 생겼다. 한 권씩 뗄 수 있어지면서 읽은 책을 다른 독서모임에서 재독했다. 어리벙벙하기만 했던 처음보다 편해지고 재미가 붙었다. 독서모임으로 새로운 세상이 열렸다. 먼저 가본 사람들의 좋은 구절 나눔이나 안부를 묻는 말이 고마웠다. 새로운 소통 방식이 재미있었다. 주부로만 살던 농촌 생활에 사라졌던 소속감과 인맥도 생겼다. 다른 환경에서 살아가고 있는 사람들의 생각과 비슷한 고민 이야기에 공감과 실천 방법들을 배우고 느꼈다. 그들과 나누고 나아간다는 만족감이 좋았다. 시골 생활의 제한과 단조로움이 사라져 가서 더 좋았다. 책도 재미나게 장수가 넘어갔다.

책은 모두에게 같은 것이 아니었다. 모임을 운영하는 리더, 읽는 동안의 상황들에 따라 다르게 다가오는 메시지가 신기했다. 읽는 양이 늘어 갈수록 뿌듯한 마음이 들었다. 성취감이 생겼다. 일도 즐겁게 만들었다. 독서모임으로 얻은 가장 큰 것은 내 이야기를 하려고 노력하고, 스스로 질문을 해본다는 것이다. 독서모임에서 어떻게 살고 싶은지 묻는 말이 불편했다. 한 권 한 권 읽고 나누며 나를 알아갔다. 책 속의 여러 질문들을 만나고 스스로를 정리해 본 시간이 좋았다. "뭐 먹을까?" 하는 질문에 주로 "아무거나."라고 대답했다. 말을 하다 "그냥. 그래."라고 얼버무리고는 말을 마쳤다. 마음이나 생각을 말했다고 생각했다. 하지만 돌아오면 그 대답이 다시 떠올랐다. 원하는 것이 없어서였다. 구체적으로 왜 그런지 설명하지 못해서였다. 워크북 형식의 책, 질문이 나오는 페이지는 무조건 읽고 넘어가는 페이지였다. 나에 대한 표현이 두려워 대답을 못 적었다. 나를 마주한다는 두려움인 줄 알았다. 독서모임에서 자신에 대해 말하는 사람들을 만나고, 나에 대해 아는 것이 없어 못 적은 것이라는 것을 깨달았다. 책과 시간을 보내면서 뿌연 생각들이 정리되고 있다. 책에게서, 사람들에게서 좋은 생각과 가치관들을 만날 수 있었다. 세상에 기여하고 싶다는 구절들을 여러 책에서 보고 그런 사람인가 생각해 봤다. 왜 이제야 질문하게 되는가 싶었었다. 나는 세상에 기여하고, 공헌하고 싶은 사람은 아니었다. 농촌에서 보낸 학창 시절이 호기심 많은 성향을 채우기 부족했고, 아이디어라고 생각했던 일들은 다른 사람이 보기엔 공상에 불과했다. 그때 손잡고 같이 해줄 누군가가 있었다면 방황하고, 방치하던 인생의 어디쯤은 없지 않았을까, 하는 마음이 한구석에 똘똘 말려 있는 걸 몰랐다. 시작해 보려는 사람들에게 내가 알고 있는 것들을 더 퍼다 날라주다 버겁다는 답만 돌려받았다. 절실함이 있는 누군가와 함께해 주고 싶은 마음이 내 오지랖의 이유임을 깨달았다. 이런 식으로 생각을 정리하고 질문하며 실마리들을 찾게 된다. 사람과 책이 함께 있는 독서모임이 자극제가 된 것임을 안다.

내 이야기를 할 때면 그렇게 울컥했다. 억울했고 부족했던 내가 싫었다. 어떤 사람이 되어야 한다는 생각에 끼워 넣지 않고 나를 인정하고 받아들이려 노력한다. 울컥했던 이야기가 제법 담백해졌다고 느낀다. 담담히 이야기할 수 있으면 마음에 치유가 일어난 상태라고 심리상담사 선생님이 해준 말이 떠오른다. 더 담백해진 이야기들이 늘어날 나를 기대해 본다.

반성하고 성찰하면서

주은정

본격적으로 참여하게 된 독서모임은 새로운 세상이었다. 전국 각지에 있는 사람들이 한 공간에 있다는 사실이 신기할 따름이다. 십여 년을 장사하는 동안 새로운 친구를 만날 기회가 별로 없었다. 1년에 서너 번 친한 친구들을 만날 기회마저 코로나로 사라졌다.

주변에 책을 좋아하는 사람이 별로 없다. 좋은 내용이 있어 설명이라도 하면 한 귀로 듣고 한 귀로 흘려버린다. 관심이 없다는 것이 표정에서 느껴진다. 아이들에게도 얘기해 보았지만 잔소리처럼 들리는 것 같았다. 책을 읽어도 나눌 수 없으니 흥미를 잃고 있었다. 하지만 온라인 독서모임은 달랐다. 책을 좋아하는 사람들이 모여서 척척 알아듣고 호응해 주니 즐거울 수밖에 없었다. 더욱더 독서모임의 늪으로 빠져들고 있었다.

첫 독서모임은 '트렌드 코리아 2021'이었다. 매년 사놓고 끝까지 읽지 못했던 시리즈 책이다. 최서연 작가에게 끝까지 읽어 보지 못했다고 말했더니 거꾸로 읽어 보라고 했다. 끝부터 반대로 읽었더니 집중이 잘됐다. 모임을 위해 마인드맵으로 정리도 했다. 완독이 되었고, 뿌듯했다. 읽은 것도 신기했지만, 머릿속에 정리가 된 느낌이 좋았다. 모임까지 하게 되니 생각하지 못했던 통찰력도 생기는 경험을 했다. 책으로 1년 뒤의 미래를 예측할 수 있다는 것이 마냥 신기했다. 혼자 읽을 때는 힘들면 바로 포기했는데, 함께하니 끝까지 하게 되었다. 모임에 꾸준히 참여하는 계기가 됐다.

BBM에는 여러 가지 주제를 가진 독서모임이 있었다. 2개의 모임에 적극적으로 참여했다.

하나는 '더 섹세스'라는 1인 기업 전략 독서 스터디 모임이다. 성공한 사업가가 되고 싶었다. 사업가가 되기 위해 어떤 마인드를 가져야 하는지 알고 싶었다. 가게를 운영하면서 놓치고 있는 것이 무엇일까, 생각하며 읽었고, 모임에도 참여했다.

기억에 남는 세 권이 있다.

빌 비숍의 《핑크 펭귄》 – '고객에 대해 생각하는 것에서부터 시작하면 된다.'
고객을 생각하고 신제품을 만들었나? 고객을 먼저 생각했나? 고객의 입장이 되어 봤나? 여러 가지 질문을 던지기 시작했다. 고객을 생각하지 않았다. 나를 먼저 생각했다. 이윤이 많이 남고 만들기 편한 제품만 생각했다. 여기서 느꼈다. 조금 더 나아가지 못했던 이유를. 고객 중심적 마인드를 가져야 계속 발전할 수 있음을 알게 해주었다. '어떤 제품을 만들면 고객들이 사 줄까?'를 고민한다.

조성민의 《작은 가게 성공 매뉴얼》 – '작은 일을 하더라도 체계적으로 기록하고, 분석하고, 정리해 두면 그것은 곧 자본이 된다.'

지금까지 주먹구구식의 '장사'를 해왔다는 생각이 들었다. '사업'을 한다고 생각했지만 착각이었다. 사업이란 일정한 목적과 계획을 가지고 짜임새 있게 지속적으로 경영함을 말한다. 나에게는 목적과 계획이 없었다. 정말 간단한 레시피와 매뉴얼도 없다. 그래서 내가 잠시라도 자리를 비우게 되면 전화기가 쉴 새 없이 울린다. 매년 반복되는 일도 정리해 두지 않아 우왕좌왕하는 경우가 많았다. 체계적으로 기록하고 분석해서 정리를 꼭 해 두어야 함을 몸으로 느꼈다. 차근차근 레시피와 매뉴얼을 만드는 중이다. 체계적인 운영을 위해 매뉴얼은 필수임을 알게 되었다.

마이클 거버의 《사업의 철학》 – '성장하려면 끊임없이 변해야만 한다. 그리고 사업을 변화시키려면 당신이 먼저 변해야 한다. 변할 생각이 없다면, 사업에서 결코 원하는 것을 얻을 수 없으리라.'

사업은 해를 거듭할수록 성장하고 잘되는 줄 알았다. 큰 착각이었다. 왜 매출이 늘지 않지? 고민만 했을 뿐 이유를 몰랐다. 변해야 하는데, 변하지 못했기 때문이었다. 많은 일이 주어질 것 같아 두려웠다. 쉴 시간 없는 것도 싫었다. 도전하지 않고 안주하려는 마음이 문제였다. 나만의 '사업 철학'이 없었기 때문이었다. 이 일을 왜 해야 하는지. 어떻게 해야 하는지. 나만의 사업 철학을 신중하게 고민 중이다.

성공한 사업가가 되고 싶었는데 되지 못한 이유를 하나씩 깨닫고 있다. 이유를 알게 되었으니 실천할 목록을 만들어야겠다.

또 다른 모임은 '빅리치 북클럽'이다. 재테크 독서모임이다. 부자를 꿈꾸었기에 재테크 독서모임은 필수라 생각했다. 마감이 얼마나 빠른지 미리 신청하지 않으면 안될 정도다. 그만큼 모든 사람들의 갈망인지도 모르겠다. 이 모임은 책만 읽고 얘기하는 모임이 아니라서 좋았다. 1부는 독서모임을 한다. 2부는 리더인 최서연 작가의 보험 설명, 기업 분석, 투자 공부 등, 다양하게 공부한다. 주변의 부탁으로 이것저것 들었던 보험을 정리할 수 있게 되었다. 단어조차 생소했던 기업 분석도 하고 기업에 대해 알게 되었다. 돈이 일하게 하는 투자에 대해서도 배우는 시간이었다.

여기서도 세 권의 책에서 얻은 것을 소개할까 한다.

존리의 《존리의 부자 되기 습관》 – '경제 독립, 온 가족이 함께해라.'

지난날은 수입만 많으면 잘 사는 줄 알았다. 부자가 되고 행복한 줄 알았다. 앞만 보며 벌기만 했다. 남편과 아이들과도 가정 경제에 관해서 함께 이야기해 보지 않았다. 좋은 직장을 얻기 위해서 공부하라고 재촉만 했다. 경제에 대해 알려 주려고 하지 않았다. 앞으로의 돈 계획을 가족 모두 참여해서 짰다. 아이들에게 주식이랑 투자에 대해 알려주었다. 학원비랑 용돈을 아끼게 해 주식에 투자하게 하고 있다. 10년 뒤 아이들의 미래 자금을 준비하는 좋은 기회가 되었다. 아이들과 함께 돈에 대해 생각해 보는 소중한 시간이었다.

조지 클래이슨의 《바빌론 부자들의 돈버는 지혜》 – '일단 시작하라.'

일어나지도 않은 일을 두려워하며 살았다. 알 수 없는 두려움에 시작조차 하지 않았다. 실수와 실패가 싫었던 것 같다. 진정한 변화는 실수와 실패에서 온다는 것을 느꼈다. 돈을 벌고 싶고, 역량을 키우고 싶다면 시작해야 한다. 시작해야 변화도 있고, 성장도 있을 테니까. 새로운 메뉴 개발을 저지르고 본다. 수습하는데 정신이 없다.

사토 도미오의 《진짜 부자들의 돈 쓰는 법》 – '어른이 되어도 가지고 싶은 것은 있다.'

부자가 되고 싶지만 자린고비처럼 아끼며 살 자신이 없었다. 다른 책에서는 무조건 아껴야 한다고 했다. 아껴 쓰지 못하고 생활한 나를 질책하며 반성했었다. 여기서는 아끼는 것만이 능사가 아니라 했다. 가지고 싶다고 생각해서 손에 넣는 즐거움을 얻는 것으로 성장할 수 있다고 했다. 꼭 가지고 싶은 것은 가져도 되겠구나 싶었다. 1년에 두 번, 화려한 귀걸이를 나에게 선물해 주기로 했다. 가족을 위한 돈 벌기가 아닌, 나를 위한 거라 생각하니 힘이 난다. 바인더에 갖고 싶은 것 목록에 가득 적어 두었다. 선물 받고 기뻐할 모습에 설렌다.

1년 동안 책을 읽고 모임에 참석했지만, 변화가 없다고 생각했다. '다들 저렇게 잘하는데, 왜 나만 발전이 없나?' 생각하며 우울했다. 글을 쓰면서 알게 되었다. 눈에 띄는 큰 변화는 없지만, 마음가짐이 변했고 실행력이 늘고 있다는 사실을. 책을 읽으면서 무엇이 잘못인지 반성하고 성찰한다. 조금씩 지혜로워지고 성숙해지고 있는 듯하다. 꾸준히 책을 읽는다면, 3년 뒤 얼마나 변해 있을까?

꼭 필요한 시간이 되었다

황재원

매월 초, 텅 빈 달력을 일정으로 채운다. 잊지 않고 써넣는 일정이 있다. 독서모임. 날짜가 정해진다. 함께 읽는 책이 구심점이 되어 느슨하게 연결된 참가자들은 일상 속에서 읽는다. 독서모임에는 설렘과 자유로움이 있다. 영어 원서 《Whiskey in a Teacup》 모집 글을 보았다. 제목이 독특했다. 찻잔에 위스키가 들어 있다? 작가 리즈 위더스푼(Reese Witherspoon)은 미국 남부 출신 배우이다. 미국 남부 여성들이 외향적으로는 아름답고, 안으로는 강하다는 메시지를 담고 있다.

나에겐 미국 남부에서의 추억이 있다. 1998년 대학생 시절, 미국 미시시피 주 옥스퍼드에서 1년간 영어를 배우며 지냈다. 미국 지명

옥스퍼드는 영국 도시 이름을 그대로 가져와 사용했다는 사실이 흥미로웠다. 포티니(Fotini)는 Writing 선생님이었다. 영어 에세이를 위한 주제문, 뒷받침 문장을 쓰기 위해 도서관에서 조사해야 했고, 첨삭 받은 후 수정하여 다시 제출해야 했다. 교실 밖에서도 다양한 문화를 접하게 도와주었다. 옥스퍼드 중심가 Square에 있는 빵집 Bottletree Bakery에 이탈리아 친구 옴브레따(Ombretta)와 나를 데려갔다. 어느 일요일 아침, 흑인 교회에도 함께 다녀왔다. 교회라서 조용한 공간이리라 예상했다. 박수치며 소리 높여 기도하는 모습에, 눈을 이리저리 옮겨가며 구경하기에 바빴다. 친숙하지 않은 공간에서 느끼는 긴장감이 들었다. 동시에 나의 시선이 넓어졌다.

화려한 핑크색, 양장본 잡지 느낌의 책이었다. 누군가 독서모임 기획을 위해 선택한 책을 읽게 되고, 그 덕분에 소중한 추억을 끌어올릴 수 있었다. 단지 책에서 읽고 보는 내용이 전부가 아니다. 책은 읽으면서 내 안에서 올라오는 이미지들을 위한 매개체가 된다. 32쪽. 눈을 뗄 수가 없었다. '그때 그곳'에 서 있는 듯했다. 2차선 도로 양쪽으로 오래된 나무들이 쭉 늘어서 있다. 짙은 나뭇가지는 다섯 손가락을 하늘을 향해 쫙 피듯이 뻗어져 있다. 나뭇잎들이 얼마나 무성한지, 도로는 햇빛보다는 나뭇잎 그림자로 가득 채워져 있다. 도로 옆에는 미국 남부 주택이 줄지어 있다. 흰 기둥 안쪽으로 흔들의자가 놓여 있는 야외테라스가 보인다. 미시시피 생활을 떠올리며 독서모임에 참석했다. 이야기보따리를 풀 시간이 왔다. 나의 시선을 사로잡은 32쪽 사진을 소개했다. 다른 회원들에게는 평범한 나무와 남부 주택 사진이었을 것이다. 미국 남부의 전형적인 동네 분위기임을 전했다. 이야기를 하다 보니, 그 광경에서 품었던 생각과 감정이 따라 나왔다. 꺼내 보지 못했던 '그때 그곳에서 했던 생각'을 확인할 수 있었다. 그 거리를 홀로 천천히 걷고 싶었다. 유년 시절부터 지내 온 강남역 주변과는 다른 모습이었기 때문일까? 펼쳐지는 풍경을 나만의 속도로 걸으며 느끼고 싶었다. 뚜벅이였던 나는 그 배경에서 걷지 못했다. 차가 없던 터라, 누군가의 도움을 받아야 했다. 집에서 이 동네까지 오가는 거리가 멀어서 엄두가 나지 않았다. 결심했다. 다시 미국에서 살게 된다면 내 차를 꼭 갖겠다고. 잊고 있었던 추억, 기록되지 않은 대학생 시절의 기억을 끌어낼 수 있었다. 책 속에서 마주친 사진을 보면서 이야기를 나눈다. 혼자 보고 감상에서 멈추기보다 많은 걸 끄집어낼 수 있다. 그렇다. 뜻밖의 순간을 만날 수 있기에 독서모임이 설렌다.

처음 만나는 사람과 마주할 땐 긴장을 한다. 상대방의 기분을 살펴야 하기 때문이다. 온라인 독서모임에서는 상대방의 호응도를 파악하기가 쉽지 않다. 모임 참가자들의 말하는 순서가 2~3번 돌아가다 보면 '낯선 사람 효과'에 의해 진솔한 이야기가 오고간다. 낯선 사람 효과란, 모임에서 모르는 사람들이 많으면 더 솔직해지고 자신의 연약한 면을 더 잘 표현함을 뜻한다. 다수가 모르는 사람일 때, 자신의 이야기를 더 기꺼이 나눈다. 이제까지의 나를 아는 친구나 가족은 나에 대한 기존 이미지를 가지고 있다. 예전의 모습과 달라진 모습, 의견에 대한 설명이 필요한 때가 있다. 이와 다르게, 완전한 타인으로 나를 바라보는 이들에게는 솔직하게 말하기가 편할 수 있다. 마치 하얀 도화지에 새롭게 그릴 수 있는 자유가 펼쳐지듯.

학창 시절 문학 작품 수업을 떠올린다. 선생님 말씀과 함께 밑줄을 친다. 밑에는 선생님의 설명을, 위에는 별 개수로 중요도를 표시했다. 작가의 의도라는데, 이해가 안 가는 부분이 적지 않았다. 불만도 쌓였다. 내 생각보다는 작가의 생각이 더 중요한 시점이었다. 지금은 이 부분에서 자유이다! 읽고 떠오르는 생각, 연결되는 상황을 모임 구성원들에게 이야기한다. 내 생각을 펼칠 수 있어 자유롭다. 고등학생 시절의 나에게 말을 걸어보고 싶다. 독서모임에서 작가를 만났다는 상상을 해보라고 권하고 싶다. 독서모임에서는 같은 책을 읽고 다양한 의견이 오간다. 그러니 판단하지 말자고. 그분의 이야기를 듣자고 말이다. 국어 시간에 줄을 치며 작품을 공부하던 시간이 더 의미 있었을까? 한 사람의 관점을 인정하는 과정이란 걸 알았다면 말이다. 내가 기획한 독서모임에서 느끼는 자유에 관해서 이야기해 보자. 뭐가 자유로울까? 질문을 뽑아내는 자유, 이야기를 나누고 싶은 부분을 정하는 자유, 시간 배분할 수 있는 자유. 능동적인 인간이 된다. 책을 접하는 태도부터 달라진다. 어떻게 진행해야 할지를 염두에 두고 읽어야 하기 때문이다. 모임의 진짜 목적은 무엇인지, 어떤 질문을 어느 순서로 배열할지를 고려한다. 기획자가 된다. 모든 자유에는 그만한 책임이 따른다고 하지 않았나? 무게감 있는 자유를 느낀다.

새로운 세계가 열리는 경험을 한다. 추억 한 조각에 나만의 가치를 살포시 얹어본다. 되살아나는 추억 장면마다 '의미가 담긴 배지' 하나씩을 달아준다. 차곡차곡 모으는 재미가 쏠쏠하다. 배지를 달며 의미 부여하는 설레는 마음, 이야기를 나눌 수 있는 자유로움. 재미있고 도움을 받을 가능성이 녹아있는 무형 공간. 독서모임의 묘미이다. 나의 일상을 밀도 있게 채워주는 활동이다. 책을 읽고, 생각을 주고받을 시간을 기대하는 이유이다.

제4장

나는 책을
이렇게 읽습니다

밑줄을 긋다

황재원

　제주 시청 근처에서 우연히 들어간 쌀국수집이 있다. 낮은 건물들이 있는 골목에서 노란색 간판과 빨간색 글씨가 눈에 띄었다. 옛날식 유리문을 옆으로 밀고 들어갔다. 크지 않은 홀에서 주문받는 분을 중심으로 타원형으로 한 사람씩 앉았다. 얇은 고기와 국물의 조합이 끝내줬다. '오~ 맛있다. 여기 오길 잘했네!' '이름이 뭐더라? 다음에 다시 와야지!' 온라인상에 올릴 음식 사진과 간판을 멋진 각도로 찍었다. 제주도 여행을 준비하는 친구에게 추천해 주고 싶은 마음도 생겼다. 든든하게 먹으니 힘이 솟았다. 맛난 음식을 다시 찾아와 먹겠다는 마음과 책을 읽으면서 다시 보겠다며 밑줄을 긋는 행동. 패턴이 유사하다. 경험한다. 감탄한다. 기록한다. 인상 깊은 페이지는 핸드폰을 꺼내 사진을 찍는다. 그 문장과 함께 떠오른 친구에게 전송한다. SNS에 사진을 올리면서 내 생각을 적는다. 맛집 알리듯, 울림 있는 메시지를 퍼트린다.

내 마음대로 책에 밑줄을 그을 때 자유로움을 느낀다. 처음부터 밑줄을 그으면서 읽은 건 아니다. 작가의 생각이나 사실을 받아들이는 수동적인 태도로만 읽었다. 표시하고 싶으면 지울 수 있는 연필로 연하게 했다. 점점 혼잣말하기 시작했다. 밑줄 옆에 "진짜?" "신기하네?" 간단한 느낌을 쓰기 시작했다. 밑줄 긋는 선이 진해지면서 과감해졌다. 줄 긋고, 쓰고, 책장의 모서리를 접으며 '내 책'으로 만들기 시작했다. 붙들고 싶은 부분은 내용 전체에 테두리를 친다. 옆에 내 생각과 날짜를 써놓는다. 다시 읽을 때 생각의 변화를 느끼고 싶어서이다.

흔적을 남기며 읽은 책은 독서를 시작할 때와는 전혀 다른 책으로 남는다. 내 마음속 이야기를 용감하게 꺼내준 듯한 문장에 밑줄을 긋는다.《고수의 질문법》에서 만난 문장 '호기심이 많고 좋은 질문을 하는 사람이 좋다. 상대에 대해 관심을 두고 뭔가를 물어보고, 그 과정을 통해 화학반응을 일으키는 사람이 좋다.'는 내 일기장을 보는 듯했다. 스쳐 지나가듯 떠올렸던 생각, 흩어진 생각을 문장으로 만나면 반가운 친구를 만난 듯하다. 맞다. 나도 상대방의 말에 귀 기울이며 듣고, 질문하고 영감을 얻는 만남이 좋다. 나를 명확하게 알게 된다. 환희의 순간이다!

캘리포니아에 살 때의 일이다. 미국 텍사스 휴스턴에서 열린 사촌 준(june)의 결혼식에 참석했다. 신랑이 인도계 미국인이어서 인도 결혼식 분위기를 느낄 수 있었다. 축제 분위기가 펼쳐졌다. 인도 전통 음악과 함께 하객들이 춤을 추기 시작했다. '와, 내 인생에 이렇게 많은 인도사람을 만나게 될 줄이야!' 생각은 잠시, 나는 그들과 신나게 춤추고 있었다. 모르는 사람들과 미소와 눈빛을 교환하며 생소한 음악에 몸을 맡겼던 그 순간! 축하 분위기와 더불어 내 인생의 순간을 즐기고 있었다. 돌이 갓 넘은 아기를 재워야 하는 시각이 오니, 나의 댄스 타임은 강제 종료. 끝-났다. '인생은 마라톤이 아니라 춤이다.' 나를 머물게 한 문장이다. 밑줄을 그으며 춤에 동그라미를 쳤다. 춤. 인생을 왜 춤이라고 했을까? 시간과 인생을 시작과 끝으로 이어진 일직선으로 생각하며 종점까지 가야 한다는 관점이 있다. 이 관점에서 바라보면 어디에 도달해 있는지와 무엇을 해냈는지가 중요하다. 관점을 달리해 볼까? 몰두하는 순간과 목적을 실현해 가는 활동에 초점을 둔다. 춤추는 순간은 즐겁다. 도중에 춤을 멈추게 되어도 괜찮다. 어딘가에 목적지를 향해서 가기 위해 춤을 추지 않기 때문이다. '지금, 여기'가 소중하다. 지금 춤추고 있는 이 순간이 인생이다.

독서모임을 기획할 때 책을 꼼꼼히 읽게 된다. 그래서인지 밑줄을 더 치게 된다. 2021년 9월 온라인으로 처음 진행한 독서모임. 좋은 질문을 뽑아낼 부분을 염두에 두며 읽었다. 한 권을 끝까지 읽고 나니, 나누고 싶은 내용이 넘쳐났다. 이야기 주제를 좁혀야 하는 시간이 되었다. 어느 부분에 중점을 둘 건지에 대해 결정해야 했다. 막막했다. 밑줄로는 충분하지 않았다. 부호 하나를 추가했다. 밑줄보다 약간 중요도가 높다면, 밑줄 왼쪽에 V 표시를 해놓는다. 그중 반드시 독서모임에 포함하고 싶은 부분이라면 왼쪽 페이지 모퉁이를 접어놓는다. 접힌 삼각형 위에 키워드를 적어 놓는다. 나만의 기준으로 상중하 중요도 구분 방법이다.

'도서관 책에 밑줄 치는 행위는 남의 생각을 도둑질하는 행위입니다.' 자주 이용하는 도서관에 붙은 포스터 문구이다. '좋아요' 버튼이 있다면 누르고 싶었다. 도둑질, 맞다. 나만의 흐름을 가로막는 방해꾼이다. 책은 독자 스스로 멈출 곳을 찾고 사유하는 공간이다. 밑줄 쳐진 책은 읽고 싶은 마음을 사라지게 하는 묘한 힘을 가진다. 빌려보는 책에 표시하고 싶을 때는 다이소 컬러 미니 인덱스를 사용한다. 형광펜 대용으로 떼었다 붙였다 할 수 있다. 반납하기 전, 붙여놓은 스티커를 떼며 다시 읽는다. 밑줄 치고 싶은 부분이 계속 나온다면? 구매하여 읽으라는 신호로 받아들인다.

밑줄을 긋지 못하는 책이 또 있다. 오디오북이다. 설거지와 분리수거, 건조된 옷을 개고 옷장에 갖다 놓기. 반복되는 가정 일을 하며 책 이야기를 듣는다. 푸념이 줄었다. 지식이 확장되는 시간이요, 깨달음의 시간이다. 처음 사용할 때는 불편했다. 마음에 드는 문장을 표시할 수 없어서이다. S오디오북의 경우는 문장 재생되는 시간을 표시해 놓을 수 있다. 듣고 있을 때 북마크 버튼을 누르면 이미 몇 초 지나간 후가 되어버렸다. 어느 지점에서 누를지 모르니 핸드폰을 손에 들고 듣곤 했다. 성우의 목소리로 녹음되어 있지 않은 경우, TTS 프로그램으로 듣는다. TTS 프로그램은 텍스트 파일을 사람 목소리로 바꿔준다. 부자연스러운 끊어 읽기와 높낮이가 낯설었다. 경험이 쌓이다 보니 깨달았다. 오디오북은 흘려듣기다. 물처럼 흘러가게 놔둔다. 잡으려 하지 않는다. 마음에 드는 부분을 한 번 더 듣고도 충분하지 않다면 책을 사서 표시하며 읽는다. 이렇게 나와 특별한 인연이 된 책이 몇 권 있다. 서서히 듣는 내용을 놓친다는 생각에서 벗어날 수 있게 되었다.

밑줄을 그으며 문장들을 '찜'한다. 읽을 때면 자유롭고 풍성해진다. 나에게 다가온 문장들에 멈춰서서 돌아볼 시간을 갖는다. 책이 사람을 변화시키는 큰 힘을 발휘하는 이유이다. 다양한 방법으로 표시해 둔 문장들은 내 글쓰기의 든든한 조력자가 되어 준다. 밑줄이 문장을 아래에서 받쳐주듯, 책이 나의 일상을 든든하게 붙들어 준다.

02

독서 노트는 이렇게

유명임

"선배님처럼 독서 노트를 쓰고 싶어요.", "훔치고 싶은 독서 노트예요.", "어떻게 하면 선배님처럼 독서 노트를 쓸 수 있을까요?" 독서 노트를 쓰는 사람들에게 가장 많이 듣는 말이다. 나의 독서 노트 쓰기의 비법은 '그냥, 꾸준히, 즐겁게'다.

더빅리치 캠퍼스에서 독서 노트 쓰기 습관 프로젝트의 리더를 맡고 있다. 매일 책을 읽고, 독서 노트를 쓰는 습관을 만들기 위한 모임이다. 프로젝트는 100일과 30일 과정으로 나뉜다. 두 번의 온라인모임을 하고, 매일매일 독서 노트를 쓰고 인증한다. "독서 노트를 왜 쓰고 싶으세요?" 프로젝트에 참여한 사람들에게 제일 먼저 하는 질문이다. "독서를 기록으로 남기고 싶어요.", "책을 읽고 변화하고 싶어요.", "꾸준히 책을 읽고 기록하는 습관을 만들고 싶어요.", "책과 가까워지고 싶어요." 나도 마찬가지였다. 쉽게 잊히는 책 내용을 정리해서 나의 것으로 만들고 싶었다. 삶에 적용해서 변화하고 성장하길 원했다. 독서 노트의 시작은 좋은 구절을 필사하는 것이었다. 책을 거의 베끼다시피 했다. 모든 구절이 다 중요한 것 같았다. 독서력이 부족하니 문장 선별력이 떨어졌다. 한 권을 읽고 정리하기까지 시간이 오래 걸렸다. 정리할 땐 다음에 다시 꼭 봐야겠다 다짐하지만, 그런 경우는 드물었다. 그러다가 최서연 작가가 제작한 R365 독서 노트를 만났다. 지금껏 보지 못했던 독서 노트였다. 심플하고 간결했다. 한 권을 다 읽고 정리하는 것이 아닌 매일매일 쓰는 독서 노트라는 것이 마음이 들었다. 필사가 아니라 키워드 중심으로 정리하는 독서 노트, 뭔가 있어 보이고 매력적이었다. 무엇보다도 '내가 뽑은 질문'이 새로웠다. 바로 새로운 독서 노트 쓰기에 돌입했다. 5분~10분이면 작성할 수 있을 것 같았다. 하지만 독서계의 햇병아리인 나는 키워드 중심으로 정리하는 것부터 난관에 부딪혔다. 쓰다가 버리고 다시 쓰고, 쓰다가 지우고 다시 쓰기를 반복하다 보니 나만의 독서 노트 정리법이 생기기 시작했다.

키워드 중심으로 독서 노트를 쓰려면 자연스럽게 책에 밑줄을 많이 긋게 된다. 핵심 단어라 생각되는 단어에 동그라미도 쳤다. 책의 여백에는 읽은 내용을 간략히 정리하거나, 내 생각과 궁금한 점

등을 여과 없이 마구 적었다. 분량의 독서를 마치면 독서 노트를 정리했다. 핵심 단어가 들어간 문장 위주로 필사가 아닌, 나만의 언어로 정리한다. 그리고 키워드 두세 개를 정한다. 그날 읽은 분량에서 느낀 점과 실천할 점을 적고, 질문을 만들고 답을 했다. 한 권을 완독하면 보통 20개 정도의 키워드가 생긴다.

경언대회에서 1, 2, 3위를 결정하듯 나만의 심사를 거친 끝에 최종적으로 두세 개를 낙점한다. 이 키워드는 1년간 읽은 책을 기록하는 북 리스트에 적어 놓는다. 리스트를 펼칠 때마다 볼 수 있어서 좋다. 실천할 점은 장기적인 목표가 아닌, 단기간에 해낼 수 있는 아주 작은 목표로 정한다. 그날 바로 실천할 수 있는 것이 가장 좋다. 길게 잡아도 일주일을 넘기지 않는 목표로 정했다. 작은 성공 습관으로 성취감을 맛보는 것은 삶을 변화시키는 데 큰 역할을 한다. 성공 습관을 쌓아가면 자신감과 자존감도 높아진다.

독서 노트 덕분에 새벽 루틴들을 힘들이지 않고 재미있게 습관으로 정착시켰다. 완독 후 실천할 점을 체크하면서 완료하지 못한 것들은 3P 바인더 계획에 넣고 최대한 마무리하려고 노력한다. 실천할 점을 삶에 단 1개라도 적용하면 성공한 책 읽기라고 생각한다. 가장 시간이 오래 걸리는 것은 질문을 뽑아내는 것이었다. 실제로 독서 노트 쓰기 습관 프로젝트 참여자들이 가장 어려워하는 부분도 질문하고 답하기다. 책을 읽으면서 질문을 해본 적이 없어서 무슨 질문을 해야 하는지 막막했다. 최서연 작가의 조언대로 책에 나와 있는 질문을 옮겨 적고, 내 생각을 적었다. 질문을 만들었다고 해서 답이 술술술 나오는 것은 아니다. 아무리 생각해도 질문이 떠오르지 않는 날도 있었다. 포기하지 않고 꾸준히 질문을 만들었다. 예, 아니요로 답을 하던 것에서 한 줄씩 답이 늘어났다. 질문 습관이 쌓이고 쌓이면서 점점 좋은 질문과 답이 나왔다. 깊이 있는 독서로 사유의 폭도 넓어지게 됐다. 책의 내용을 맹신하거나, 책에서 이야기하는 내용은 모두 옳다고 생각했었다. 그러나 질문을 만들고 스스로 답을 하는 과정을 거치면서 "저자는 왜 이런 생각을 했을까?", "나는 이 의견에 왜 동의할 수 없지?", "이 책을 읽고 왜 생각이 바뀌게 되었지?" 끊임없이 "왜"를 생각하게 되었다.

독서 노트 작성은 눈으로만 읽는 독서에서는 맛볼 수 없는 즐거움을 준다. 처음에는 50분에서 1시간도 넘게 걸리던 독서 노트 정리가 이제는 짧게는 15분, 길어도 30분을 넘기지 않는다. 책을 온전히 내 것으로 만들기 위해 이 정도의 시간은 투자할 만한 가치가 있지 않을까 생각한다. 중도에 독서 노트를 포기하는 사람들의 이유 중 대부분이 시간이 오래 걸린다는 것과 질문을 만들지 못하겠다는 것이다. 독서 노트를 써보지 않았는데, 어떻게 10분 만에 뚝딱 독서 노트를 쓸 수 있을까? 생각하고, 고민하지 않고 읽어내는 것에만 급급한데 질문이 나올 리가 만무하다. 그냥 꾸준히 독서 노트가 내 몸의 일부가 될 때까지 썼다. 매일매일 쓰지 않아도 괜찮다. 질문이 생각나지 않으면 하루, 이틀쯤 건너뛰어도 된다. 중요한 건 다시 독서 노트를 쓰자 생각했을 때 언제라도 돌아올 수 있는 습관이다. 내 생각을 들키는 것 같아서 독서 노트를 쓰지 않는다는 사람도 있다. 가끔은 섭섭함이 느껴질 정도로 아무도 나의 독서 노트에 신경을 쓰지 않는다. 독서 노트는 나만 보는 저자와 나의 대화를 기록한 비망록이다. 한 권의 책을 읽으면 적게는 다섯 장, 많으면 열 장의 독서 노트가 나온다. 독서모임에 참여하면 책을 다시 보지 않아도 독서 노트로 쉽게 정리된다.

누군가 "그 책 어때?"라고 물으면 "응, 좋았어."라고 대답하지 않는다. 나의 지적 저장소인 독서 노트가 있기 때문이다.

1년여간 독서 노트를 쓰며 깊이 있는 독서를 하게 되었고, 사고의 폭도 넓어졌다. 해결해야 하는 문제가 생겼을 때 주관적인 답을 주는 친구보다 객관적이고 스스로 답을 찾게 해주는 책을 찾는다. 나의 성장을 위해 써왔던 독서 노트가 이제는 다른 사람을 도울 수 있는 1인 기업의 도구가 되었다. 한 기수의 프로젝트가 끝날 때마다 30일, 100일 꾸준히 독서 노트를 썼던 사람들은 하나 같이 독서 노트를 칭찬한다. "독서 노트 덕분에 책장에 꽂혀만 있던 책을 읽게 되었어요.", "이 책이 이렇게 좋은 책인지 독서 노트를 쓰면서 알게 되었어요.", "미루지 않고 책 읽기를 할 수 있도록 스스로 가다듬기 할 수 있어서 좋았어요.", "독서 노트를 쓰면서 좋은 습관이 많이 생겼어요." 독서 노트는 독서와 뗄레야 뗄 수 없는 단짝 친구다.

03

천 권의 책을 읽었습니다

최서연

서울에 올라와 직장생활에 적응하고서야 책을 읽었다. 2014년부터 2021년까지 8년 동안 천 권 이상을 봤다. 일 년 평균 125권이다. 처음에는 서점에서 추천하는 베스트셀러 위주로 읽었다. 책을 다 읽어도 기억이 나지 않았다. 책을 읽기 전과 후가 큰 차이가 없었다. 그렇게 2년을 보내고 2016년에 정신이 번쩍 들었다.

'책을 읽는 방법이 잘못된 것은 아닐까?'라는 생각이 들었다. 인터넷 서점 검색창에 〈독서법〉 관련 책을 찾았다. 독서를 잘하고 싶어서 독서법 책을 닥치는 대로 읽었다. 스무 권 이상 읽으면서 공통적인 독서법을 찾아냈다.

첫째, 눈이 아닌 '손'을 활용해야 한다. 그때까지 나는 책을 읽고 기록하는 습관이 들지 않았다. 이때 도움을 받은 책은 공병호 작가의 《핵심만 골라 읽는 실용독서의 기술》이란 책이다. 책 앞 빈 곳에 마음에 드는 구절의 페이지와 키워드를 적었다. 책을 읽고 기록하지 않는 이유 중 하나는 '시간이 오래 걸릴까 봐'라고 하는데, 적다 보면 시간 차이는 별로 없다. 기록하면서 반복이 되기 때문에 읽을수록 속도도 빨라진다.

둘째, 읽는 목적을 분명히 해야 한다. 남들이 추천해 주는 책이나, SNS에서 누가 읽고 있다는 글을 보면 일단 샀다. 물론 그런 책 중에서 도움 되는 내용도 있다. 그렇지만 핵심은 책을 읽는 이유다. 시간은 한정돼 있고 읽어야 할 책은 많다. 해결해야 할 문제가 있다면 그 분야의 책을 열 권 이상 읽었다. 인터넷에서 검색하는 휘발성 정보와는 차원이 다르다. 사고가 깊어진다. 2017년 미니멀라이프 책을 오십 권 이상 읽었다. 물건이 정리되면서 재테크에 관심이 생겼고, 가계부 책도 도서관에서 열 권 정도 빌려 봤다. 그 후에는 재테크 강의까지 하게 됐다. 관점이 넓어졌다.

셋째, 읽었으면 실천해야 한다. 듣고 보면 당연한 말이지만, 나는 읽는 것에 급급했다. "잘 썼다. 무슨 말인지 모르겠다."라고 평가만 했다. 작가의 의도를 파악하고 삶에 적용하는 방법을 몰랐다. '아.

이런 말은 나도 하겠다. 그래. 해보면 좋겠지'라고 생각만 하고 행동하지도 않았다. 답은 거기에 있었다. 알고 있는 것을 실행하는지가 삶이 변화하는 열쇠였다. 그런데 책을 읽다 보면 작가가 해보라고 하는 것이 많았다. 때마침 책에서 발견한 보물 같은 메시지가 바로 〈One Book, One Message, One Action〉이다. 하나의 책에서 한 줄만 찾아내서 행동해 보기로 했다. 그때 만든 브랜딩이 '책 먹는 여자'다. 책을 읽고 끝내지 않고, 음식을 먹고 배출하듯 실천하는 사람이라는 뜻으로 말이다.

그 외에도 수강생들에게 이런 질문도 자주 받는다. "책을 읽고 싶은데 시간이 없어요." 미안한 말이지만 시간이 남아서 책을 읽은 적은 없다. 독서를 위해 시간도 따로 떼어놓아야 한다. 당장 책을 읽지 않는다고 오늘의 삶이 달라지는 것이 아니기 때문에 사람들은 중요한 줄 알면서도 뒤로 미룬다.

플랜 B로 책 먹는 여자의 팁을 하나 더 소개하겠다. 리디북스 오디오북을 몇 년째 사용 중이다. 출퇴근할 때, 대중교통을 이동하면서 음악 대신에 책을 듣는다. 이렇게만 해도 일주일에 한 권은 볼 수 있다. 지금은 3배속으로 듣다 보니 이삼일이면 한 권도 완독이 가능하다.

인간은 공유의 동물이라고 한다. 내가 먹어 보고 맛있는 곳은 소중한 사람에게 알려 주고 싶다. 자신이 힘들게 고생하면서 알게 된 사실을 숨겨두지 않고, "당신들은 저처럼 고생하지 마세요."라며 정보를 공유한다. 그래서 인간은 진화한다.

며칠 전 칼 세이건의 《코스모스》를 읽었다. 719쪽이나 되는 두꺼운 책에는 과학, 우주, 지구, 인류, 역사 등 방대한 내용이 다뤄졌다. 그중 과학자 케플러가 쓴 글을 소개한다.

"나는 펜을 들어 책을 쓴다. 나의 책을 요즘 사람들이 읽든, 아니면 후세인들만이 읽든 나는 크게 상관하지 않으련다. 단 한 사람의 독자를 만나기까지 100년을 기다린다 해도 나는 결코 서운하지 않을 것이다."

시간을 거슬러 우리는 언제나 그들의 지식과 지혜를 내 것으로 만들 수 있다. 그러니 오늘부터 똑똑하게 독서를 해보면 좋겠다.

04

느리게, 더 느리게, 슬로리딩

주애라

나는 책을 빨리 읽지 못한다. 난독증이 있는 건 아닌지 의심한 적도 있었다. 지금도 가끔 난독증을 의심한다. 중요한 모임에서 낱말의 앞뒤 글자를 바꿔서 읽은 적도 있었다. 요즘도 가끔 앞뒤를 바꾸어 읽는다. 토시 하나 놓치지 않고 읽어야 한다는 강박감이 있어서일까? 처음에는 나도 남들처럼 책을 빨리 읽고 싶었다. 학창 시절 한두 시간 만에 연애 소설을 한 권씩 뚝딱 읽어내는 친구가 있었다. 나는 그 친구가 정말 신기하고, 부럽기도 했다. 나도 그 방법을 알고 싶었다. 하루는 그 친구에게 물었다.

"어떻게 하면 너처럼 책을 빨리 읽을 수 있어?"
"응. 간단해. 그냥 대각선으로 읽어. 그럼 읽어져."

"그게 무슨 말이야?"

"왼쪽 위부터 오른쪽 아래로 쭉 훑어보는 거야. 그럼 내용이 눈에 들어와. 이게 안 돼?"

"뭐라고?"

나로서는 도저히 이해할 수 없는 읽기 방법이었다. 대각선으로 읽는다고? 정말 이해할 수 없는 독서법이었다. 한동안 대각선으로 읽기를 연습해 보았으나 번번이 실패했다. 그렇게 내가 추리소설 10여 권을 읽을 때 그 친구는 연애 소설을 100여 권을 읽어내고 있었다. 친구를 이기려고 한 것은 아니지만, 엄청난 속도 차이에 나는 어쩔 수 없나 보다, 좌절감 아닌 좌절감을 맛보게 되었다. 지금 생각해 보면 그 친구는 비슷한 종류의 책을 많이 읽어 배경지식으로 인해 속도가 붙어서 더 빨리 읽었던 것이 아닌가 싶다. 빨리 읽기가 안되면 필요한 부분만 봐도 된다고 하는 사람들도 있었다. 소설을 즐겨 읽던 나는 목차를 보고 선별적으로 읽는 방법은 맞지 않았다. 흐름만 읽는 것도 좋은 독서법이라고 하지만, 한 글자 한 글자 읽어야 직성이 풀리는 성격이기에 어쩔 수 없었다. 추리소설을 좋아했던 나는 결말이 너무나도 궁금해 더 빨리 읽고 싶었는지도 모르겠다. 그리고 다른 분야의 책을 읽을 때도 무슨 똥고집인지 부분적으로 읽기가 싫었다. 수학 교과서처럼 앞의 내용을 알지 못하면 뒤의 내용은 전혀 알 수 없다는 듯이 책을 읽고 있었다. 또 내가 뭔가를 모른다 싶으면 많은 양의 책을 읽고 빨리 지식을 습득하고 싶었다. 그래야 뒤처지지 않는다고 생각했었다. 하지만 속도의 한계가 있었다. 아니, 방법의 차이가 아닐까 싶다.

방법의 차이라고 생각한 나는 다시 책에서 방법을 찾기 시작했다. 책에서는 여러 가지 독서법을 알려 주었다. 그중에는 병렬 독서법도 있었다. 여러 권을 동시에 읽는 방법이다. 책을 많이 읽는 사람들의 방법인데, 곳곳에 책을 두고 틈틈이 읽을 때 좋은 방법이다. 처음에는 이 방법도 힘들었다. 읽던 책의 흐름이 끊기는 것이 싫었고, 때로는 기억이 나지 않았기 때문이다. 하지만 가기 다른 분야의 책을 동시에 읽으니 이 문제는 해결이 되었다. 그래서 지금은 동시에 다른 분야의 책을 천천히 읽어 간다. 그러면 생각의 전환도 되고, 때론 접목도 된다. 여러 분야의 책을 병렬 독서하면서 위로도 받고, 정보도 얻는다. 동시에 재미도 느끼게 되고, 동기부여도 된다.

예전에는 어떻게 해서든 빨리 읽는 방법을 익히려고 노력했다면, 지금은 천천히 읽는 것을 즐긴다. 요즘은 소설보다 자기 계발서나 경제, 심리서를 더 많이 읽는다. 읽는 장르가 바뀌다 보니 다음 내용을 빨리 알아낼 필요가 없어졌기 때문이기도 하다. 하지만 간간이 읽는 소설도 요즘은 빨리 읽으려 애쓰지 않는다. 천천히 읽으며 소설 속의 한 장면 한 장면을 상상도 하고, 아름다운 문장도 만나며 충만하게 읽는다. 또한 비슷한 유형의 책들을 계속 읽다 보니 예전보다는 애쓰지 않아도 읽는 속도가 조금씩 빨라지기도 했다. 빨리 읽으려는 조급함을 내려놓으니 앞뒤 글자를 바꿔 읽는 경우도 많이 줄었다. 나는 특별한 경우가 아니면 책을 읽을 때 기한을 두고 읽지는 않는다. 기한을 지키려고 조급하게 읽다 보면 책을 읽고도 이해가 되지 않거나, 충분히 읽었다는 만족감을 느끼지 못할 때가 많기 때문이다.

아이와 함께 읽을 때는 아이의 책을 소리 내 읽는다. 큰아이의 잠자리 습관으로 시작한 독서법인데, 잠시 멈췄다가 둘째 아이 잠자리 습관으로 다시 시작했다. 아이들이 이해할 수 있도록 읽어야 하므로 자연히 천천히 연기하며 읽는다. 아이들도 재미있어 하고, 연기하는 나도 즐겁다. 눈으로 읽을 때와 소리 내 읽을 때는 느낌이 사뭇 다르다. 큰 아이 책은 주로 남편이 읽어 주었다.

나는 옆에서 주로 들었는데, 들으면서도 즐거웠던 기억이 컸다. 책을 읽고 나서 잠깐이지만 아이와 대화하는 시간도 즐겁다. 시간이 지나 아이 책뿐만이 아니라 어른들의 책도 소리를 내어 읽기도 한다. 잘 이해되지 않는 부분은 소리 내어 천천히 읽다 보면 더 이해가 잘된다. 그래서 이해가 잘 안되는 책은 일부러 소리 내서 읽기도 한다. 또한 오디오북은 읽어 주는 기능이 있어서 출퇴근할 때 이용한다. 듣는 것은 속도 조절 기능이 있어 빠르게 듣는 사람들도 많다. 나도 처음에는 조금 빠르게 들어봤다. 익숙해지면 속도를 더 빠르게 조절해도 들린다고 한다. 하지만 나는 빠르게 읽어 주는 것에 익숙해지기보다 듣기 편안한 속도로 즐겁게 독서하는 방법을 선택했다. 출퇴근하는 시간이나 운전하는 시간만으로도 꽤 많은 양의 독서를 할 수 있다.

책을 빨리 읽어서 정보를 많이 받아들이는 것도 좋고, 중요하다. 때로는 꼭 필요한 방법이기도 하다. 하지만 책은 꼭 정보만을 얻기 위해 읽는 것이 아니다. 그래서 나에게 맞는 방법으로 책을 멀리하지 않고 즐겁게 읽으려 한다. 빨리 읽으려 하면 독서가 숙제처럼 느껴지기 때문이다. 책을 읽는 시간은 나에게 고통의 시간이 아니라 힘든 시간을 버티게 해주는 시간이고, 휴식이고, 즐거움의 시간이기에 나는 조급함보다는 천천히 느리게 읽는 방법을 선택했다. 그리고 앞으로도 천천히 느리게, 더 느리게 책을 읽을 것이다.

05

집중 독서 기간(시간)

오지연

힘들고 피곤하지만 내가 제일 좋아하는 시간. 집중해서 책을 읽을 수 있는 시간은 새벽시간이다. 언제나 알람은 4시 30분에 울린다. 못 듣고 못 일어나는 날도 물론 있지만, 대부분 5시 30분 전에는 눈을 뜨려고 안간힘을 쓴다. 이 시간이 아니면 책 한 장 넘길 여유가 없을 것만 같다.

엄마는 바쁘다. 5학년이 된 큰아이는 이제 엄마 손이 조금 덜 가지만, 이제 막 6살이 된 작은 아이는 눈뜨면서부터 엄마를 찾아 잠드는 순간까지도 엄마의 배 위에서 잠을 청한다. 일하는 동안에는 출근도 했고, 오후에는 큰아이 학원 픽업도 매일 했다. 밀린 집안일도 해야 하고, 얼마 전부터 합가를 하게 된 암 투병을 하시는 시어머니가 오셔서 병원 동행도 해야 한다. 먹는 것도 조금 더 신경 써야 하고, 식구가 늘다 보니 자연스레 할 일 또한 더 늘어났다. 그야말로 눈코 뜰 새 없이 바쁘다.

아이들 케어와 시어머니 케어까지 하며 책을 읽고 하고 싶은 거하겠다고 새벽에 안간힘을 쓰며 일어나려는 나를 남편은 그렇게 좋으냐로 시작해서 지금은 대단하다 한다. 그 시간에 어떻게 눈이 떠지냐 한다. 그렇지만 대단한 것이 아니라 훗날 지금을 떠올렸을 때후회의 시간이거나, 원망의 시간으로 기억되지 않도록 나름의 애를쓰고 있는 거다. 저녁 9시가 넘어가면 힘들어하는 와이프가 안쓰러웠나 보다. 일하느라 힘들 텐데도 내가 강의가 있거나 책을 보고 있을 때는 시어머님 식사도 알아서 척척 차려드리고, 아이들 케어 또한 척척 해내는 걸 보니 참 고맙다.

매일, 매 순간 예상치 못한 이벤트가 기다리는 삶을 사는 나다. 책을 읽기 위한 시간을 낸다는 건 사치다. 식구 모두가 잠을 자는새벽 시간이 유일하게 이벤트가 나타나지 않는 시간이다. 이 시간을 가장 좋아한다. 그 외에는 그야말로 틈새 독서다. 아이 학원 픽업을 위해 기다리는 동안, 식사 준비를 하면서 잠깐씩 틈이 날 때, 시어머님 외래 항암제 투여 시 대기시간을 이용해서 틈틈이 책을 읽는다. 항상 병원을 동행하는 며느리에게 미안해하는 시어머님이시다. 그럴 땐 "어머니~ 어머니 덕분에 이렇게 책도 맘껏 보고 얼마나 감사해요." 한다. 언제 어떻게 잠깐의 시간이 주어지게 될지 몰라 가방 속엔 바인더와 책이 담기다 보니 언제나 한 짐이다.

다람쥐의 쳇바퀴가 돌고 도는 것처럼 평범한 대한민국 주부의 삶. 잠깐의 여유나 틈도 없이 지나가는 시간들 안에서, 내가 책 한 장 펼쳐볼 시간 없이 지나가는구나라는 생각이 가득하며, 급기야 하루 종일 침대에 뒹굴뒹굴하며 책을 읽는 큰아이가 부러워진다. 이런 순간까지 오게 되는 때에는 잠시 앉아 생각한다. 나는 어떤 사람이고, 어떤 목적과 꿈을 가지고 나아가고 있는지 바인더를 펼쳐 보며 다시 한 번 마음을 다 잡아 본다.

그렇게 내 시간을 다시 한 번 돌아보고 피드백을 한다. 책과 함께 보낼 수 있는 시간을 만들어서 계획한다. 아이의 학원 픽업을 기다리며 주어지는 한두 시간의 공백에 이전에는 마트나 쇼핑을 하러 주변을 배회하며 쓸데없이 시간과 돈을 썼다. 그러나 이제는 그 시간들이 너무 소중하고 놓치고 싶지 않아 아이를 내려주고 엉덩이 붙일 곳을 찾는다. 너무 좋아하는 커피 한 잔과 함께하는 그 시간들이다. 그 안에서의 바인더 정리와 책을 읽는 잠깐의 시간은 세상에서 제일 감사하는 시간이다.

모두에게 똑같이 주어지는 시간을 어떻게 배분하고 활용하는가에 따라 엄청난 결과의 차이를 가져온다. '애 엄마가 무슨 책이야, 애 엄마가 무슨 커피를 나가서 마셔~ 애 엄마가, 애 엄마가….'

주변에서 몰아치는 평균의 말과 틀 안에 갇히지 않으려면 무엇보다 '나'에 대해 파악하는 것이 먼저일 것이다. 베스트셀러라서, 남들이 좋다고 하니 덩달아 읽어 내려가는 것이 아니라 이 책이 나에게 어떻게 필요한 것인가에 대해 생각하고 읽어야 한다. 그래야만 일을 하며, 육아를 하며 짬짬이 읽어 가는 책이 더 주옥같이 다가올 것이고 소중할 것이다.

내가 집중할 수 있는 나만의 시간을 분배해서 사용한다. 새벽 시간을 이용한 독서나 잠자리 독서, 점심시간 잠깐의 짬을 내어 읽어 내려간다. 이때 읽는 책은 최상의 집중력과 함께 사막의 오아시스를 만난 기분을 느끼게 해 줄 것이다. '애들 때문에 안 돼, 시간이 없어.'라는 핑계는 이제 집어치워야 한다. 나의 하루를 냉정하게 돌아보며 할 수 있는 시간을 찾아 할 수 있는 방법을 찾아내야만 한다. '이제부터 책 읽으세요~' 하는 시간은 평생 주어지지 않는다. 그 일을 해야만 하는 시간은 내가 만들어 가는 것. 시간의 주도권을 내가 가지고서 핸들링해야 할 것이다.

잠깐의 틈이 생길 때마다 책을 읽어 가는 모습은 가정의 변화 또한 가져다준다. 틈이 날 때마다 스마트폰을 들고 각종 미디어를 찾아다니는 부모의 모습을 보고 자란 아이와 틈이 날 때마다 책을 들고 읽어 가는 부모의 모습을 보며 자라나는 아이들의 차이는 엄청나다. 우리 집만 해도, 거실에 TV는 있지만, 틀어져 있는 시간은 그리 많지 않다. 드라마나 예능 프로그램은 알지도 못할 뿐 아니라 TV를 틀어두고서도 그 앞에 엎드려 책을 읽고 있는 엄마를 보며 큰아이는 꽤 관심을 가진다. 엄마는 무슨 책을 읽고 있는지, 내용은 어떤지 궁금해한다. 본인이 읽다가 좋았던 책은 슬며시 엄마의 책상 위에 얹어 두며 "엄마, 이거 꼭 읽어 봐~ 너무 감동적이야! 눈물이 났어."라며 본인의 감정을 꺼내 놓는다. 아이가 추천해 준 책을 함께 읽으며 생각을 나누는 시간은 정말이지 두 번 다시 오지 않을 귀한 시간이다. 엄마는 책 읽는 사람으로 인식한 6살 둘째도 '엄마, 오늘은 책 안 봐? 나 책 읽고 싶어요.'라며 그림책을 들고 올 때 어떤 부모가 힘차게 읽어 주지 않을까 싶다.

아이는 부모의 거울이라고 했던가. 책 읽을 시간이 나에게 주어질 때까지 기다리지 말자. 요리를 하며, 밥을 먹으며 읽어 내려가는 잠깐의 독서는 함께 시간을 보내는 아이들에게 충분한 자극제가 되어 줄 것이다.

요즘은 엄마가 새벽 기상을 해서 책을 본다는 걸 알게 된 첫째 아이가. "엄마가 5시에 일어나지? 그럼 나도 그 시간에 깨워주세요!"라며 본인도 새벽에 책을 보겠다고 한다. 다음날 7시에 깨우니 정말 벌떡 일어나 내 맞은편에 앉아 조용히 책을 펼친다. 이것만큼 뿌듯할 때가 또 있을까? 엄마의 습관을 아이에게 물려주기 위해, 엄마의 손때 묻은 책을 내 아이들에게 물려주기 위해 오늘도 엄마는 틈틈이 책을 읽으며 엄마로, 여자로 성장해 간다.

06

아이를 키우면서

한명욱

소파 받침대가 부서졌다. 집에서만 생활한 2년의 결과다. '코로나'라고 아이를 바깥에서 놀지 못하게 했다. 그랬더니 트램폴린처럼 소파 위에서 뛰었다. 사실 얌전하길 바라지 않았다. 저 나이 아이들은 뛰어야 정상이다. 재작년 누나들도 뛰어 침대가 내려앉았다. 그리 놀랍지 않다. 어쩌면 내가 관대한 것일지도 모르겠다.

어릴 적, 군인 아빠는 실수를 용납하지 않았다. 집이 군대 같았다. 그래서 아빠가 무섭고 싫었다. 그러나 결혼하고 아이를 키워보니, 아빠를 이해하게 됐다. 아빠는 둘째 부인의 아들이었다. 그나마 아껴주던 할아버지도 아빠가 10살이었을 무렵 돌아가셨다니, 눈치를 살피며 실수하지 않으려고 얼마나 애썼을까? 장남인데 대우받지 못한 장남이었던 아빠가 안타까웠다. 분명 우리에게 잘못은 했지만 이해가 되었고, 가족이기에 용서를 했다.

그래도 내 집은 그렇게 만들고 싶지 않았다. 군인 부부였기에 군대 같은 집이 되지 않을지 두려웠다. 남편에게서 아빠의 모습이 보일 때는 치열하게 싸움을 걸었다. 첫째가 ADHD를 진단받고서야 싸움 걸기를 멈췄다. 각종 육아서와 심리 관련 책을 읽으면서 내 감정을 남편에게 투사한 것을 인정한 것이다. 행복한 가족이 되기 위해 '나부터 행복하기'로 결정하니, 조금씩 집안에 온기가 돌았다.

책의 힘을 다시 깨닫는 순간이었다. 아이들 인생에 독서라는 취미를 남겨 주고 싶었다. 평생 인생의 친구가 되어 줄 책, 멘토가 되어 줄 책과 함께하는 삶을 알려 주고 싶었다. 책 읽는 환경을 만드는 것은 어렵지 않았다. 주변에 책이 있으면 책을 갖고 놀 것이고, 언제든 꺼내 볼 수 있다. 포장이사도 없던 80년대, 무거운 책 상자를 옮기면서도 벽 한가득 책을 사 준 엄마에게 배웠다. 그 덕에 사춘기를 잘 넘길 수 있었다.

아이들이 크니 책이 늘어났다. 눈높이에 맞춰 계절이 바뀔 때마다 책 위치를 바꿨다. 책을 읽었는지 확인하기 위해 색색별 스티커를 준비해서 읽은 책 표지에 붙이게 했다. 엄마는 빨간색, 첫째는 파란색, 둘째는 노란색으로 스티커를 붙이며 읽었다. 책을 읽어 주고, 스티커를 같이 붙였다. 보여 주고 싶은 책은 살짝 책상 위에 꺼내두었다. 그리고 아이들이 텔레비전을 볼 때면 맞은편 식탁에 앉아 나는 책을 읽었다. 일부러 좋은 구절은 소리 내어 읽기도 했다.

감사하다. 첫째는 초등학교 5학년 때 베르나르 베르베르 작가의 책을 탐독하기 시작했다. 스무 살이 넘어서도 좋아하는 작가 중심으로 책을 읽는다. 둘째는 상상하는 것을 좋아했다. 혼자 읽기보다는 읽어 주는 것을 좋아했다. 낮에 읽었던 동화를 잠자리에서 상상하며 주인공이 되던 아이였다. 지금은 팬픽을 쓴다. 힘들 때는 웹소설로 힐링을 할 정도다. '내가 엄마를 닮았나 봐.' 툭 던지고 가는 말이 참 좋다.

책과 함께하는 삶을 살고 싶다. 우리 아이들에게도 추천하고 싶은 삶의 방향이다. 그러다 보니 책이 넘쳐나서 꽂을 곳이 없다. 무엇이든 제자리에 두는 것을 좋아했던 나였는데, 다양한 책과 벗하니 틀에서 자유를 얻었다. 모퉁이마다 쌓여있는 책, 눈길 닿는 곳곳에서 손짓하는 책, 빨리 읽고 싶다. 아이들도 무심코 책 한 권 집어 들면 좋겠다.

막내가 올해 일곱 살이 되었다. 막내는 말이 느려 언어치료 중이다. 가족들이 예뻐해서 말할 기회가 없었던지 5살 때까지도 과묵했던 막내다. 다행히 언어치료 중에 말문이 트였다. 아직 발음이 어려워서 단어 카드로 놀며 도와준다. 이럴 때 형용사가 가득한 유아 책은 말놀이하기 딱 좋은 책이다. 알록달록 그림도 예쁘다. 유아 책은 마음을 포근하게 한다. 사춘기 누나들에게 읽어 주도록 일부러 시켰다. 중학생 때 힐링하라고 동화책을 사 줬던 엄마의 사랑을 새삼 느끼는 순간이다. 엄마는 참 현명하셨구나. 한 번도 이야기한 적 없었던 6학년 왕따 사실을 혹 알고 계셨던 건 아니었을까? 궁금하다.

일과 육아, 네 아이 워킹 맘이라 시간 쪼개기가 중요하다. 틈새 독서는 행복이다. 책을 읽고 싶다면 단 10분이라도 시간을 만들 수 있다. 일찍 준비해서 출근했다. 직장 주차장에서 10분간 책 읽기. 집에 도착하면 들어가기 전 10분간 책 읽기. 아이들에게 책을 읽어 주고, 저녁 먹고 나면 강의 듣기 전에 10분 읽기. 그렇게 하루 30분이 쌓이면 일주일에 한 권은 넉넉히 읽을 수 있었다.

가장 여유로운 금요일 밤이나 토요일 아침은 통째로 한 권 읽기. 모두가 잠든 새벽, 따뜻한 커피 한 잔을 올려두고 책을 펼칠 때가 행복하다. 토요일 새벽 독서모임. '마마오티움의 서재'에서 감사의 책을 나누었다. 엄마들의 마음을 챙기는 독서모임이다. 한 주의 에너지가 충전되었다. 힘들었던 이야기도 들어주고, 응원도 해주는 시간에 엄마라는 역할을 잘하고 있는 자신을 토닥일 수 있었다. 독서모임이 끝나고 잠에서 깬 아이들을 안아줄 때면 사랑이 충만한 나를 느꼈다.

엄마 스스로 격려할 시간이 필요하다고 생각한다. 밥풀 묻은 옷에 산발된 머리로 종종거렸던, 처음 엄마가 된 때가 생각난다. 잠도 부족했고, 자존감은 바닥이었던 시간이었다. 아기는 사랑스러웠지만, 힘든 마음이 죄책감으로 다가와 괴로운 나날이었다. 처음 엄마가 되었다면 마음 챙김의 시간은 꼭 필요하다. 친구와의 수다로 풀 수도 있다. 그러나 결혼과 육아로 나를 잃었다고 생각된 순간 책을 읽었다. 나를 만나는 시간이었다. 엄마가 되니 비로소 내가 크고 있다. 아이랑 함께 자라고 있다. 성장을 넘어 성숙으로 가는 여정을 알게 되었다. 아이들은 오롯이 엄마 아빠의 사랑으로 큰다. 부모의 가치관에 영향을 받아 성장한다. 순백의 도화지에 선이 그어진 순간, 지워도 그 흔적은 사라지지 않는다. 현명하게 아이들을 키우고 싶다. 그러려면 나부터 현명해져야겠다.

독서, 책 읽기라는 좋은 취미를 평생 동반자로 삼고 싶다. 아이랑 잘 크고 싶다. 그래서 오늘도 아이 앞에서 책을 읽는다.

틈새 독서

강은숙

독서모임을 하기 전에는 눈으로만 책을 읽었다. 모임을 통해 좋아하는 구절과 적용할 점을 찾기 시작했다. 독서모임 회원 중에 '본깨적'이란 단어를 사용하고, 시간 관리를 위해 바인더를 쓰는 모습을 볼 수 있었다. 궁금해서 물었더니 '3P자기경영연구소'를 소개해 주었다. 변화에 대한 갈망이었을까. 제대로 공부하고 싶었다. 검색을 통해 '3P자기경영연구소'에서 운영하는 '독서 경영 기본과정'을 신청했다. 좋아하는 구절을 적고, 깨달은 것을 적고, 삶에 적용하는 방법이었다. 동기부여만 받고 책을 덮었던 나는 '본깨적' 독서법을 행동으로 옮겼다. 책에 밑줄을 긋고, 노트에 적기 시작했다. 일을 다니며 현재보다 나은 삶을 위해 틈나는 대로 공부하고 책을 읽기 시작했다.

초등학교 3학년 특활 시간이었다. 동화책도 처음 읽어 보는 나에게 글짓기를 하라고 했다. 원고지를 받고 빨간 네모 칸에 무엇을 써야 할지 난감했던 기억이 있다. 어릴 적 집에서는 책을 접하지 못했다. 교과서가 전부였다. 아버지는 몸이 편찮으시고, 어머니는 생계를 유지하기 위해 일을 하셨다. 집안 형편이 넉넉하지 않았기에 문화생활과는 거리가 멀었다. 친구들이나 연예인들이 "어릴 적 책을 좋아했어요." "성공의 비법이라 하면 책을 많이 읽어서 그래요."라는 말을 들을 때마다 내심 부러움도 컸다. '어릴 때 책을 많이 읽었다면 다른 사람들처럼 글도 잘 쓰고, 말도 잘하지 않았을까?' 하는 아쉬움이 있다.

시간이 흘러, 20대 초반에 책을 읽기 시작했다. 책을 읽는 방법도 몰랐다. 그냥 눈으로 읽었다. 글을 읽는 재미를 느끼기 시작했지만, 책 내용은 얼마 지나지 않아 잊어버렸다. 주변에 책을 읽는 사람도 없고, 효과적으로 읽는 방법도 몰랐다. 독서에 대한 가르침을 얻을 만한 기회는 없었다. 그나마 책과 친해지려고 할 무렵 결혼을 하고 다시 책과 멀어졌다. 아이들을 출산하고도 배움에 대한 미련이 남아 뒤늦게 공부를 시작해 유아교육과를 졸업했다. 현재는 전공을 살려 15년 차 국공립 어린이집 주임 교사로 일하고 있다. 문제 아동에 대한 해결책과 부모교육을 전문적으로 대학원에 가서 공부하고 싶었다. 토론과 과제물 등 일과 병행하기 힘들다며 대학원 입학을 말렸다. 아이 키우면서 일하면 됐지, 대학원 나온다고 월급을 더 주는 것도 아닌데, 비싼 등록금을 내냐며 반대했다. 집과 학교와의 거리가 꽤 멀었지만, 주변의 만류에도 도전하고 싶었다.

2016년 가톨릭대학교 유아교육과 대학원에 입학했다. 휴가를 써 가며 퇴근 후 일주일에 두 번 학교에 갔다. 카페에서 동기들을 만나 커피 한 잔을 들고 강의를 들으러 가는 시간이 즐거웠다. 몸은 피곤했지만, 마음은 무언가 모를 자신감으로 채워지고 있었다. 현장 경험이 있기에 전공 공부는 어렵지 않았다. 동기들과 교수님들의 다양한 이야기가 머리에 쏙쏙 들어왔다.

어린이집에 있었던 아이들의 문제를, 이론을 바탕으로 접근하니 학부모도, 아이들의 행동도 이해가 갔다. 수업을 마치고 집에 돌아오면 밤 11시가 넘었다. 다음 날을 위한 아침밥과 저녁밥까지 준비하면 자정이 넘는 날도 많았다. 그래도 아이 키우고, 일하고, 짬을 내서 공부하는 그런 내가 좋았다. 틈을 내서 원하는 공부를 마치다 보니 이제는 무엇이든 할 수 있을 것만 같았다. 성적을 받기 위한 공부가 아니라 마음대로 원하는 책을 읽을 수 있다는 생각에 기대가 부풀었다. 주말이면 도서관에 갔다. 책 냄새를 맡으며 읽고 싶은 책을 골라 읽었다. 매주 갈 때마다 같은 자리에 앉아 책을 보는 사람들도 있었다. 자극을 받으며 같은 자리에 앉아 몰입하는 기분, 은근히 설렜다.

요즘은 퇴근 후 저녁 먹고 나면 피곤해서 늘어지는 경우가 많았다. 공부하고 싶어 책을 펴면 꾸벅꾸벅 졸았다. 읽고 싶은 욕심은 있지만, 몸이 따라주지 않았다. 퇴근 후 효율적으로 책 읽을 방법을 찾아보았다. 책을 먼저 읽고 집으로 들어가면 될 것 같았다. 업무를 마치고 집으로 가지 않았다. 신도림 전철역 주변 카페에서 책을 읽었다. 1시간가량 책을 읽고 집에 오는 전철을 탔다.

어느 날은 니큐브 백화점 안에 있는 교보문고로 향했다. 일찍 퇴근하면 1시간가량 읽었고, 늦게 퇴근하면 30분이라도 읽고 퇴근했다. 가끔은 바로 퇴근 후 저녁을 먹고 집 근처 카페로 향했다. 키피값 5,000원이 아깝기도 했지만, 집보다 집중이 잘되었다. 매일 전철을 타고 출근한다. 출근길 1호선 전철 안은 항상 사람이 많다. 사람들과 덜 부딪치고 책을 볼 수 있는 곳을 찾았다. 가능하면 장애인석 휠체어 공간에 탄다. 비어 있을 때가 많다. 창에 기대 책을 본다. 책을 보다가 좋은 문장을 만나면 볼펜을 꺼내 밑줄을 긋는다.

도착역에 내리면 바로 직장으로 가지 않는다. 출근 시간이 20~30분 정도 남는다. 핸드폰으로 10분 알람을 맞추고 플랫폼 의자에 앉아 책을 본다. 알람이 울리면 책을 보면서 천천히 걷는다. 길을 가며 읽는 모습을 보고 누가 뭐라고 하든 개의치 않는다. 이렇게 읽은 한 꼭지 마무리는 짜릿하다. 매월 직접 운영하는 '북소리 독서모임', 참여하고 있는 '인문학 산책 독서모임', '천무 서평 독서모임',

'낭독연극반 모임' 등, 지정 도서만 다섯 권이다. 그뿐만 아니라 강의 중 추천도서, 책 속에 좋은 책들을 주문하면 읽고 싶은 책들이 쌓인다. 아무에게도 방해받지 않고 책 읽기 좋은 시간은 새벽이다. 새벽에 몸 상태 조절하며 10분씩 일찍 일어나는 연습을 했다. 따뜻한 침대의 유혹은 뿌리치기 힘들었다. 일어나기 힘들 때도 많지만, 꾸준히 실천하였더니 요즘은 4시 50분 기상을 하고 있다. 새벽 시간에 책을 읽고 낭독을 한다. 좋은 구절은 사진을 찍어 블로그에 올리기도 한다. 성경 말씀을 매일 3~5장을 읽고 인증도 한다. 지금 내가 반복하고 있는 일들이 언젠가는 좋은 결과로 내게 돌아오리라 믿는다.

책을 읽기 전에는 게을렀다. 그랬던 내가 책을 읽으면서 적용이라는 것을 시작했다. 힘들지만 하나하나 실천해 보았다. 작심삼일로 실패할 때도 많았다. 나름 나에게 맞는 방법을 찾아 작게 쪼개며 틈을 활용했다. 미루면서 나중에 읽어야 한다고 생각하면 시간을 따로 떼어 놓아야 하고 마음이 무거웠다. 한 권의 책도 매일 5쪽~10쪽만 읽어도 분량이 줄어들고 완독도 가능했다. 틈을 내다 보니 출근할 때와 새벽 시간에 다른 책들을 읽어 가며 분량을 소화하고 있다. 출근길 발걸음이 가볍고, 웃으면서 일한다. 이유가 뭘까. 나는 오늘도 틈나는 대로 책을 편다.

08

독서 후기를 적습니다

송미향

어릴 때 책을 읽고 나면 독후감을 쓰는 것이 싫었다. 쓸 내용도 없었고, 어떻게 써야 할지 막막했기 때문이다. 줄거리 요약만 길게 적다가 뒤에 한두 줄 느낌을 적었던 것 같다. 독후감에 대한 부담감이 어린 시절 책과 친해지지 못한 이유이기도 하다. 지금 아이가 초등학교 5학년이다. 요즘은 학교에서 독후감을 적으라고 하지는 않는다. 강제적인 독후 활동이 책과의 거리를 둔다는 것을 알았기 때문이다. 제목을 적고 느낀 점 한 줄 정도만 적게 한다. 그마저도 아이들은 부담을 느낀다. 결국은 책을 읽으라고 강요하는 것이니까.

솔직히 성인이 되고 나서 좋았던 것이 독후감, 글짓기를 안 해도 되는 거였다. 책을 읽어도 눈으로만 읽었다. 술술 읽히는 책은 하루 이틀 만에 읽기도 하고, 긴 장편 소설은 몇 달에 걸쳐 읽기도 했다. 재독은 할 생각도 못했다. 문제는 덮고 나면 기억이 잘 나지 않는 거였다. '아, 좋다.'며 감탄하고, 주인공의 고통과 슬픔에 눈이 통통 붓도록 울기까지 하면서 읽었는데 말이다. 인터넷 서평을 보고 책을 구입한 후 책장에서 똑같은 책을 발견할 때는 당혹스럽기까지 했다.

'자신의 뇌를 과신하지 마라, 손과 협업해야 한다.' 이 말은 대학 시절 과외 아르바이트할 때 내가 학생들에게 했던 말이다. 눈으로만 교과서를 읽고 중요한 문장에 줄도 안 긋는 아이들에게 한 말이다. 요약정리도 반드시 하게 했다. 학창 시절 공부를 잘할 수 있었던 비법 중에 하나가 직접 정리한 노트라고 생각한다. 대학 때 학과 공부 분량은 상상을 초월했다. 과목도 많았고, 전공 서적은 모두 벽돌 수준으로 두꺼웠다. 한 권을 통째로 외울 수는 없다. 교수님이 강의 시간에 강조한 것에 밑줄을 치고 여백에 중요 포인트를 적어 놓았다. 집에 돌아오면 노트에 요약해서 정리했다. 집중력이 최고로 높은 시험 치기 직전에 노트의 힘이 발휘되었다. 두꺼운 책이 눈앞에 있는데, 펼친 페이지에서 모르는 부분이 나오면 당황스럽다.

노트 속 내용을 읽고, 정리하면서 적어도 두 번은 본 것이다. 노트에 적을 때도 중요한 것들은 별표나 빨간색으로 줄을 그어서 표시를 해 두었다. 짧은 시간에 어떤 것을 집중적으로 봐야 할지 한눈에 알 수 있다. 시험을 앞두고 친구들이 노트를 많이 빌려 갔다. 책을 다 볼 시간은 없으니 핵심만 요약해 둔 내 노트가 필요했던 것이다. 그 친구들이 나보다 시험을 잘 보는 경우가 종종 생겼다. 긴 시간을 투자해서 공부하고 만든 것은 나인데 말이다. 속상했다. 그렇지만 그 후로도 친구들에게 노트는 빌려줬다. 내가 제대로 정리하고 있다는 것이 증명되어서 뿌듯했기 때문이다. 직업 특성상 현재도 꾸준히 공부해야 한다.

나날이 발전하는 의학과 과학에 발맞추지 않으면 살아남을 수가 없다. 밤늦도록 강의를 듣고 나면 지금도 노트 정리를 한다. 얼마 전부터는 워드 작업을 해서 같이 공부하는 약사들과 공유를 하고 있다. 다른 약사들도 리뷰를 단톡방에 올려 준다. 덕분에 내가 놓친 부분을 보게 되어 여러모로 좋다. 일 년 동안 했던 리뷰들은 모아서 제본도 한다. 작가가 된 것은 아니지만, 인쇄된 책에서 내 이름과 리뷰를 보는 것은 묘한 쾌감과 뿌듯함을 안겨 준다. 공부를 잘하는 또 다른 방법은 누군가에게 자신이 아는 것을 설명하는 것이다. 말로 설명하기 위해서는 완전히 이해가 되어야 가능하다. 제대로 알고 있지 않으면 조리 있게 말이 나오지 않는다.

독서모임을 통해서 배운 독서법도 다르지 않았다. 좋은 구절, 감동받은 구절에 밑줄을 긋고 생각을 적으라고 했다. 본깨적을 노트나 블로그에 올리라고도 했다. 공부하는 책은 밑줄도 긋고 여백에 빽빽하게 적으면서도 독서로 만나는 책은 그렇게 하지 않았다. 아니 책을 되도록 깨끗하게 보려고 애썼다. 구겨지는 것도 싫어서 책을 쫙 펴서 보지도 않았다. 깨끗하게 봐서 깨끗하게 잊었나 보다. 처음에는 책에 밑줄을 긋는 것이 쉽지 않았다. 연필로 아주 가늘게 보일 듯 말 듯 그었다. 귀접이는 한참 동안 실행을 못했다. 색인 포스트잇만 붙여 두었다.

그렇게 소극적으로 했음에도 효과는 바로 나타났다. 최서연 작가가 만든 독서 노트가 있다. 그 속에는 '오늘의 키워드, 마음에 드는 구절, 내가 느낀 것, 오늘 실천해 볼 점, 내가 뽑은 질문'의 양식으로 이루어져 있다. 독서 후기를 어떻게 적어야 할지 어려워하던 초기에 많은 도움을 받았다. 노트의 빈칸을 채우기 위해서는 책을 다시 봐야 한다. 그때 그어놓은 밑줄과 적어 놓은 생각들이 있으면 쉽게 쓸 수 있다. 자연스럽게 재독이 되었고, 두리뭉실하던 생각들이 형태를 갖추게 되었다. 개설만 해 놓고 텅 비어 있던 블로그에도 후기를 쓰기 시작했다. 글을 공개적으로 올린다는 것이 처음에는 쉽지 않았다. 혹시 사람들이 글을 보고 비웃을까 봐, 밑천이 다 드러날까 봐 두려웠다. 최서연 작가는 다른 SNS는 안 해도 블로그는 해야 한다고 강조를 많이 한다. 그런 말을 자꾸 듣고, 다른 사람들이 블로그에 올린 후기들을 보다 보면 자연스럽게 '나도 올려 볼까?'라는 마음이 생긴다. 함께하다 보면 영향을 받지 않을 수 없다. 물론 처음에는 짧은 리뷰 하나 올리는데도 하루 종일 걸렸다. 썼다

지웠다 진이 빠졌다. '아, 이것 나랑 안 맞나?'라는 생각이 들기도 했다. 그럴 때 공감과 댓글은 큰 힘이 되었다. 누가 볼까 염려스러운 마음도 있지만, 막상 올렸는데 아무도 안 보면 맥이 빠진다. 악플보다 무플이 무섭다는 말을 실감하게 된다.

블로그에 올리는 후기의 매력은 살아 움직인다는 것이다. 나만의 글로만 남지 않고 다른 사람의 생각에 영향을 준다. 반대로 댓글이 나의 생각에 영향을 주기도 한다. 실시간이 아닌 시차를 두는 독서모임이 되는 것이다. 흔적을 남기지 않더라도 후기를 읽었다면 소개된 책에 대해 한 번이라도 생각을 할 것이다. 그것만으로도 후기는 제 몫을 다 한 것이라고 생각한다. 물론 후기에 대한 최고의 평가는 '이 책을 읽고 싶다'는 마음이 드는 것이다. 또 후기를 쓰게 되면 책에 대한 집중도가 높아진다. 설렁설렁 읽어서는 블로그에 제대로 된 후기를 올릴 수가 없기 때문이다. 글쓰기 근육도 덩달아 붙는다. 나의 첫 후기와 지금을 비교하면 분명 발전을 했다. 책읽기와 글쓰기는 하면 할수록 능숙해지는 것을 실감하고 있는 중이다. 여기에 이렇게 글을 쓰게 된 것도 매일 조금씩 쌓아올린 '후기'라는 벽돌의 힘이라고 생각한다. 후기를 쓰지 않는 독서는 앙꼬 빠진 빵처럼 싱숭생숭한 맛이 난다. 속이 꽉 차고 영양이 풍부한 빵을 만들기 위해 책을 눈과 가슴에 고이 담고 정성 가득한 후기를 쓰려고 노력하고 있다. 최고의 후기 맛집이 되기를 꿈꾸며.

09

완독은 힘들지만

김명주

한동안 편식 독서를 했다. 취미를 물으면 무조건 '독서'라고 답한 것이 부끄럽게 여겨졌다. 이해가 되지 않고, 당장 현실과 관련 없어 보이고, 두껍고 긴 시리즈의 책을 보면 답답함을 느꼈다. '낯설고 어렵게 느껴진다.', '할 일도 많고, 시간이 부족하다.'는 핑계와 한번 잡으면 완독해야만 할 것 같은 부담감으로 피한 적도 있다. 그만큼 시간과 노력의 부족이었고, 도전을 하지 않아 훈련이 덜 되었음을 깨달았다. 잘 읽히지 않고, 불편하게 하는 책들은 되레 나를 성장시키는 보약임을 시간이 갈수록 맛보게 된다.

삶에 적용하는 실행 독서가 아니라 독서 자체로 만족감을 가진, 독서를 위한 독서를 했다는 것이 큰 문제였다. 구체적인 목적이 없었기에 뚜렷한 결과도 없는 책 읽기였다. 읽다 말았거나, 손 한번 제대로 타지 않은 새 책이 책장에서 삐죽 나와 나를 한심하게 바라보는 것 같았다. 독서모임에서 완독을 하고 참여하기 위해 밤을 새우기도 하고, 그런 상황조차 되지 않으면 독서모임을 피하고 싶기도 했다. 모임 후에 완독하고 정리해야지 싶다가도 그렇지 못할 때면 자책할 때도 종종 있었다.

2019년, '책 먹는 여자'라는 닉네임의 최서연 작가를 만난 뒤 독서 습관이 달라지기 시작했다. 다양한 자기 계발 관련 강의와 도움 되는 지정 도서를 같이 읽기 시작한 것이다. 자기 계발, 인문, 건강, 사회, 경제, 종교 등 다양한 책들을 접하며 건강한 독서 식단이 차려졌다. 마치 차려진 식사를 깨끗이 비우는 듯한 '완독'은 잘되지 않아 계속 고민했다. 눈과 머리에 들어오지 않는 책은 지금의 나와 맞지 않은 타이밍이라고 편히 생각하기도 했다. 그래도 익숙해지다가 뒷걸음칠 것 같아 단계를 뛰어넘고 싶었다. 당장은 아니더라도 즐기면서 책과 함께 성장하고 싶은 마음이 커졌다. 좀 더 쉽고, 즐겁게 완독할 방법은 없을까? 고민하고 공부하면서 실천하게 된 것과 시도해 볼 일 다섯 가지를 정리해 보았다.

첫째, 아침 루틴으로 관심 분야의 책을 15분 정도 읽는다. 감사와 긍정 확언 등, 긍정적 정서에 도움이 되는 책 몇 권을 사두고 읽을 순서를 정해 놓았다. 보통 1-2개의 목차를 읽게 되는데, 읽다 보면 기분이 좋아지고, 선물 같은 새날이 느껴지면서 힘이 난다. 긍정의 힘을 나눌 수 있는 아침 독서 시간은 나도 돕고 남도 돕는 귀한 시간이기에, 그 시간이 행복하고 감사하다. 좋은 구절을 필사하고, 운영 중인 단톡방과 가족, 지인에게 문자를 보내고, SNS 플랫폼에 공유한 뒤 파이팅을 외치고 출근을 준비한다. 두꺼웠던 책의 읽을 분량이 어느새 많이 줄어들어 있는 기쁨을 누린다.

둘째, 독서 전에 저자 특강이나 간단하게 소개된 유튜브 영상은 없는지 찾아본다. 익숙지 않은 분야나 어렵게 여겨지는 책은 블로그나 책 쇼핑몰의 후기를 찾아본다. 전체 흐름을 대략이라도 파악하면 부담감이 기대감으로 바뀌기도 하고, 내용이 편안하게 다가왔다. 책을 읽고 감명을 받아 저자에게 연락해서 '저자와의 인터뷰'를 시도해 보았다. 때로는 간단한 소감을 써서 작가에게 메일을 보내고, 블로그를 찾아서 댓글을 남길 때도 있었다. 인스타그램에 후기를 올리고, 책 제목과 저자 이름을 해시태그 했더니 저자 특강을 해주시겠다고 피드를 남긴 작가도 있었다. 책 너머의 책을 본 듯한 그 시간은 뿌듯하고 더할 나위 없는 기쁨이었다.

셋째, '함께'의 힘으로 읽는다. 꼭 읽고 싶고, 읽어야만 하는데, 잘되지 않을 때는 다른 사람들과 함께 읽기를 시도한다. 친구와 단둘이 읽기부터, 독서모임을 만들어 함께 읽다 보니 더 풍성하고 다양한 독서를 하게 됐다. 언젠가 추천한 분의 말만 듣고 책을 제대로 읽어 보지도 않은 상태에서 독서모임 책으로 선정한 적이 있다. 책이 너무 두껍고 글자 간격도 좁아서 팀원들이 포기할까 봐 걱정되었다. 독서 기간도 다른 때보다 한 주가 더 적었다. 하지만 기우였다. 독서모임을 시작하니 매일 정해진 분량을 읽은 팀원들의 인증샷과 소감이 단톡방에 계속 올라왔다. 독서모임이 잘 마무리되었다. 진한 울림과 감동의 깊이는 더했다. '함께'의 힘으로 해낸 것이다. 환경설정이 중요함을 모두가 깨닫고 다음 모임을 기대해 줘서 보람도 컸다.

넷째, 완독 후 스스로에게 보상을 한다. 목표한 대로 책을 다 읽고 나면 셀프 칭찬과 함께 작은 선물을 하기 시작했다. 평소에 떠올려지는 것들을 메모장에 적어 놓았다가 하나씩 지워가는 재미가 쏠쏠하다. 작은 과자 한 봉지부터 빵, 커피, 문구용품, 밥 한 끼, 티셔츠, 가방, 책, 립스틱 등 다양하다. 지금 쓰면서도 추가할 것들이 떠올려진다. 가장 기억에 남는 완독 선물은 다른 사람에게 선물을 전한 것이다. 블루타임을 보내라고 커피 한 잔을 보내기도 하고, 평소에 함께 읽어 보고 싶었던 책을 쿠폰으로 보내기도 했다. 다른 사람과 나누기 위한 완독은 어느새 기대되고 기다려지는 기쁨이 되었다.

다섯째, 완독 축하 메시지 영상이나 음성을 남긴다. 100일 동안 긍정 확인이 담긴 책을 읽고 매일 단톡방에 낭독 인증을 하는 프로젝트에 참여한 적이 있다. 모임 리더의 격려와 조언, 즐겁게 참여하는 동기들 덕분에 음성 기록을 남기는 일에 흥미가 생겼다. 갈수록 변화되는 목소리와 새롭게 와 닿는 느낌이 좋았다. 책을 읽다가 좋은 문구는 녹음해야겠다고 생각했는데, 행동으로 옮기지 못했다. 스스로를 격려하고 응원하는 일이라 일단 완독 후 축하 메시지 영상이나 음성 남기기에 도전해 보려 한다. 저장해 둔 목소리와 영상이 그 시간의 나를 소환해서 작은 성공의 뿌듯함을 안겨 줄 것이다. 새로운 도전과 기대 속에 성장한 내가 보일 것이 기대된다. 완독은 힘들지만, 완독이 기다려지는 또 하나의 이유를 만들었으니 꾸준한 실행만 남았다.

> 지금 걸을 수 있고 자전거를 탈 수 있다면
> 당신은 의지박약자가 아니다.
> 지금 걸을 수 있고, 자전거를 탈 수 있는 것은
> 넘어지고 일어서기를 수도 없이 반복하면서도
> 포기하지 않았기 때문이다.
>
> 이민규, 《실행이 답이다》

10

좋아하는 분야의 책은 함께 읽습니다

정상미

연극과 뮤지컬 무대가 주는 생생한 감동을 좋아한다. 미술관에 가서 그림과 마주하는 걸 좋아한다. 오케스트라 연주의 울림이 내 발바닥을 간지럽히는 것을 좋아한다. 몸으로 이야기를 표현하는 춤을 좋아한다. 그런데 나는 고음이 안 올라가 여자 가수의 노래는 부를 수가 없다. 일곱 살 때는 재롱잔치 연습에 율동이 어렵다고 손을 들었다. 원장 선생님의 매서운 눈초리에 그만 움찔했다. 체르니 40번까지 배웠지만 좋아하는 가요 한 곡 능숙하게 연주하지 못한다. 글씨도 악필이고, 강아지 그림도 초등학교 저학년 수준이다. 죽었다 깨어나도 흉내 낼 수 없는 그들의 재능을 부러워했다. 예술 하는 삶을 늘 동경해 왔다.

책 읽는 재주밖에 없는 나는 도서관에 가면 한 권씩은 예술 관련 도서를 끼워 빌려온다. 서점에 가면 멋진 그림이나 남다른 아우라의 예술가 사진이 실린 책들을 영 못 본 척할 수가 없다. 하지만 막상 집에 가져오면 필요에 의해 읽어야 하는 실용서나 흥미로운 소설에 자꾸 우선순위가 밀렸다. 애지중지 아끼는 도자기처럼 쓰다듬고 뒤적거리기만 하고 완독하지 못했다. 그런 책들이 쌓이는 와중에도 또 나를 유혹하는 예술 책을 빌려오고 사들였다. '그래, 혼자못 읽으면 함께 읽자.' 문화예술 독서모임 〈심쿵책쿵〉을 만들었다. 잘 모르지만 알고 싶고, 어렵지만 끈을 놓치고 싶지 않고, 문득 마주친 순간에 가슴이 벅차오르는 그런 주제. 그게 바로 예술이었다.

모집공고를 블로그와 페이스북, 인스타그램에 올렸다. 나 같은 사람이 한 명이라도 있겠지? 라고 생각했는데 정말 단 한 명이 신청했다. 채팅방으로 초대할 날이 점점 다가왔다. 목이 바짝바짝 탔다. 독서모임은 한 권의 책으로 다양한 이야기를 나누는 것이 묘미인데, 더는 멤버가 없다는 것이 신청하신 분께 죄송했다. 그때 초등학교 동창이 관심을 보였다. 덥석 잡았다. 성당 자모회에 미술관 관람을 좋아하는 언니가 있었다. 또 덥석 끌어들였다. 어렵게 멤버를 모아 2021년 1월 〈심쿵책쿵〉 모임을 시작했다.

첫 달에는 책 읽는 기쁨, 나누는 즐거움을 주제로 두 권의 책을 읽었다. 2월엔 본격적으로 미술 입문서를 읽으며 코로나 때문에 미술관에 맘 편히 갈 수 없는 불편함을 책으로 달랬다. 3월에는 화가 한 명을 깊이 있게 알아보고 싶었다. 4월에는 셰익스피어 비극을 읽었다. 연극계에 발 담그고 있는 사람으로서 심쿵책쿵이 마중물이 되어 연극 한 번 보러 갈까? 라는 관심의 싹이 트길 바랐다. 5월에는 유명 피아니스트의 책을 읽었다. 어려운 음악 용어가 많았지만, 공부하는 기분으로 함께 찾아보고 서로 알려 주었다. 우리의 음악 스토리가 만들어지고 플레이 리스트도 채워졌다.

6월에는 반대로 쉬운 클래식 입문서를 읽었다. 뜨거운 7월에는 음악, 춤, 무대의 종합 예술이라 할 수 있는 뮤지컬 관련 책을 읽었다. 8월과 9월에는 한국 화가를 소개하는 책을 읽고, 그중 한 명에 대해 집중적으로 알아보았다. 역시 한 챕터로는 파란만장한 인생을 다 담을 수 없었다. 확장된 책을 읽으며 심도 있게 알아갈 수 있었다. 찬바람이 불기 시작하는 10월에는 시를 읽었다. 분석하고 암기하는 시가 아니라 가슴으로 느끼는 시를 즐겼다. "언어가 끝나는 곳에서 음악이 시작된다."라는 독일 작가 호프만의 말에 이끌려 11월에는 다시 클래식 관련 책을 읽었다. 12월에는 우리나라에 잘 알려지지 않은, 절실하고 치열한 그림에 관한 책을 읽었다. 좋아하는 문화예술 분야의 책을 1년간 읽어냈다. 혼자라면 할 수 없었던 일을 '함께의 힘'으로 이루었다. 그리고 가장 많이 성장한 사람은 바로 나였다.

'예술을 즐기는 사람'이라는 정체성이 생겼다. 구본형의 《그대, 스스로를 고용하라》에서 자기 혁명을 위해 관련 분야 책을 열 권 읽고 자신의 언어로 정리하라고 했다. 독서모임을 통해 문화예술 분야의 책을 읽은 후 질문을 뽑아내고 이야기를 나누며 내 생각을 정리했다. 한 회 한 회 독서모임이 진행되면서 주위에서도 나 스스로도 '예술을 즐기는 사람'으로 인정하게 되었다.

공통의 관심사를 가진 동지가 생겼다. 처음에는 어렵게 세 명으로 시작했는데, 멤버가 점점 늘었다. 지켜보고 있던 이들이 도저히 못 참겠다며 〈심쿵책쿵〉의 문을 두드렸다. 1기부터 참여했던 성당 자모회 언니는 알고 보니 문학과 예술적 소양이 깊은 사람이었다. 부족한 나를 여전히 옆에서 지켜주고 있다. 여간 든든한 게 아니다. "심쿵책쿵 생각이 났어요." 서점의 예술 책 코너, 공원의 시비, 경제 서적에 나온 예술에 관한 구절, 예쁜 카페에 걸려있는 그림에서 독서모임을 떠올려 주는 사람이 늘어났다. "은이님이 좋아하는 달리 그림이죠?" "지난번에 선이님이 베스트로 뽑았던 알캉의 곡이죠?" 서로의 예술적 취향을 기억했다. 내가 무엇을 좋아하고 싫어하는지 알아간다는 것은 나 자신을 진지하게 들여다보는 것이고, 자존감이 높아지는 것이라고 생각한다. 우리는 예술을 통해 자신과 타인의 취향을 알아가며 서로를 존중하는 동지로 발전하였다.

새로운 기회가 생겼다. 〈심쿵책쿵〉을 시작할 때는 이를 통해 무엇을 이루리라는 비전이 없었다. 그냥 딱 일 년만 해보자, 하는 마음으로 시작하였다. 시간이 지나면서 다른 콘텐츠로도 확장이 되었다. 〈예술 습관 만들기 프로젝트〉를 2회에 걸쳐 진행하고, 〈내 손안에 들어온 예술〉이라는 강의를 했다. 《방구석 미술관 2》로 〈북코칭〉도 하였다. 〈독서모임 만드는 법〉이라는 미니 특강도 했다. 독서모임을 주제로 책을 쓰고 있다. 모든 것이 상상도 못한 일이었다. 그리고 나도 세상에 기여할 것이 생겼다. 예술에 대해 아직도 어렵게 생각하는 사람들에게 일상 속에 있는 예술을 발견하도록 돕고 싶었다. 그래서 2022년 〈심쿵책쿵〉 시즌 2는 무료로 진행하기로 했다. 누구나 부담 없이 구경하고 예술을 인식하는 삶이 되었으면 하는 바람에서다.

나는 예술 분야 전문가가 아니다. 하지만 맛집에도, 좋은 화장품에도 시큰둥한 내가 유일하게 텐션을 높여 이야기할 수 있는 주제였다. 내 취향을 믿었다. 예술에 대한 경험과 애정과 동지를 만나 나만의 콘텐츠가 될 수 있었다. 이 모든 것이 함께 책을 읽은 덕분이다.

2021년 문화예술 독서모임 〈심쿵책쿵〉 선정도서

《쾌락독서》 문유석, 문학동네, 2018

《건지감자껍질파이 북클럽》 메리 앤 섀퍼, 이덴슬리벨, 2010

《방구석 미술관》 조원재, 블랙피쉬 ,2018

《드가》 이연식, 아르테, 2020

《오셀로》 윌리엄 셰익스피어, 민음사, 2001

《하노버에서 온 음악편지》 손열음, 중앙북스, 2015

《송사비의 클래식 음악야화》 송사비, 1458music, 2021

《뮤지컬 탐독》 박병성, 마인드빌딩, 2019

《방구석 미술관 2》 조원재, 블랙피쉬, 2021

《꽃의 파리행》 나혜석, 알비, 2019

《시 읽는 법》 김이경, 유유, 2019

《클래식이 들리는 것보다 가까이 있습니다》 박소현, 페이스메이커, 2020

《고뇌의 원근법》 서경식, 돌베개, 2009

(2022년에도 진행 중)

11

내 멋대로 독서

김은경

귀농 생활의 시작과 노년을 준비 삼아 책을 읽기 시작했다. 나의 책 읽기는 어떨까? 책 읽기에 대한 생각들을 정리해 보고 싶다. 나의 책 읽기는 '내 멋대로 독서'다. 시작은 마구, 닥치는 대로, 아무거나. 뭘 읽을지, 방법을 몰라, 되는 데로, 멋대로 읽었다. 어떻게든 해 보고 싶어 두 권씩 사서 작업복 주머니에 접어 넣었다. 논, 밭, 축사에서 짬짬이 읽고 정리하리라 마음먹었다. 길게 될 리 없는 일이었다. 세탁기에서 나온 책 조각은 공 같았다. 뒤엉킨 종이들이 정리해 달라고 말했다. 이렇게 내 멋대로 시작했다. 시작이 있어 이제는 나만의 방법들이 생겼다.

첫째, 독서 리스트를 적는다. 읽은 책의 제목도 기억이 안 난다고 말했다. 바빠서라는 핑계로 읽다가 멈춘 책, 그림만 있는 마음 달래기용으로 겨우 읽은 책 몇 권은 독서를 했다는 기억만 남겨 놓았다. "읽는 게 중요하지, 적는 게 뭐 중요해?"라며 목록 만들기를 미뤘다. 일거리 하나를 늘리는 것만 같아 싫었다.

2019년부터 독서 리스트를 적었다. 읽은 책의 반도 기록을 안 한 듯하다. 9권의 책이 적혀 있다. 2020년 49권. 2021년 82권. 늘어나는 권수에도 의미가 있지만, 어떤 책을 읽었나 정확히 알 수 있고, 재독 한 책도 알 수 있어 좋다. 숫자를 더 늘리고 싶은 목표도 생겨서 의미가 있다. 앞으로 가기에만 바빴다. 돌아본다는 것의 의미를 모르고 지냈다. 독서 또한 기록으로 남기니 찾을 수 있는 것들이 보였다. 나의 관심 분야, 책에 대한 고정관념들이 보였다. 2019년은 완독한 것만을 독서로 인정했다. 2021년은 책의 일부를 읽어도 독서 리스트에 넣었다. 발췌독에 대한 나의 고정관념 때문에 완독이 아니면 리스트에 넣을 수 없었다.

적어 두지 않으니 간혹 자료로 쓸 일이 생기면 시간을 허비했다. 이책 저책 두서없이 넘기다 기억력을 꾸짖었다. 읽은 건 확실한데 찾을 수 없어 활용하거나 전달을 포기했다. 지금도 발췌독에 대한 마음은 깔끔히 사라지지 않았다. 그렇지만 적었기 때문에 찾아서 다시 이용할 거리가 생긴다는 점에서 발췌독에 대한 생각도 편해지고 있다. 독서 리스트를 참고해 나에게 다시 해주고 싶은 이야기들을 스케줄에 넣어 재독하기도 한다. 당부의 말 같아 때때로 위로가 되었다. 느슨해진 마음을 잡고 다시 해 볼 수 있는 기회도 생긴다.

둘째, 추천도서를 읽는다. 내 멋대로 독서라면서 추천도서는 웬 말이냐 싶을 것이다. 내 취향이 중요하지라며 추천도서의 부담에 쉬운 책들만 봤다. 추천도서는 의미 있고, 재미있는 책들도 있었지만, 나와 거리가 멀다 싶었다. 내 현실을 빤히 보여줘서 읽기가 싫었다. 하지도 않으면서 해야 하는 것들을 알려주는 책이 싫었다. 부담감만 늘고 내가 더 지질해지는 것 같아서 쉬운 것들만 하고 싶었다. 추천도서들을 늘려 읽었다. 사람들이 살아가는 방식이 있었다. 어렵고 생소하기는 했지만, 그들처럼 나만의 원칙을 만들며 사는 방법을 배우고 싶었다.

그 후로 되도록 권해 주는 책들을 읽으려 노력한다. 억지로라도 읽을 마음으로 새벽 독서모임에 나를 구겨 넣기도 했다. 추천받아 읽는 책들은 뭔가 달랐다. 한 번에 알 수 없는 책들도 있었지만 깨달음이 넓고, 스스로 실행하게 하는 힘이 큰 책들이었다. 위로를 받고자 했던 제목의 책에서 얻은 게 있는 책들로 목록이 바뀐 것이다. 추천도서는 시간을 꽤 줄여준다는 장점도 있었다. 책 좀 읽는다는 사람들의 공통된 추천서는 나에게도 우선순위가 높아진다. 이것만으로도 책에 들이는 시간의 보상이 높았다. 이것저것 하기보다 좋다는 책을 재독하는 이유를 알게 되었다. 보이지 않던 것들이 새로 보였다. 다음 단계에 할 것들을 다른 책들보다 더 명확하게 일러줬다. 단계가 있다는 것이 턱이 높게 보였다. 하면 할수록 어려운 게 기다리고 있을 것 같아 시작도 못하고 마음만 부산했다. 책 읽기가 늘어나면서 부산한 마음이 줄었다. 하나씩 해보는 일상이 더해졌다. 완성되지 않더라도 다시 시작하면 된다는 구절에서 마음에 차분함과 꾸준함이 더해졌다. 현재를 더 받아들이게 됐다.

셋째, 책 속 메모를 한다. 책을 모셔두는 사람이 나였다. 당연히 되팔아도 최상품일 정도로 모셔가며 깨끗하게 봤다. 돌아서면 뭘 읽었나 싶고, 특정 구절들을 찾기 힘들었다. 발췌독을 하면 이 현상은 더 심했다. 반 권도 넘게 읽었고, 써먹을 만한 것들이 많은데, 기록이 없어 찾기까지 시간이 꽤 걸렸다. 활용은 엄두도 못 냈다. 이러면서 시간과 돈을 들여 책을 읽어야 하나 고민스러웠다. 책 읽는다는 소리가 하고 싶어 책을 읽었던 것은 아닐까? 책 속에 메모를 시작했다. 혼자 해보다 독서법 강의를 들었다. 작은 것만 적용하는데도 효과가 제법이다. 메모에도 방법이 필요했다. 적는 것의 규칙을 정하는 것이었다. 찾거나 활용하기가 수월해지고 있다. 상단 빈 공간에 정의, 개념들을 적는다든지, 책의 양면이 모여져 접히는 부분은 적지 않는다든지, 시선의 흐름을 이해하면서 기록을 남기려고 한다. 책 속 메모에 대한 시도를 늘려가고 있다. 배운 것들을 다 사용하면 좋겠지만, 하나가 익숙해지고, 다른 것으로 넘어가는 것이 좋다. 익숙하고 새로운 것이 만나 다시 익숙해질 때면 나만의 방식이 생기곤 해서 차근히 하나씩 해보게 된다. 하나씩 하나씩 해보는 습관도 익숙해진다. 메모한 날짜도 적으려 노력한다. 재독 때 날짜에 있던 메시지보다 성장한 나를 만나는 성취감이 좋다. 생각의 흐름을 보고 싶은 마음도 날짜를 적어 두는 이유다.

읽고, 활용하고 범위를 넓히는 방법을 찾아가고 있다. '내 멋대로 독서'로 나만의 색을 내며 살고 싶다.

12

아직 서평은 어렵습니다만

주은정

책을 많이 읽으려고 노력하며 살았다. 하지만 책 읽는 것을 좋아하지 않는다. 심한 난시를 가지고 있는 탓에 조금만 집중해서 책을 읽고 나면 머리가 지끈거린다. 불편함을 참고 읽는다. 독서마저 하지 않는다면 뒤처질 것 같은 생각이 든다. 책을 읽을 때는 줄을 쳐가며 꼼꼼하게 읽는다.

처음부터 끝까지. 전투적으로 싸워서 모든 내용을 다 내 것으로 만들어야 읽은 것 같다. 모임하기 전까지 이렇게 책을 읽었다. 이 방법은 치명적인 단점이 있었다. 시간이 오래 걸리고, 지루하다 싶으면 바로 멈춰 버린다. 앞부분만 읽고 끝낸 책들이 많다. 완독하지 못한 책들이 쌓일수록 책 읽기가 부담스러웠다.

독서모임 시작할 때 읽은 책 모두 서평을 써야지 했다. 돈 주고 산책에 모임 비용까지 지불하는 거라 눈에 보이는 서평이 필요했다. 서평이라도 써야 돈 값어치를 한다고 생각했다. 하지만 너무 어려웠다. 글을 쓰는 게 어려웠다. 학창 시절 숙제로 겨우 써낸 독후감 말고는 글을 써보지 않았다. 서평을 써야 한다는 부담감 때문에 독서가 하기 싫어졌다. 안 하면 혼날 것 같은 숙제처럼 느껴졌다. 쓰기 위해 시간을 내는 것도 만만치 않았다. 부담감을 내려놓자고 생각했다. 서평에 관한 책들도 보고, 다른 블로그 서평 글도 보았다. 나만의 독서법을 찾고 정리법도 찾아야 할 것 같았다. 독서법 책들과 BBM에서 들은 강의가 많은 도움이 되었다.

책들을 읽고 방법이 달라졌다. 읽기 전에 질문을 한다. '왜 이 책을 읽는가? 책에서 얻고자 하는 건 무엇인가?'라는 질문들을 표지 안쪽에 적어 둔다. 질문에 답을 적고, 3가지 키워드를 뽑아서 내용도 미리 짐작도 해 본다. 잘 읽히지 않을 때는 먼저 읽은 북튜버 영상을 참고해서 읽기도 한다. 독서가 한결 쉬워진다.

독서법은 최서연 작가의 《1인 기업》에서 뽑아 읽는 독서법이 많은 도움이 되었다. 일, 육아, 살림 시간을 제외하면 시간이 얼마 없다. 시간 절약과 함께 필요한 것들만 효율적으로 얻고 싶었다. 우선 책 표지에서 제목, 부제목, 이미지, 작가 소개를 보면서 무엇을 말하려고 하는지 키워드를 뽑는다. 그다음 책 쓰는 이유에 대한 프롤로그를 읽고, 책을 요약정리해 주는 에필로그를 정독해서 읽어 본다. 마지막으로, 목차를 보며 필요한 부분을 골라 읽는다. 중요하지 않다고 생각했던 부분들이었는데, 아주 중요하고 필요한 것들이었다. 처음부터 끝까지 다 읽지 않아도 필요한 부분만 쏙쏙 뽑아 읽으니 좋았다. 모든 책을 정독해서 읽지 않아도 된다는 것을. 책에 따라 독서법도 바꿔가며 읽을 수 있다는 것을 알게 되었다. 한 권에서 한 줄만 얻자. 마음을 움직일 수 있는 한 문장만 얻어도 충분하다고. 평생 즐겁게 독서를 해야 하니까.

정리법은 신정철 작가의 《메모 독서법》에서 도움을 받았다. 5단계 정리된 독서법은 유용했다. 1) 책에 메모, 2) 독서 노트 쓰기, 3) 마인드맵 작성하기, 4) 메모 독서로 글쓰기, 5) 메모 독서 습관 만들기.

5단계에 맞춰 읽으려 노력한다. '수십 권을 눈으로만 대충 읽는 것보다 독서 노트를 쓰며 한 권을 제대로 읽는 것이 삶에 도움이 됩니다.'라는 구절이 있다. 독서는 양이 많을수록 좋다고 생각했다. 얼마나 읽느냐 보다 어떻게 읽느냐가 훨씬 중요하다는 것을 알게 되었다.

기억해야 할 문장들을 책에 표시해 두고 여백에 아이디어도 메모한다. 그때그때 노트에 간단하게 적는다. 작가가 주려고 하는 메시지와 내가 얻고자 하는 것을 생각하며 읽는다.

한 권을 다 읽은 후에 정리하려 했다. 며칠에 걸려 읽기에 앞부분은 기억이 나지 않았다. 책을 다시 펼쳐가며 적었다. 비효율적이었다. 지금은, 읽은 만큼만 독서 노트에 정리한다. 시간과 정성이 필요하지만, 부분들을 모아 정리하면 독서 노트가 쉽게 완성된다. 다 읽고 정리하는 것이 아니라 그때그때 정리하니 요약이 잘된다. 나만의 독서 노트를 찾아가는 것 같다.

노트 작성할 때도 마인드맵 프로그램인 싱크와이즈(Thinkwise)로 작성도 해 본다. 전체적 흐름이 한눈에 보인다. 더 잘 이해되고, 오래 기억할 수 있고, 내용도 쉽게 볼 수 있다.

책을 읽으면서 메모하고, 모임에서 얻은 정보를 블로그에 기록을 남긴다. 포스팅할 때 정리를 한 번 더 하게 된다. 정성을 들여서인지 기억에도 오래 남는다. 간혹 잘 써진 글을 보면 묘한 쾌감도 느껴진다. 한 권 한 권에 집중하게 된다. 모아 둔 독서 노트를 다시 읽으면, 책 내용이 새롭게 느껴질 때도 있다. 한 장씩 모인 독서 노트가 한 권의 책이 될 때까지 만들어봐야겠다.

'서평'의 사전적 의미는 책의 내용에 대한 평이라 한다. 책 소개와 함께 정보, 내용 요약, 객관적인 평가까지 담아야 한다. 책을 평한다는 느낌이 어색하고 낯설다. 초보 독서가인 내가 책을 평가하는 것이 부담스럽다. 아직은 서평을 쓰는 단계는 아닌 것 같다.

지금은 '나'를 위한 서평을 쓰기로 했다. 책을 읽으며 가졌던 질문에 답을 하고, 책을 통해 얻고 싶었던 지식을 노트에 정리한다. 정리한 것들을 내 삶에 적용하기 위해 노력하고 있다. 누군가에 보여 주기 위한 서평이 아니라 나의 성장을 돕는 서평을 쓰고 싶다.

아직 서평은 어렵지만, 요약정리하는 습관이 익숙해지면 멋진 서평도 적는 날이 오리라 믿는다.

13

SNS에 서평을 올리는 이유

김은지

내가 초등학교에 다닐 때는 동시 짓기나 백일장, 글짓기 같은 숙제가 많이 있었다. 초등학교 4학년 때 있었던 일이다. 책상 위에 글짓기 한 원고지를 올려 두었던 적이 있었다. 엄마가 읽고 감동을 했는지 고모들에게 보여주자, 이거 어디서 보고 그대로 쓴 거 아니냐고 해서 억울하고 속상한 마음에 엄청 울었던 기억이 난다. 결국 그 글짓기로 상을 받게 되었고, 이후에도 글쓰기에 재능과 소질이 있다는 칭찬을 종종 듣기도 했다.

내가 꾸준히 글을 쓰고, 지금도 글쓰기가 재미있는 이유는 꾸준한 습관으로 만들어 온 독서 덕분이다. 대학교 졸업과 동시에 취직으로 10년을 넘는 시간 동안 본업에 매진하느라 그동안 미뤄두었던 글쓰기와 독서에 다시 집중할 수 있게 된 건 코로나 덕분이었다. 오프라인으로 참석하지 못했던 독서모임들이나 강의들이 많이 있었는데, 코로나를 통해 온라인으로 다양한 독서모임에 참여하고 독서 모임 후기도 쓰게 되면서 자연스럽게 블로그를 다시 시작하게 되었다. 나보다 먼저 시작한 블로거들이나 인플루언서들의 블로그에 들어가서 서평을 어떻게 쓰는지 벤치마킹을 하면서 나만의 SNS 서평 루틴도 만들게 되었다.

좋아하는 책이나 주변에서 추천해 준 책들을 읽고 나서 이 책을 읽게 된 이유, 작가 소개, 내가 뽑은 최고의 구절, 느낀 점, 적용할 점, 이 책을 추천하는 대상 순서로 다른 사람들에게 도움이 될 수 있는 내용을 연구하며 SNS에 서평을 올리기 시작했다. 이런 순서로 글을 쓰면, 다른 사람들과 대화하는 느낌이 들어 이 책에 대한 내 생각도 정리가 되고, 책의 내용뿐만 아니라 책을 읽었을 때의 감정도 더 오래 기억에 남게 된다. 또한 책을 한 번 읽기만 하고 덮을 때보다 SNS에 서평을 쓰면 책을 재독하게 되는 효과도 얻을 수 있고, 추가로 내 생각도 기록을 해야 되기 때문에 재독 이상의 효과를 볼 수 있는 장점도 있다. 그리고 나중에라도 내 이름으로 된 책을 쓸 때 활용할 수 있기 때문에 지식의 재생산도 일어나게 된다.

처음에는 책 한 권 완독 자체가 자기만족으로 끝났던 적이 많이 있었다. 물론 책 한 권을 완독하는 것에서 작은 성취감을 맛볼 수 있다. 하지만 책만 읽었을 때는 책에 대한 기억이 오래 남지 않는다. 독서 노트를 쓰면서 책의 중요한 내용과 내 생각을 적는 것도 좋은 방법이지만, 독서 노트는 나 혼자만 볼 수 있다는 단점이 있다. 이 단점을 보완하기 위해 책을 읽고 느낀 점과 나의 경험을 책과 연결해 SNS에 꾸준히 올리기 시작했다.

꼭 강사나 독서모임의 리더가 되지 않아도 다른 사람들에게 도움이 될 수 있다는 생각이 들었다. SNS에 올린 서평을 본 사람들이 실제로 도움이 많이 되었다는 답글을 볼 때면 나도 다른 사람에게 도움을 주는 존재라는 생각이 들어 마음이 뿌듯해진다. 그리고 SNS에 서평을 올리면 생각도 확장되고, 글쓰기 실력도 점점 늘어나게 된다. 또한 다양한 출판사에서 진행하는 서평단에도 참여할 수 있다. 나는 자기 계발 분야나 재테크 분야의 책을 주로 읽는 편이지만, 서평단을 통해서 평소에 읽지 않았던 책들을 접할 수 있는 기회가 늘어나서 사고의 확장이 될 뿐만 아니라 내가 익숙하지 않은 다른 분야의 책에서도 평소에 고민하던 문제가 해결되고, 풀리지 않던 아이디어를 찾게 되는 경험을 하기도 한다.

SNS에 서평을 꾸준히 올리게 되면 자연스럽게 블로그 방문자 수도 늘고, 조회 수도 늘면서 새로운 부수입도 만들 수 있다. 블로그 자체를 통해서도 수익을 얻을 수 있고, 도서 분야의 인플루언서가 되면 출판사에서 책을 많이 지원해 주기 때문에 돈을 들이지 않고 다양한 분야의 책을 읽을 수 있다. 나는 단순히 책이 재미있어서 읽었을 뿐이고, 더 오래 기억하고 싶고 더 많은 사람들과 나누고 싶은 마음에 SNS에 서평을 올린 것뿐인데, 수익으로까지 연결되니 일석이조인 셈이다. 더 나아가서 서평을 함께 쓰는 모임도 만들 수 있고, 독서모임을 만들어 운영할 때도 내가 SNS에 올린 서평이 많으면 더 신뢰감이 쌓여 팬들을 많이 확보할 수도 있다.

사람들은 태어나서 각자 다른 경험들을 한다. 그 경험들을 책과 연결해서 SNS에 꾸준히 기록하다 보면 둘도 없는 나의 자서전이 되기도 한다. 꼭 위인전처럼 나의 일대기를 담은 자서전을 출판하지 않더라도 나중에 읽을 수도 있고, 다른 사람들을 도울 수 있는 중요한 도구가 될 수 있다. 머릿속의 생각은 휘발되지만, 기록은 내가 삭제하지 않는 한 평생 남기 때문이다.

최근에 '유 퀴즈 온 더 블록'이라는 TV 프로그램을 보면서 기록의 중요성을 깨닫게 되었다. 80세가 넘으신 할아버지가 매일 블로그에 자신의 일상을 기록하는 이야기가 소개되었다. IMF로 정년퇴직을 1년 앞두고 퇴직을 하면서 퇴직금으로 사업을 시작하게 되었는데, 얼마 못 가 사업이 망해서 기억상실증을 심하게 앓으셨다고 한다. 그러면서 '그때부터 미리 기록을 해두었으면 기억이 조금 더 빨리 회복되었을 텐데'라는 아쉬운 마음을 담아 블로그에 기록을 시작하셨다고 한다. 이렇듯 우리는 너무나도 빨리 급변하는 세상을 살고 있고, 언제 어디서 무슨 일이 일어날지 모르기 때문에 기록의 중요성을 절실히 느끼고 있다.

　나는 주도적으로 앞장서서 행동할 때보다 다른 사람을 돕는 역할을 할 때 더 마음이 기쁘다는 것을 깨닫게 되었다. 어렸을 때는 리더의 위치가 아니라 다른 사람을 돕는 위치에 있을 때마다 주목받지 못하고 늘 2등의 자리에 있다는 것이 속상했다. 그러나 요즘에는 내가 주도하는 리더의 자리에 있을 때는 마음이 불편하고 실수를 할까 봐 늘 조마조마한데, 다른 사람들을 돕는 자리에 있을 때는 이상하게 마음이 편하면서 나의 강점이 더 잘 발휘된다는 것을 발견하게 되었다.

　SNS에 서평을 올리는 일도 마찬가지다. 최근에 강점 검사를 해 보니 TOP 5 강점으로 화합, 개발, 배움, 공감, 지적 사고가 나왔다. 나의 강점들을 연결해 보니, 나는 말로 내 생각을 전달하는 것보다 글로 전달하는 것이 더 잘 전달이 되고 설득력도 높다는 것을 깨닫게 되었다. 책을 읽고 정성을 다해 SNS에 서평을 올리면 책을 홍보하는 일에 도움이 될 수도 있고, 누군가가 나의 서평을 읽고 책을 알게 되어 책이 도움이 되고 힐링이 될 수도 있다. 이렇게 다른 사람들을 도울 수 있고 나눌 수 있는 일을 SNS 서평을 통해 앞으로도 포기하지 않고 계속 지속하고 싶다.

올해 100권 서평 업로드에 도전하고 있다. 꾸준히 나만의 서평을 SNS에 올려서 도서 분야 인플루언서가 되고 싶다. 그 꿈을 이루어 사람들에게 책을 읽는 기쁨과 기록의 즐거움을 널리 알리고, 다른 사람들에게 나의 경험과 지식을 아낌없이 나누고 도우며 선한 영향력을 끼치는 도서 인플루언서가 되고 싶다. 무엇보다 내 생각을 글로 정리하면서 나의 인생을 좀 더 깊이 들여다보며 성장하기 위해 나는 오늘도 SNS에 서평을 쓴다.

제5장

격 있는
책 수다

01

당신에게 독서를 권합니다

정상미

나의 빛나는 아이들 보물 건일, 보석 나연이에게

건일아, 나연아. 늘 책을 읽고 있는 엄마를 보며 너희는 무슨 생각을 하니? '책 속에 뭐가 있길래 저렇게 빠져 있는 걸까?', 'TV나 게임이 얼마나 재미있는데 지겨운 책만 들여다볼까?' 이런 생각이 들겠지? 엄마는 책 속의 여러 사람들이 말을 걸어오고, 새로운 세계를 만날 수 있는 책이 TV나 게임보다 더 재미있단다. 책을 읽고 이야기를 나누다 보니 책과 독서모임에 관한 글을 쓸 기회도 생겼어. 책이 디딤돌이 되고 책을 사랑하는 사람들이 손을 잡아주었어. 혼자서는 하기 어려웠던 작가되기의 첫발을 함께 내딛게 되었단다. 한 줄 한 줄 조심스럽게 독자에게 다가가며 책이 주는 기쁨을 전하려고 해. 너희들에게도 이런 기쁨을 느낄 수 있게 책을 권하고 싶어. 엄마가 매일 책 읽으라는 말만 했지 왜 책을 읽어야 하는지, 왜 책이 좋은지에 대해서는 말을 하지 않았구나. 사실 엄마는 책을 좋아하는 외할머니 덕분에 책과 친구가 될 수 있었어. 책 읽기에 대한 강요를 받은 적이 없었단다. 그저 좋아서 원하는 책을 자유롭게 읽었지. 그래서 너희들도 책을 읽다 보면 자연스레 매력을 느낄 거라고 생각했어. 하지만 책, 이 녀석이 우리 아이들에게는 그 매력을 꼭꼭 숨기고 있나 봐. 그렇다면 엄마가 알고 있는 책의 매력을 알려줄게.

책은 내비게이션이야. 우리가 가야 할 길을 알려 주기 때문이지. 세상에는 늘 새로운 일들이 벌어지고, 새로운 길들이 사방팔방 뻗어 나가고 있어. 자칫하면 길을 잃기에 십상이야. 엄마는 새로운 관심사나 처음 겪는 문제들이 생길 때마다 책을 찾았어. 건일이가 태어나고 한 달 동안 육아를 도와주시던 외할머니가 집으로 돌아가시게 되었을 때 엄마는 두려웠어. 이 작은 생명에게 무얼 해주어야 하나. 모유 먹이고, 기저귀 갈고, 씻겨주고 재우는 시간 외에 이 아이와 무얼 하고 있어야 하나. 거의 패닉이었지. 국민 장난감 같은 육아용품만 알아봤지, 아이와 어떻게 보내야 하는지는 전혀 공부하지 않았지 뭐야. 당장에 친구가 추천했던 《배려 깊은 사랑이 행복한 영재를 만든다》라는 책을 구매해서 하루 만에 읽었어. "아이와 눈을 마주치고 스킨십을 통해 사랑받고 있음을 느끼게 한다. 많은 대화를 나눈다. 아이는 놀이를 통해 배운다." 지금 생각하면 기본적인 사실인데도 그때는 구세주처럼 느껴졌어. 엄마는 금방 행복한 육아의 길을 찾았단다. '아가야, 우리 잘 지내보자.' 이제 우리 둘만 남은 시간이 두렵지 않았어. 우리 집 막내 하치를 입양하기로 했을 때도 도서관으로 달려갔어.《강아지가 좋아하는 모든 것》,《꽁단맘이 알려 주는 강아지 수제 간식》,《우리 강아지 명견 만들기》를 읽으며 유기견이었던 하치와 가족이 되는 길을 준비했지. 이제는 살 맞대고 자는 게 당연한 사이가 되었단다. 나연이가 다섯 살이 되었을 때는 예전보다 엄마의 손길이 덜 필요하다고 느꼈어. 이제 엄마도 취업을 하여 정상미라는 이름을 찾고 싶었단다. 하지만 경력단절 여성이라는 꼬리표가 무서웠어. '내가 이 나이에 무얼 할 수 있겠어?'라는 질문도 엄마를 쫓아왔지. 그때《엄마가 공부하는 이유》를 읽고 새벽에 일어나 다시 일본어 공부를 시작했어. 그 덕분에 한국과 일본의 연극교류에 도움이 되는 일을 할 수 있게 되었어. 책이 엄마가 사회에 나갈 수 있는 길을 알려 줬어. 가끔 내비게이션을 보고 가도 길을 잘못 들 때가 있지만, 걱정 하지마. 조금 둘러 가더라도 목적지로 가는 길을 알려 주잖아.

책은 거울이야. 책을 통해 사람을, 세상을 보기 때문이야. 그림책《고 녀석 맛있겠다》에서는 너희들을 사랑하는 아빠의 모습이 보였어. 무섭게 생겼지만 속마음은 다정한, 너희들을 위해서라면 어떤 희생도 할 수 있는 아빠 말이야. 그 책을 읽어 줄 때마다 목이 메었고 눈물이 났단다.《빨간 머리 앤》은 재잘재잘 말도 잘하고 상상력이 뛰어난 나연이의 미래를 비추고 있어. 너무 기대된단다. 엄마는 세모 지붕 아래 그 창문을 동경하고 다이애나의 퍼프소매를 부러워했는데, 나연이는 어떨까? 나중에 같이 책장을 넘기며 이야기를 나눠보고 싶어.《당신의 아들은 게으르지 않다》에서는 사춘기 건일이의 속마음을 비추고 있어서 우리 아들을 이해할 수 있었단다. 비록 할 일 없이 누워 있는 것 같이 보이지만, 마음속으로는 자신에 대해 생각하느라 누구보다 바쁘다는 것을 믿어줄게. 희곡집《여자는 울지 않는다》에 수록된 〈전화벨이 울린다〉에는 엄마가 잠시 일했던 콜센터의 모습을 적나라하게 비추고 있어. 그때 스트레스받아서 표정이 일그러진 엄마의 모습이 보였어. 책을 읽은 사람들이 콜센터 직원의 힘든 점을 충분히 알아 줄 거라고 생각해. 참 재미있지. 글자가 만들어 내는 세상이 우리의 모습을 닮았고, 경험하지 못한 세상을 간접적으로 만나 이해할 수 있게 된다는 게.

이 매력적인 내비게이션과 거울을 너희 것으로 만들지 않겠니? 세상을 살아갈 무기가 되고 영원한 친구가 되어 줄 거야. 살아가다 보면 지금의 코로나처럼 예상치도 못한 힘든 상황을 몇 번이나 만나게 될 거야. 그때 책을 펼쳐보렴. 엄마가 알려 줄 수 없는 길을, 엄마도 알지 못하는 세상을 책을 통해 헤쳐나갈 수 있어. 살림은 뒷전에다 많이 놀아주지도 않고 책만 읽는 엄마가 이해가 안되었을 텐데, 이제 조금 엄마 마음을 알아줄까? 그렇다면 책을 읽으라는 잔소리도 이제 오늘까지만 할게.

02

나는 책을 읽고 이렇게 변화했습니다

송미향

여동생이 어릴 때 독서광이었다. 항상 어디에서든 앉아서 책을 봤었다. 그래서인지 평소에는 말을 잘 안 하는 내성적인 아이인데, 학교에 가면 반장은 늘 도맡아 했다. 당연히 독후감으로 상도 많이 받았다. 생일이나 크리스마스가 되면 우리 가족은 편지나 카드를 서로 주고받았다. 그때마다 동생의 글 솜씨에 부모님은 칭찬을 아끼지 않았다. 당연히 말발도 장난이 아니었다. 형제 사이, 특히 자매는 말다툼이 발생할 수밖에 없다.

그때마다 동생은 야무지게 말로 공격을 했다. 말 한마디 제대로 못하고 속수무책으로 당할 때가 많았다. 말을 잘하려면 책을 읽어야 된다는 것을 그때 알았다. 생각이 바로 실천이 되었다면 얼마나 좋았을까? 어릴 때 특별나게 열심히 논 것도 아니었다. 수업 열심히 듣고, 숙제 잘하는 성실하고 반듯한 아이였다. 딱 거기서 멈추었다. 중학교 때 책의 맛을 알고 발을 살짝 담그기는 했지만, 입시라는 무거운 문에 압도되어 잊고 지냈다. 성인이 되어서 다시 책을 읽기 시작했다. 특별한 생활의 변화는 일어나지 않았다. 주로 문학작품을 읽다 보니 그럴 수도 있었겠지만, 완독에만 초점을 맞추었기 때문이다. 읽기만 하면 책 속의 내용이 모두 내 것이 될 줄로 착각을 하고 있었던 거다. 마음을 흔들었던 책은 다시 읽어야지, 생각만 하고 책장 속에 고이 모셔만 놓았다.

건강하기 위해서는 삼쾌가 되어야 한다. 쾌식, 쾌면, 쾌변, 즉 잘 먹고, 잘 자고, 잘 싸야 건강한 사람이다. 먹지 않고 살아갈 수 있는 사람은 없다. 우리 몸을 만들고 에너지를 내려면 적절한 영양분이 들어가야 한다. 잠은 정화와 치유의 기능이 있다. 충분한 잠을 자지 못하면 몸속 노폐물을 청소하지 못하게 된다. 신선한 음식이라도 냉장고에 넣어 두기만 하면 부패한다. 하물며 36.5℃ 온장고인 우리 몸에 음식이 들어오면 어떻게 될까? 입으로 들어온 음식은 몸속에서 각종 효소들과 만나 변화를 거듭한다. 몸에 필요한 중요한 물질들을 만들어 내는 과정을 수행한다. 살과 피, 뼈, 근육 등 우리 몸을 만든다. 요리할 때 음식물 쓰레기가 나오듯이, 인체가 요리하고 나서도 찌꺼기는 생기게 된다. 그것들을 당연히 배출시켜야 한다. 그것도 말끔하게, 쾌변을 시켜줘야 한다.

건강한 독서도 이 세 가지가 필요하다. 쾌식, 양질의 책을 꼭꼭 씹어서 먹어야 한다. 급하게 먹으면 체한다. 편식도 건강에 좋지 않다. 좋아하는 분야의 책만 읽는다면 지식의 폭이 깊어질지는 모르나 넓어지기는 어렵다. 물론 한 분야의 깊은 우물 속으로 들어가다 보면 결국엔 넓은 강을 만날 수도 있다. 그러나 그 깊은 곳까지 혼자 가기가 쉽지 않다. 힘들기만 하고 끝이 보이지 않는다면 중도에서 포기하고 싶어진다. 그럴 때 함께의 힘은 크다. 지쳐서 그만두고 싶을 때 옆에서 해주는 격려는 큰 힘이 된다. 앞서가는 사람을 보면 경쟁의 마음이 아니라 '나도 할 수 있다'라는 좋은 자극을 받게 된다. 읽을 생각조차 하지 않던 분야의 책도 독서모임에 있다 보면 읽게 된다. 강요에 의해서가 아니라 스며들듯이 관심 분야가 넓어지는 것이다. 자기 계발서를 읽다 보면 경제적 자유를 꿈꾸게 된다. 자연스럽게 경제 분야의 책을 들게 되는 것이다. 거기서 그치지 않는다. 결국엔 어떤 분야이든 사람 공부가 우선되어야 함을 알게 된다. 고전, 인문학으로 스펙트럼을 넓히게 된다.

치유와 정화를 해 주는 독서의 쾌면은 깊은 사유라고 생각한다. 책을 읽으면서 '작가가 여기서 말하는 것은 무엇이지?', '어떤 것을 배울 수 있을까?', '이 말에는 동의를 못하겠어.' 같은 나의 생각을 정리하는 시간이다. 배울 것은 습득하고, 버릴 것은 가려내는 정화의 시간이다. 누구에게 들킬까 봐 꽁꽁 숨겨놓아 곪아 터진 상처를 끄집어내어 소독하고 약을 발라주기도 한다. 자신을 되돌아보는 시간이다. '아, 내가 여기서 멈추었구나. 성장하기 위해서는 이 사람처럼 한계를 극복할 수 있는 의지가 부족했구나.' 앞서가는 사람들이 운이 좋아서가 아니라는 것을 알게 된다. 눈에 보이지 않았을 뿐 우아하게 보이기 위해 물 아래서 끊임없이 발 젓기를 하고 있었다는 것을 알게 된다.

독서의 쾌변은 노폐물이나 찌꺼기를 배설하는 것이 아니라 잘 먹은 것들을 자기 것으로 소화시킨 후 실천하는 것이다. 깨닫기만 하고 변화가 없다면 책을 읽은 것이 아니라 보기만 한 것이라고 생각한다. 그동안 내가 그랬다. 감동도 받고 자극을 받았지만, '난 이렇게는 못해. 지금도 나쁘지 않은데 굳이 이렇게까지 해야 해?'라는 생각으로 멈추었다. 솔직히 성공하지 못할까 봐 겁이 났다. 용기가 없었다. 지금은 당연히 달라졌다. 모든 책을 읽고 아웃풋을 하지는 않지만, 되도록 책에서 적용할 것을 찾아 하나라도 실천하려고 노력한다. 덕분에 새벽 5시에 일어나 책을 읽고 글을 쓰는 시간을 갖게 되었다. 감사일기도 쓰고 있다. 쓰면 쓸수록 모든 것이 감사한 일로 채워져 있음을 깨닫고 있다. 미니멀 라이프에 대한 책을 읽은 후 물건에 대한 집착을 버리게 되었다. 미루지 않고 바로 정리하는 습관도 생겼다. 주식을 하면 큰일 나는 줄 알았던 내가 주식도 하고 있다.

아직 저자들처럼 대단한 결과가 나오지는 않았다. 일단 시작의 첫 삽을 떴다는 것이 중요하다고 생각한다. 시도조차 하지 않으면 어떤 결과도 얻을 수 없으니까. 다행히 미비하지만 결과가 조금씩 나오고 있다. 독서모임에 참여를 하다 보면, 내가 읽고 싶은 책을 읽을 시간이 별로 없다. 그렇다고 독서모임을 그만두고 싶지는 않았다. 독서모임과 읽고 싶은 책, 두 마리 토끼를 한꺼번에 잡으려면 어떻게 해야 할까 고민했다. 해결책은 독서모임을 내가 직접 운영하는 거였다. 먼저 운영 노하우를 배우기 위해 독서모임 리더 과정부터 수강을 했다. 수료 후 바로 토요일 새벽에 고전문학을 낭독하는 모임을 만들었다. 일주일 동안 쌓인 피로를 풀면서 쉬고 싶은 주말 아침이라 아무도 신청 안 할까 봐 걱정했다. 기우였다. 불금을 보내고도 기꺼이 함께해 주는 사람들로 매주 감동을 받고 있다. 그뿐인가. 책 뒤쪽에 나오는 고전의 목록들을 다 섭렵할 때까지 모임을 계속하자며 뜨거운 응원도 보내 주고 있다. 이렇게 진심이 통하는 사람들을 만난 것은 독서모임이 준 특별 보너스다. 무엇보다 독서가 가져다준 큰 변화는 실패할까 두려워 주저하던 나에게 용기를 심어줬다는 것이다. 적극적인 사람으로 바뀌었다. 할 수 있는 것은 다 해보고 싶어졌다. 이제는 스스로 한계를 그어두지 않는다. 기회가 왔을 때 주저 없이 시작하려고 한다. 욕심을 내서 무리하게 이것저것 하다 숨이 찰 때도 있지만, 그 숨참마저도 행복하다. 우주처럼 무한한 나의 능력을 믿고 끝까지 달려가고 싶다. 책을 읽고 글을 쓰는 멋진 호호 할머니로 늙고 싶다.

독서모임, 이렇게 운영하세요

최서연

독서모임을 6년 동안 운영하면서 누구보다 성장한 사람은 리더인 나다. 방법을 알고 체계적으로 시작한 것도 아니다. 2017년 1월, 독서모임에 참여해 보고 신세계를 경험했다. 스스로 멋져 보이기도 했다. 이 기분을 다른 사람들에게도 느끼게 해주고 싶었다.

2017년 여름부터 보험설계사 독서모임 〈보화〉를 시작했다. '보험설계사 화이팅'의 줄임말이다. 한 달에 한 번씩 강남의 스터디 룸에서 만났다. 회비는 5천 원을 받았다. 2년을 운영하면서 독서모임의 숨은 매력 두 개를 찾았다.

첫 번째는 회원들의 성장을 눈으로 볼 수 있다. 독서모임 리더는 모임을 진행하는 것이지 가르치는 사람이 아니다. '책'을 읽고 회원 스스로 동기부여가 돼서 달라지는 경우도 있고, 모임을 통해 변화하기도 한다. 처음에는 말 한마디 하는 것도 어려워했던 사람이, 신입생이 오면 "저도 처음에는 그랬어요. 곧 적응하실 거예요."라며 격려해 주기도 한다.

두 번째는 독서모임 리더가 더 빨리 성장한다. 타인의 성장을 직접 경험하는 리더는 책 선정, 모임 운영, 회원 관리까지 전반적인 흐름을 알고 있어야 한다. 그래서 매번 수강생에게 이야기한다. "당신도 독서모임을 운영하면 좋겠어요."

모임 운영을 많이 할 때는 일주일에 다섯 번까지 해 본 적도 있다. 책에 미쳤고 사람이 좋아서 그랬다. 실수도 많았다. 절판된 책을 선정하기도 했고, 읽어 보지 않은 책을 골랐다가 회원에게 불만을 듣기도 했다. 이제는 매뉴얼이 있어서 그대로 모임을 운영한다. 개선하고 기록한 결과, 독서모임 리더 강사과정까지 12기 이상 진행하고 있다.

독서모임 리더 5주 수업 과정 중 핵심만 뽑아서 운영 노하우 몇 가지를 소개한다.

책 선정부터 한다. 책을 읽다 보면 내용이 도움 될 사람들이 떠오르고 어떻게 운영해야 할지 시뮬레이션이 된다. 다음은 스토리를 짠다. 유튜브에서 책을 소개하는 영상을 2017년부터 찍었다. 블로그에 책과 관련된 기록만 900개 이상이다. 글을 쓰거나 영상 작업을 할 때 핵심은 사람들이 읽고 싶고, 사고 싶게 만드는 것이다.

왜 이 책을 읽어야 하는지, 독서모임에 참여하면 어떤 점이 좋은지를 리더가 먼저 스스로 각인해야 한다. 그리고 블로그에 모집 글을 작성한다. 여러 곳에 노출될 수 있도록 글감 검색으로 책을 삽입한다. 간단한 영상을 찍어서 네이버 동영상 영역에도 보일 수 있도록 한다. 여기서 끝이 아니다. 홍보 날짜를 따로 적어 놓고 인스타그램이나 여러 채팅방에도 공유한다.

"모객이 안됐어요." 독서모임 리더과정 수강생에게 1순위로 듣는 말이다. "어떻게 홍보하고 계세요?"라고 물으면 블로그에 글을 쓰기만 한 경우가 대부분이다. 또는 여러 플랫폼에서 열심히 활동함에도 블로그 글이 지갑을 열만큼 매력적이지 않기 때문이다. 또 하나의 이유는 '브랜딩'이다. 사람들이 나를 모르니까 모임을 신청하지 않는 경우다. 퍼즐 맞추듯 하나씩 해나가면 된다. 모임을 꾸리면서 브랜딩도 하면 된다. 시간이 걸릴 수밖에 없는 일이다.

마지막 노하우는 귀찮다는 이유로 놓치는 '후기'에 대해 이야기하려고 한다. 회원뿐만 아니라 리더도 모임의 후기를 작성해야 한다. 블로그에 기록하는 것이 우선이며, 바로 작성하기 힘들 때는 인스타그램에 간단히 올리기도 한다. 후기가 다음 모집의 홍보 역할을 한다. 당장 모임에 참여하기는 어려운 사람에게 신호를 보내는 것이다. '나는 계속 모임을 운영하고 있어요. 우리는 이렇게 재미있게 모임 했어요. 오고 싶죠?' 이런 느낌을 담아 작성한다. 후기가 쌓이면 모객문제도 일부 해소된다.

그 외에도 회비 기준, 모임을 운영하면서 힘든 점, 온라인과 오프라인 운영의 차이점 등 함께 이야기 나누고 싶은 내용이 많다. 독서모임을 운영하고 싶은 분, 진행에 어려움을 겪고 있는 분이라면 책먹는 여자의 〈독서모임 리더 강사과정〉 프로그램도 추천한다.

04

나만의 독서 필살기

유명임

책을 읽는 환경을 위해 찾은 곳이 BBM이다. BBM에는 다독을 하는 사람들이 많다. 그들처럼 빠르게 많은 책을 읽고 싶었다. 1일 1독을 하는 사람, 1년에 100권 넘게 읽는 사람들이 부러웠다. 늦게 출발한 만큼 가속을 붙여 추월하고 싶었다. 속독을 하면 다독을 할 수 있으리라 생각했다. 책을 통해 속독을 배웠고, 수강료를 지불하고 책 읽는 법도 배웠다. 책 읽는 속도가 확실히 빨라졌다. '오늘은 벌써 이만큼이나 읽었네.' 책을 읽으면서 신이 났다. 그런데 책장을 덮으면 남는 것이 별로 없었다. 일주일 정도 지나면 저자가 누구였는지도 까먹었다. 3~4개월이 지나 책장에 꽂혀 있는 책을 보면 내가 저 책을 읽었나 싶기도 했다. 안타깝게도 책을 읽는 기술에만 집착하고 있었다. 읽어내는 기술이 책을 읽는 방법이라고 생각했다.

다독가들이 같은 시간 동안 어떻게 많은 책을 읽게 되었는지 과정에 관심을 가져야 했다. 빨리 읽고 싶다는 욕심에 보고 싶은 것만 본 것이다.

책을 왜 읽는지부터 다시 생각했다. 책을 통해 무엇을 얻을 것인지 분명한 목적을 가지고 읽어야 진정한 책 읽기라는 것을 알았다. 한 주에 한 권, 한 달에 열 권, 1년에 백 권을 읽겠다는 것은 목적이 아니었다. 1일 1독을 하는 사람들은 처음부터 그렇게 책을 읽은 사람들이 아니다. 이전에 이미 충분한 예열과정이 있었기에 가능한 일이었다. 속독을 포기했다. 아니 머릿속에서 완전히 지워버렸다. 독서량은 독서력이 올라가면 저절로 따라오는 보너스다. 독서량에 급급해하기 전에 먼저 나의 독서력을 올려야 했다. 속독, 발췌독 등 읽기 능력을 향상시켜 준다는 독서법에 연연해하지 않았다. 책을 계속, 꾸준히 읽다 보면 어느새 나만의 독서법이 생기기 마련이다.

변화와 성장. 한 가지만 생각하며 책을 읽기로 했다. 책을 선택하면 앞표지, 뒤표지, 프롤로그, 목차를 먼저 봤다. 프롤로그, 목차를 주시하라는 말은 들었지만 늘 건너뛰었었다. 책의 표지는 독자가 책을 읽고 싶게끔 하기 위해 핵심 문장으로 책의 주제를 알려 준다. 프롤로그는 책의 요약본이라고 할 수 있다. 표지와 프롤로그만 보아도 저자의 의도를 파악하게 되고, 책을 어떤 시각으로 읽어야 할지 알게 된다. 표지와 프롤로그가 목적지까지 가는 전체 노선을 알려 준다면, 목차는 목적지까지 가기 위한 중간 정거장이라고 할 수 있다. 목차를 보면서 어떤 정거장을 눈여겨볼지 정한다. 한 정거장, 한 정거장을 지나면서 저자의 주장에 고개를 끄덕이며 맞장구를 치기도 하고, 가끔은 맞짱을 뜨기도 한다. 맞짱의 방법은 책의 여백에 내 생각을 마구 적는 것이다. 나라면 어떻게 썼을까, 상상도 해본다. 표지와 프롤로그, 목차를 통해 저자가 "왜" 이 책을 썼는지를 가늠해 본다. 그리고 그 "왜"를 따라가며 책을 읽는다. 이해 못 하는 부분을 억지로 이해하려고 하지 않는다. 내 능력이 거기까지 미치지 못하는데, 억지로 이해하려 하면 스트레스만 쌓이기 때문이다. 이해가 안되는 부분은 왜 이해가 안되는지를 적어 둔다. 책을 읽어가다 보면 오해가 풀려 이해가 된다. 그러면 그 부분으로 돌아가 '몇 쪽에 이러저러한 내용으로 이해되었음.'이라고 써놓는다. 재독을 할 때 책에 메모해 둔 것을 보면 지금의 나와 그때의 내 생각이 어떻게 달라졌는지 알 수 있어서 좋다. 그리고 독서 노트를 정리한다. 이렇게 책을 읽으면 시간이 오래 걸린다. 하지만 그 시간 자체가 변화와 성장이다. 생각 근육이 조금씩 자라고, 나만의 가치관도 생기고, 편견과 고정관념이 깨진다.

책을 깨끗하게 읽으면 깨끗하게 잊힌다는 말이 있다. 그래서 책을 괴롭히기 시작했다. 변화와 성장을 위한 독서를 하기 위해선 나만의 언어로 정리하는 습관을 가져야 한다. 마음을 움직이는 구절, 기억해야 할 것들에 밑줄을 그었다. 밑줄을 그은 부분 중 중요 키워드에 동그라미를 친다. 그리고 책의 여백에 생각나는 대로 마구 메모한다. 새롭게 알게 된 것을 요약해서 적고, 저자가 말하는 것에 대한 내 생각과 느낌, 배워야 할 것, 적용할 것, 궁금한 것, 더 알아보아야 할 것, 아이디어를 적는다. 낙서처럼 적기도 하고, 그림을 그리기도 하고, 손 마인드맵을 이용하기도 한다. 여기서 질문이 생긴다. 질문에 대한 답을 찾아가는 과정을 통해 과거와 현재의 나를 반성하게 되고, 계획도 세운다. "나는 이런 생각을 하는 사람이었구나.", "내가 이런 것에 관심 있어 했었네.", "이런 꿈이 내 안에 있었구나." 내 안에 또 다른 나를 만나게 된다. 답을 제대로 하지 못할 땐 질문을 주었던 정거장으로 돌아가 다시 꼼꼼히 둘러본다. 질문과 답의 총량만큼 생각과 사고의 질도 높아진다. 독서력이 뛰어나지 않기에 매번 100% 완벽한 주행을 하지는 못한다. 과감하게 중도 하차하는 책도 있고, 이 차를 왜 탔을까, 후회하는 책도 있다. 권수에 연연했던 독서를 버리고 불편하지만, 그 불편함을 즐기는 독서를 하게 됐다. 열 권을 읽고 제목만 기억하는 사람보다 한 권을 읽어도 책과 제대로 대화하는 쪽을 택했다.

나만의 독서 필살기 포인트는 독서 노트다. 독서 노트에 밑줄과 키워드, 책에 메모해 둔 부분을 훑어보면서 나만의 언어로 요약한다. 느낀 점을 적고 실천해야 할 점도 적는다. 실천할 점은 매일매일 실행할 수 있도록 잘게 쪼갠다. '미니멀 라이프를 위해 필요 없는 물건 모두 버리기'는 시작할 때부터 한숨이 나온다. 종일 걸려도 필요 없는 물건을 다 정리하지 못할 것을 이미 알고 있기 때문이다. '주방 서랍 1개 정리하고 1개 버리기'는 지금 당장 실천할 수 있다. 바로 성공하고 성취감을 느낄 수 있는 작은 성공 습관을 자주 경험할수록 변화와 성장이 가까워진다. 내일부터 인생이 180도 변하는 태도와 습관만이 변화와 성장은 아니다. 오늘 실패하더라도 내일 다시 시작하는 것이 습관이다. 적은 노력으로 매일 성공을 적립하고 있다. 요즘은 3~4권의 책을 함께 읽기도 한다. 여러 권의 책을 같이 읽는 사람들을 보면서 그렇게 책을 읽으면 헷갈리지 않을까 궁금했다. 직접 실험해 보기로 했다. 한 권씩 읽을 때보다 더 잘 읽히고, 책들 간의 연결점도 생겨 아이디어도 얻는다. 어려운 책을 읽다가 머리가 지끈지끈해질 때쯤 가볍게 읽을 수 있는 다른 책으로 넘어가면 더 즐겁게 책을 읽게 된다.

사람들이 독서에 대해 생각하는 가장 큰 오류가 "시간이 나면(혹은 남으면) 책을 봐야지."라는 것이다. 독서는 시간이 나면 하는 것이 아니라 시간을 내서 하는 것이다. 하루에 10분이라도 책을 읽기 위한 시간을 내야 한다. 책을 읽는 환경에 들어가는 것이 그래서 중요하다. 독서모임을 신청하면 시간을 내서 책을 읽을 수밖에 없다. 인생의 사분면에서 가장 집중해야 하는 부분이 '시급하지 않지만 중요한 일'이다. 독서도 그렇다. 시급하지 않지만 중요한 일을 해내기 위해서 꾸준히 책을 읽었다. 독서에 정해진 답은 없다. 매일 먹는 밥처럼 매일 책을 읽는 사람이라는 습관을 만들었다. 어제보다 한 발자국 성장한 나를 만나는 힘이 책 속에 있다. 독서는 주도력 있는 삶을 살게 하는 완벽한 내 편이다.

잘 읽는 사람이 잘 씁니다

한명욱

책을 정리하다 '국군간호사관학교 60주년 기념문집'을 발견했다. 2011년에 전화 한 통이 왔다. "명욱아, 글 하나 써 줄 수 있어?" 60주년 기념문집에 기수 대표로 글을 써달라는 동기의 부탁 전화였다. 1951년 6·25 전쟁 시 '간호 생도' 과정으로 출발해서 60주년이 될 때까지 우여곡절이 많은 학교였다. 스무 살의 여성이 경험하기 힘든 군사훈련을 받고, 오롯이 군에 바친 20대가 주마등처럼 지나갔다. 기수 대표라는 무게와 함께 글을 쓸 기회가 주어짐에 감사한 마음이 앞섰다.

어떤 글을 써야 할까 고민되어 생도 4년간 써온 '수양록'을 읽었었다. 군사 학기에 훈련이 끝나면 매일 주어진 주제대로 '수양록'을 썼다. 지치고 피곤한 저녁이었다. 그런데 난 '수양록' 쓰는 시간을 좋아했다. 소중한 휴식 시간이었다. 주어진 주제에 지나온 시간을 떠올리며 생각의 나래를 펼쳤다. 그래서였을까? 유독 감정선이 살아있는 글들이 많다.

예민했던 초등학교 시절의 습관이었다. 비밀 일기장이 유행했던 때다. 착한 딸이다 보니, 부모님에게 속마음을 털어놓은 적이 없었다. 잦은 전학, 낯선 환경에 적응하려니 친구도 거의 없었다. 일기장이 유일한 친구였다. 책을 읽고 주인공이 되어 모험을 떠나면서 일기를 썼다. 가슴 아픈 일이 있으면 일기를 썼다. 울음이 북받쳐 올라올 때면 일기를 썼다. 책과 일기장이 유일한 친구였던 어린 시절이었다.

책을 읽고 일기를 쓴 덕분에 학교에서 독후감 대회를 하면 상을 받았다. 글쓰기 대회가 있으면 대표가 되었다. 고등학생이 되어서는 독서 동아리에 들어갔다. 정해진 책을 읽고 줄거리를 정리하게 했다. 책이 가장 재미없었던 시기였다. 해야 할 공부도 많아지면서 점점 글쓰기에서 멀어졌다. 그러다가 시간과 공간이 한정된 사관학교 생활은 숨통을 트일 시간이 필요했다. 주어진 주제라도 글을 쓸 수 있음에 힘을 받는 시간이 된 거다.

어린 시절 몇 권의 책을 읽었는지 셀 수는 없다. 늘 책이 넘쳤다. 학교 도서관보다 책이 더 많았다. 당시 해적판 문고로 유명한 ABE 시리즈 88권, ACE 시리즈 50권은 독서의 스펙트럼을 넓혀 준 계기가 되었다. 그때부터 다양한 소설과 시리즈 책들을 읽기 시작했다. 중학생 때는 《영웅문》을 시작으로 무협 소설을 탐독했었다. 고등학생 때는 《삼국지》와 함께 박경리 작가의 《토지》, 《오다노부나가》, 《태백산맥》 등, 대하 역사 소설에 빠졌다. '20년 후 나의 모습'이라는 주제에 작가의 꿈을 썼던 것은, 박경리 작가의 영향이기도 하다. 이후 박완서 작가의 책을 읽으며 담담한 삶의 모습이 담긴 수필에 푹 빠졌다.

돌아보니 책을 놓지 않고 읽었다. 오히려 성인이 되고 결혼하기 전까지 책과 사이가 멀었던 시간이다. 가정의 위기를 깨닫기 전까지 책을 잊었다. 글을 쓰며 나를 만나고 힐링했던 시간도 함께 잊었다.

최근 1인 기업을 시작하며 온라인 세상에 집을 짓기 위해 블로그를 쓰게 되었다. 오랜만에 글을 쓰니 시작이 어려웠다. '건강전문가 하니쌤' 브랜딩 관련 콘텐츠가 목적이었다. 그런데 잊힌 20년의 기억이 툭툭 튀어나오며 개인 글을 쓰는 시간이 좋았다. 그동안 뱉어내지 못했던 감정들이 속삭인다. "어디 있었니?" 40대 이후의 나를 다시 찾아가는 중이다.

'카르페 디엠(carpe diem)', '오늘에 집중하고 현재를 살라'는 '죽은 시인의 사회' 영화의 유명한 대사다. 40대가 되면 역사적인 인물까진 아니더라도, 내 분야의 전문가가 되어 있을 줄 알았다. 나름 만족한 삶을 살고 있으리라 믿었다. 40대는 확고한 인생관으로 세상에 흔들림 없이 살고 있을 줄 알았다. 그러나 지금도 흔들리고 있다. '어떤 삶을 살아야 하나?' 고민하고 있다. 다만, 함께 읽은 책 덕에 정리가 되는 중이다. 내가 누구이고 무엇을 할 때 행복한지 말이다.

책을 읽으니 가슴속 아지랑이가 간질간질하다. 둥둥 떠다니는 생각 조각들이 모여들기 시작한다. 오랜만에 글을 쓰니 부끄럽다. 그런데도 술술 글이 풀린다. '20년 후의 나의 모습', 그대로 살고 있다. 쓰기의 기적, 메모의 기적을 직접 체험했다. 글을 쓰며 심사숙고하게 된다. 그때 적어두었던 모습 중 작가의 꿈만 이루지 못했다. 그런데 성장을 위한 독서모임의 인연이 지금 공저로 이어졌다. 작가로 한 발 나아가기 중이다. 역시 책을 읽었더니 길이 있다. 책을 읽었더니 용기를 내어 글을 쓰고 있다.

'카르페 디엠'

오늘의 행복에 집중해서 글을 쓰고 싶다. '건강전문가'로 어떤 삶을 살아야 하는지 알았다. 나는 글을 쓸 때 행복하다. 글로 치유되고 있다. 내 경험으로 위안을 주고 싶다는 욕심이 난다. 왕따, 처음 엄마, 군인 엄마, ADHD 진단을 받은 아이의 엄마, 학교 밖 청소년이었던 아이의 엄마, 검정고시로 꿈을 찾아가는 아이의 엄마라는 경험이 있다. 간호사라는 전문가로 건강관리를 도울 수 있다. 지금의 경험으로 청소년기 힘든 학생들에게 다가가고 싶다. 처음 엄마들의 외로움과 어려움에 경험을 나누고 싶다. 조금 더 성장을 원하는 40대 어느 엄마가 꿈을 이뤄가는 모든 과정을 쓰고 싶다. 누군가에게 도움이 된다면 기록으로 남겨보고 싶다. 나를 닮은 누군가가 행복한 오늘을 살 힘을 주고 싶다.

독서와 더불어 선물처럼 다가온 글쓰기의 힘에 감사하다.

책의 영역이 또 확장되었다. 《쓰기의 말들》, 《작가의 문장수업》, 《매일 아침 써봤니?》 등 글쓰기를 위해 추천해 주는 책을 읽기 시작했다. 좋은 글을 쓰고 싶다. 잘 읽는 방법과 글 쓰는 방법을 배우고 싶다. 박완서 작가의 《모래알만 한 진실이라도》를 펼쳐본다. 담담하다. 편안하다. 위안을 얻는다. 존경하는 박완서 작가를 닮고 싶다. 부끄럽지 않은 책 한 권을 남기고 싶은 욕심이다. 많이 읽고, 생각하고, 쓰기를 통해 오늘보다 잘 쓰는 날이 오리라 믿는다. 책과 함께 풍성한 삶을 만들고 싶은 욕심의 끝은 글쓰기였다. 쓰기를 위해 오늘은 어떤 책을 읽어 볼까? 기웃거리는 하루다.

06

코로나 시대, 독서의 가치

주은정

2020년 1월, 누구도 예상하지 못한 코로나 시대가 열려버렸다. 금방 끝날 줄 알았던 바이러스와의 싸움도 2년째 진행 중이다. 조금만 버티면 벗어날 줄 알았다. 그러나 버티고 버텨도 끝이 없는 것 같다. 피할 수 없다면 즐길 수밖에 없지 않을까?

결혼 후 세 아이의 육아와 잘 살고 싶은 마음에 일을 놓지 않았다. 6개월 된 둘째 아들을 업고 시작한 장사는 13년이 흘렀다. 다행히 잘되었다. 근처에 있는 조선소의 경기가 좋아서 매출도 함께 늘었다. 10년간 잘되던 가게도 코로나로 휴업을 반복하니 매출이 떨어졌다. 난감했다. 직원들 월급이며, 매달 나가는 고정 비용을 감당할 수가 없었다. 매출을 올릴 만한 변화가 필요했다.

집에서 찾을 수 있는 방법은 인터넷 검색밖에 없었다. 무엇을 해야 하나? 어떻게 해야 하나? 잘하는 것은 무엇이었지? 생각들은 꼬리에 꼬리를 물어 잠 못 드는 밤이 늘어갔다. 이번 기회에 대면 장사를 접고 비대면 사업을 해야만 할 것 같았다. 인터넷 세상에 대해 아는 게 별로 없었다. 검색 용도로 사용할 뿐이었다. 처음부터 배워야 했다. 무엇을 하든 직접 할 수 있어야 한다고 생각한다. 아이들도 제법 컸고, 가게 운영 시간이 줄어들어 여유가 생겼다. 황금 같은 시간이었다. 하나씩 배웠다. 책도 읽고 강의도 들으며 '업글 인간'이 되고 싶었다. 몸값을 높여서 또 다른 일도 찾고 싶었다. 지난 20년 동안, 육아와 일에 지쳐 좋아하던 배움은 잊고 살았다. 마음속 깊이 숨겨놨던 배움에 대한 열정이 살아났다.

지난 1년간 책을 읽고 모임에 참여했다. 처음에는 모두 배워야 할 것 같아 이것저것 많이 들었다. 그렇게 할수록 완수하지 못했다. 다른 사람들이 잘하면 할수록 우울함이 심해졌다. 달성하지 못한 것에 대한 질책이 나를 괴롭혔다. 의지도 약하고 책임감도 없는 사람이 되는 것 같았다. 힘들었다. 힘들다고 얘기하면 주변에선 '왜사서 고생하느냐'고 했다. 맞는 말이다. 굳이 하지 않아도 되는 독서를 하고, 강의를 들으며 왜 스트레스를 받고 있냐고. 하지 않고도 잘 살아왔는데 말이다.

어느 날 딸이 "엄마, 제자리멀리뛰기 잘하려면 어떻게 해야 해?"

라고 묻는다. 멀리 뛰고 싶은데 잘 안된다며 투덜거렸다. 자세히 설명해 줬다. 몸을 구부리고 펴는 동작을 반복해서 높이 뛰어오르면 멀리 뛰어진다고. 연습을 많이 해야 된다고 설명해 줬다.

그렇다. 뭐든 잘하려면 연습이 필요하다는 걸 잊었다. 독서도 반복 연습이 필요하다. 하다 보면 안되는 이유를 깨닫게 돼서, 결국 잘된다는 것을 알고 있다. 눈에 보이지 않는 결과에 집착하지 않기로 했다. 노력하는 과정에 충실하자!

독서모임을 하면서 '나'에 대해 관심을 가지기 시작했다. 가족이나 아이들이 아닌 나에 대해서. 내가 좋아하는 음식, 좋아하는 취미, 싫어하는 것, 즐거울 때, 우울할 때, 행복할 때를 생각해 보는 좋은 시간들이었다. 나를 찾는 시간이라 왠지 좋았다. 코로나 때문에 독서를 시작했지만, 나를 찾게 해준 코로나가 고마웠다. 책이 주는 작은 용기는 큰 재산이 되었다.

퇴근 후 엉망인 집을 보면 우울하다. 그럴 때면 마쓰다 미쓰히로가 쓴《청소력》을 꺼내 읽는다. '마이너스 에너지를 제거하는 청소력' 문장에 청소할 힘이 생겨난다. 우울함을 채웠던 쓰레기들을 말끔하게 치운다. 정리 정돈을 한다. 깨끗해진 집을 보면 기분이 좋아진다. 청소가 가진 힘을 느낄 수 있었다.

진상 손님을 한 번씩 만날 때면 자존감이 한없이 낮아진다. "죄송해요."라는 말을 수도 없이 반복하다 보면 장사를 접고 싶기도 하다. 최한우 작가의《오모테나시, 접객의 비밀》을 생각한다. '고객이 처한 경제적 사회적 환경까지 고려해 서비스하는 진정한 의미의 고도화된 오모테나시 접객이라 볼 수 있다.'란 구절이 있다. 진정한 접객이란 단어를 생각하며, 손님 입장에서 왜 그랬을까 다시 한 번 떠올려 본다. 전후 사정을 자세히 물어보고 듣다 보면 이해가 되었다. 지금보다 더 정중하게 사과해야 할 것 같다.

13년간 해 온 일이지만 그만두고 싶을 때가 많다. '누구를 위해 일하고 있지?'라는 생각이 자주 든다. 좋아서 시작한 일이 아니다. 아이들을 옆에서 돌볼 수 있고, 돈도 벌수 있어서 시작했다. 정말 어쩔 수 없이 하게 된 일이었다. 그래서인지 우울한 마음이 들 때면 때려치우고 싶다. 이나모리 가즈오 회장님의저서《왜 일하는가》가 생각난다. '자신에게 주어진 일을 천직이라 생각하고 즐겁게 일해야 한다. 어쩔 수 없이 일하고 있다는 생각을 버리지 않는 한, 일하는 고통에서 영영 벗어날 수 없다.'라는 글귀가 마음속 깊이 들어왔다. 마음먹기에 달렸구나. 어떤 일이든 즐겁게 마음먹고 하지 않으면 평생 고통스럽겠다 싶다. 일을 대하는 마음이 달라졌다. 지금의 일을 천직이라 여기고 폐업할 때까지 기분 좋게 일하자고 마음먹었다. 힘든 상황이지만, 잘되고 있으니 말이다. 10년 넘게 변함없이 찾아주시는 손님들께 감사한 마음이다.

이렇듯 독서는 알게 모르게 일상에 깊게 들어와 있었다. 책은 다양한 지식과 몰랐던 부분을 알게 해 준다. 힘든 시기를 잘 이겨낸 경험담을 읽고 있으면 나도 모르게 눈물이 난다. 저만큼은 아니니 다행이다 싶어 안도감도 느낀다. 주인공도 잘 이겨냈으니 충분히 잘할 수 있다는 용기도 생긴다.

코로나로 인해 소통하던 친한 친구도 만날 수 없게 되었다. 친구에게서 받던 위로를 책에서 얻고, 소통은 독서모임에서 하고 있다. 감사하다.

독서를 통해서, 수많은 문장 중에서 나를 변화시키는 한 문장을 찾는다면 세상 무엇과도 바꿀 수 없는 진정한 가치가 아닐까 싶다. 많은 문장들을 찾아내 성장할 내가 기대된다. 다시 책을 읽게 해준 코로나가 고맙다.

07

함께 읽는 시간

김명주

혼밥도 좋지만, 함께 먹으면 더 맛있고 먹는 양도 늘어나듯, 마음의 밥인 독서도 그렇다. 함께 읽다 보면 많이 읽고, 더 풍성함을 누린다. 내겐 소중한 인생 책 벗이 있다. 남편과 두 딸아이들, 그리고 고교 시절부터 함께 해온 절친이다. 좋은 책을 발견하면 바로 남편과 친구에게 짧게라도 이야기를 하는 편이다.

몇 년 전, 실패를 딛고 일어선 어느 가장이 쓴 책에 감동을 받아 남편에게 적극 권했다. 책을 꾸준히 읽고, 소감도 잘 말하는 남편이라 긍정적인 반응을 내심 기대했는데, 며칠이 지나도 아무런 이야기가 없었다. 저녁 식사 후 커피를 마시며 책은 다 읽었는지, 느낌은 어땠는지 슬쩍 물었다. "별로 안 읽히던데. 작위적인 것 같고, 반복되는 내용도 많아서 신뢰가 안가. 그리고 억지로 권하지 않았으면 좋겠어. 내가 알아서 읽을 테니까!" '그래, 당연하지, 성향도 다르고, 남자니까 또 다를 수 있지.' 하면서도 서운함이 드는 건 어쩔 수 없었다. "알았어. 다시는 안 권할게." 큰 소리로 말했다. 한동안 책을 권하는 게 조심스러웠다.

안 좋은 기억은 잘 잊어버리는 장점을 가진 나. 얼마 못 가서 남편에게 책을 또 권했다. '당신 생각이 나서. 조금이라도 도움 될 것 같아서 도저히 권하지 않을 수가 없네. 안 읽어도 되는데 한번 훑어보기라도 하세요.' 메모지에 적어 책상 위에 올려놨다. 퇴근 후 책상 위를 보니 책과 메모지가 안 보였다. 가져갔다는 자체만으로도 기뻤다. 하루밖에 지나지 않았는데 남편이 귀가해서 그 책을 이야기했다. 어느 부분이 좋았고, 돌아보게 되더라는 말을 들으니 기분이 좋고, 감사했다. 책을 펼쳐 들고 커피를 마시며 오래간만에 남편과 맛난 책 수다를 떨었다. 어느 때보다 행복한 시간, 지금도 가끔 남편에게 책을 권하며 감정의 냉탕과 온탕을 오간다. 때로는 남편이 먼저 읽은 책들을 이야기해 줄 때도 있다. 시사, 사회 과학이나 법률, 경제 관련 책은 표지만 봐도 어려운데 뉴스와 함께 엮어서 이야기를 해준다. 듣다 보면 재미있어지고, 어렵게 여겨졌던 분야에 관심이 간다.

함께 책을 읽고, 때론 각자 관심 분야를 공부하며 배우고 느낀 것을 이야기하는 시간을 가질 수 있음에 감사하다. 한때는 가정 경제 위기로 남편과 심한 갈등을 겪었다. 서로를 찔러대는 말다툼에 지쳐 울다 잠든 어느 날 문득 떠오른 것이 메모 쓰기였다. 떠올려지는 고맙고 미안한 감정들을 적어 잠든 남편 머리맡에 딱지, 편지 봉투, 하트, 세모, 네모, 동그라미 등 다양한 모양으로 접어놓았다. 몇 달이 지났을까. 서로가 달라지면서 다시 한 방향을 바라보기 시작했다. 몇 년이 흘러 신앙생활을 하며 많은 부부들이 하나가 되도록 도울 수 있는 역할을 하게 됐다. 그 과정 가운데 같은 책을 보고, 여러 가지 과제를 수행해 내며 서로를 알고, 돕게 하는 시간이 있었다. 매 기수마다 함께하는 우리 부부가 제일 큰 수혜자임을 시간이 지날수록 깨달았다. 오랜 연애와 사업을 함께하며 많은 시간을 보냈음에도 서로를 잘 알지 못하고 이해되지 않았던 일들이 자연스럽게 이해되었다. 그 중심에 '책'을 통한 교제가 있었고, 실행과 피드백이 있었다.

딸아이들에게 어릴 적부터 책을 많이 읽히고 싶었는데, 환경이 여의치 않아 아쉬움이 컸다. 네 식구가 함께 살 수 있게 된 시점부터 아이들과 책을 읽을 수 있게 되었다. 매일 15분씩 각자 자리에서 책 읽기를 했는데, 아이들은 습관이 되지 않아서 힘들어했다. 만화책이라도 좋으니 무조건 15분을 보내기로 했다. 어디를 읽었는지,

무슨 내용이었는지 나눔을 하는데 머쓱해하던 아이들의 모습은 웃기면서도 사랑스러웠다. 아이들이 크고, 모두가 바빠지면서 미뤄지다 멈춰버린 가족 독서 시간이 그립다. 주말에라도 다시 시작해야겠다.

　온 가족이 코로나 확진으로 인해 많이 힘들었던 친구, 한동안 만나지 못해 안타까운 마음이 들면서 그녀와 책 나눔을 했던 시간이 그립다. 좋은 책을 발견하면 너 나 할 것 없이 한 권 더 주문해서 함께 읽기도 했다. 무작정 차를 끌고 나가 카페에서 진한 커피 한 잔 마시며 슬픔을 기쁨으로, 무기력함을 활력으로 바꾼 순간들도 있었다. 서로 와 닿는 구절을 나누다 보면 전혀 다른 책을 만난 느낌이 들기도 했다. 독서를 꾸준히, 오래 하기 위한 가장 좋은 방법 중에 하나가 '같이 읽기'라는 것과 함께 교육 현장에서 자주 인용되는 '빨리 가려면 혼자 가고, 멀리 가려면 함께 가라.'는 아프리카 속담이 떠오른다.

　온라인을 통한 여러 독서모임 가운데 귀한 책 벗들을 만날 수 있어서 감사하다. 다른 시각의 넓은 스펙트럼을 통해 통찰력을 배운다. 희로애락이 담긴 작은 모임 속에서 큰 세계를 경험한다. 학창 시절부터 제대로 이런 배움과 나눔을 가지면 얼마나 좋을까, 하는 아쉬움 속에 다시 현장으로 가서 알려 주고 싶다. 책 읽어 주기 봉사와 즐거운 독서 교실 모임을 했던 때가 있었다. 그때 만난 아이들부터 어르신들까지 지금 상황은 어떨까 궁금하다. 기억 저편의 생각을 끌어올리니 새로운 꿈을 꾸게 된다. 전국에 살고 있는 독서모임 팀원들과 각 지역을 순회하며 하루 종일 독서하고, 즐겁게 토론하며, 맛있는 음식도 먹고 헤어지는 여행 독서모임! 이루어질 줄 믿고 미리 감사하며 감사 노트에 적는다. '함께 읽는 시간'은 기대와 설렘 속에 한 상 가득 건강한 밥상을 즐기는 행복한 시간이다.

기쁠 때, 그대 가슴 깊이 들여다보라. 그러면 알게 되리라.

그대에게 슬픔을 주었던 바로 그것이

그대에게 기쁨을 주고 있음을.

칼릴 지브란, 《예언자》

08

실천하는 독서

오지연

일 년에 100권, 200권씩 책을 읽어도 완독하는 순간, 책을 덮고 아무것도 하지 않으면 그건 책을 읽은 걸까? 읽지 않은 걸까? 읽었다고 끝일까? 아무것도 하지 않으면 아무 일도 일어나지 않는다.

집중해서 책을 읽기 시작한 처음에는 완독 권수에 연연했다. 남들보다 더 많이 읽고 싶은 마음이 앞섰다. 결과는? 시간이 지나면 하나도 기억나지 않았다. 그저 몇 권 읽었다에서 그칠 뿐이었다. 그래서 최근에는 책 한 권을 읽으면 그 안에서 나에게 적용할 점이나 실천할 점을 아무리 사소한 것이라도 무조건 한 개 이상은 찾아서 내 삶에 적용하려 노력한다. 100권을 그냥 읽은 사람보다 한 가지라도 실천할 점을 찾아 실천한 사람은 100권을 읽으면 100개를 실천하는 것이 된다. 어느 쪽이 남는 게 많을지는 말하지 않아도 알 수 있을 것이다.

책을 읽으면서 질문도 뽑아보고 실천할 점도 찾아보려고 하니 속도가 느려진다. 시간 안에 50페이지 이상은 읽어야 하는데, 그만큼 속도를 내지 못하니 속상할 때도 있었다. 속도는 안 나고 그렇다고 질문도 뽑아내지 못하고, 적용점 또한 생각해 내지 못했을 때는 책을 읽은 시간이 허무하게 느껴졌다. 그 시간들을 어떻게 이겨낼 수 있을까? 생각을 하다가, 한쪽으로 미뤄두었던 독서노트를 작성하기로 했다. 양식으로 돼 있는 노트도 써보고, 줄만 있는 노트도 써보고. 이렇게 저렇게 나에게 맞는 방법을 찾으며, 적으며 책을 읽다 보니 속도는 당연히 더 느려졌다. 하지만 마음에 안정감을 찾을 수 있었다. 읽어 가며, 손으로 꾹꾹 눌러 적어가며 읽으니 머릿속에 더 눌러 담아졌다.

열심히 인풋만 해나가고 있을 때 수강하게 된 최서연 작가와의 독서모임 리더과정에서는 정말 많은 것들을 얻을 수 있었다. 책 한 권으로 사람들과 어떻게 나눌 수 있는지, 모임을 어떤 방식으로 이끌어 나갈 수 있는지에 대해 배우고 실천하면서 독서모임의 리더로서 갖춰야 할 것들을 배웠다. 그렇게 배우고 이수한 것들을 가지고 나의 오랜 로망이던 독서모임도 오픈했다. 여러 사람들과 함께 의견을 나누고 이야기하며 오늘도 성장한다.

타 독서모임에서 소그룹 리더를 맡게 했을 때 그 순간이 너무 싫어서 인터넷 연결 오류인 척 나가버렸던 기억이 있다. 그런 내가 한 모임의 리더로 세워진다는 것은 또 하나의 도전이었다. 너무 싫지만 해야만 하는 책임이라는 단어를 어깨 위에 올려주었다.

보도 섀퍼의《멘탈의 연금술》에서 저자는 어떻게 하면 할 수 있을까?를 생각하라고 했다. 이 문장으로 나는 이래서 안되고 저래서 못하고 했던 것들에 대한 생각을 집어치웠다.

아무것도 하지 않으면 아무 일도 일어나지 않는다는 말이 있다. 이렇게 저렇게 핑계만 대고 있다가는 아무것도 못할 것 같았다. 그래서 올해 나의 원 워드는 ACTION.

어떻게 하면 할 수 있을까를 생각하면서 원 워드를 떠올리면 저절로 행동하게 된다. 지금 이 글을 쓰고 있는 기회 또한 실행의 원 워드와 어떻게 하면 할 수 있을지를 떠올리며 행동한 결과로 얻게 된 것이다. 평소의 나였다면 꿈만 꾸고 부러워만 하면서 '내가 무슨, 내가 어떻게 책을 써. 나는 지금 그럴 상황이 못 되지.'라며 자기 합리화로 가득한 삶을 살아내고 있었을 것이다.

수많은 자기 계발서에서는 실천하라고, 당장 시작하라고 이야기하고 있다. 책을 읽는 순간에는 그렇지! 하면서 밑줄을 그으며 읽는다. 하지만 덮고 나면 기억나지 않는다. 밑줄을 긋는 순간 어떤 걸

어떻게 시작할 것인지. 지금 당장 어떤 걸 할 수 있는지를 생각해서 적어야 한다. 그렇지 않으면 읽고 덮는 순간 기억은 안드로메다로 날아가 버릴 것이다.

의식적으로 실천하는 독서를 해야 한다. 누군가는 '넌 자기 계발서를 읽으니까 실천할 거라도 있겠지! 소설 좋아하는 나는 실천할 게 없어~'라고 이야기한다. 소설이나 시를 읽고서는 실천할 점이 없을까? 내가 살고 있지 않은, 경험이 없는 삶을 소설을 통해 들여다보며 다른 이의 삶을 읽어 낼 수 있다. 아이들에게도 동화책을 읽고 독후 활동으로 주인공에게 편지를 써보게 한다던가, 내가 이 글의 주인공이라면? 바라보는 시점을 다르게 해서 독후 활동을 한다. 내 삶과는 다른 삶 속에서의 경험으로 인해 세상을 바라보는 시각을 넓힐 수 있을 것이라고 생각한다. 섬세한 감정의 표현들을 익힘으로 타인의 마음을 이해할 수 있게 된다. 내 감정을 타인에게 이야기하는 방법 또한 소설이나 시를 통해 경험할 수 있다. 독서라고 하는 것이 성장을 위한 자기 계발서만 읽는 것을 이야기하는 건 아니다. 장르 가리지 않고 내가 좋아하는 것들을 많이 접하고 읽었으면 좋겠다.

남들이 모두 미라클 모닝을 하고, 수많은 자기 계발서에서 미라클 모닝을 강조한다고 해서 무조건 실천할 건 아니다. 못해도 일주일에 한 권은 읽어야 한다고 해서 무조건적으로 따라갈 필요 또한 없다. 가장 중요한 것은 왜 미라클 모닝을 해야 하고, 왜 일주일에 한 권은 읽어야 하는지 자신에게 충분한 설명을 해야 한다는 것이다. 또한 그것들을 통해서 내가 얻고자 하는 것은 무엇인가를 명확히 파악하는 것이 먼저이다.

감사일기를 쓰라고 해서 의식적으로 작성만 할 것이 아니다. 진심으로 감사한 마음으로 한 가지 한 가지 작성하다 보면, 아침에 눈을 뜨는 순간부터 잠자리에 드는 순간까지 매 순간이 감사할 일들 투성이인 것을 느낄 수 있다. 저절로 내면의 변화가 일어나는 순간이다.

하루 한 줄 감사로 시작된 감사일기다. 한바다을 채우는 감사로 변하기까지는 형식적인 작성이 아닌, 진심에서 나오는 소중하고 감사한 일상으로의 마음가짐이다. 온몸의 털끝 하나까지 감사로 다가오기 때문에 가능한 일이 아닌가 싶다.

하루하루가 모여서 나의 인생을 만들어 나간다. 한 권 한 권 책을 읽어 나갈 때마다 나에게 적용 가능한 실천하는 독서를 하다 보면 이전과는 달라진 내면과 바뀐 인생을 체감할 수 있을 것이다.

다른 사람들을 따라 하는 독서가 아니라 나에게 소중하고 행복한 독서를 하는 것이 가장 좋은 것이다. 다른 사람들을 따라 하는 독서를 하려다가 읽지 못하고 쌓여만 가는 책을 바라보며 한숨짓지 말고 내가 좋아하는 장르, 도서부터 시작해서 하나씩 하나씩 내 안에 쌓아가는 독서를 하면 좋겠다.

09

생각정리

황재원

　미용실 갈 때 책을 선택한다. 2시간은 앉아 있어야 하니 손이 덜 가는 책을 들고 갈 때도 있다. 나만의 환경 세팅이다. 미용실 의자에 앉기 전 핸드폰, 책, 그리고 삼색 볼펜을 챙긴다. 처음에는 쑥스러웠다. 하지만 미용실 독서를 놓치기 아쉽다. 집중이 꽤 잘되기 때문이다. 읽다가 밑줄을 그으며 생각한다. '미용사는 내가 읽고 있는 내용에 관심 없어.' 꾹 참는다. 내 앞 거울로 내 머리카락을 만지고 있는 분을 쳐다본다. "관심이 없으실 수도 있지만." 책 제목으로 시작하여 간단한 내용소개를 한다. 목소리가 커진다. '주책인가?' 난 외향형 인간이다. 네일숍에는 특성상 책을 읽을 수가 없다. 손톱 길이와 색 조합에 대해 의논을 한 후 이어지는 침묵이 어색하다. TV에는 눈이 가지 않는다. 무슨 반찬을 만들어 먹는지, 새로 생긴 생선구이 집도 괜찮다는 등 소소한 일상의 대화가 오간다. 마무리는 책 이야기가 되곤 한다. 일하고 있는 분에게 책 이야기를 하려면, 간결해야 한다. 짧게 전달하려고 노력한다. 대화하고 나누고 싶은 핵심을 짚어내는 과정을 거친다. 요약이 절로 된다. 이렇게 말을 하다 보면 그 책에 대한 내 생각이 정리된다. 미용실과 네일숍에 다녀오면 겉으로 보이는 스타일이 정돈될 뿐만 아니라 보이지 않는 부분도 다듬어진다.

일요일 아침, 과학 학원으로 들어가는 아들 뒷모습을 바라보았다. 발걸음이 무거워 보였다. 시험 결과 때문일 것이다. 비상깜빡이를 켠 채로 운전대 앞에 앉아 있었다. 복잡한 머릿속을 들여다보는 시간이 필요했다. 학원 앞 카페에서 《다산의 마지막 공부》를 펼쳤다. 어떤 내용을 읽어볼까? "마음을 지키면 보존되고, 놓으면 사라진다." 한자로 쓰인 원문을 접하며, 평소에 쓰지 않는 한자를 꾹꾹 눌러썼다. 되풀이해서 읽었다. 마음을 지킨다. 마음을. 그래, 내 마음을 잃고 싶지 않아. 고민하고 있던 부분을 건드려주는 문장이었다. 그 아래에 나에게 던진 질문을 적었다. '난 아들에 대한 어떤 마음을 지켜야 할까?' 질문했으니 답을 구할 수 있고, 답을 구할 수 있다면 그런 삶을 꾸릴 수 있다. 질문은 연결이라 했다. 다른 사람과 연결되기 위해서 인사를 하고 다정한 말을 건넨다. 상대방에 관한 질문을 한다. 이렇게 우리는 타인과 연결되어 살아간다. 난 궁금점이 생기면 잘 묻는다. 처음 만난 사람에게도 질문을 던진다. 그렇다면, 나 자신과 연결하려면? 나의 이야기를 듣고 싶을 때는 나에게 질문을 던진다. 어떤 질문을 해야 좋을지 모를 때에는 책을 읽는다. 책에서 생각거리를 찾는 것처럼 보이지만, 사실 내 안에서 생각거리를 끌어 올리는 작업이다. 나에게 다가온 단어 또는 문장에 집중한다. 질문을 적는다. 그리고 답한다. 나 자신과 연결하기 위한 과정이다. 이 과정을 통해서 내가 고민하는 것이 무엇인지를 파악하게 되고, 내 시야를 막는 희미한 안개를 걷어낼 수 있다. 비로소 맑은 풍경 속으로 뚜벅뚜벅 걸어갈 수 있게 된다. 나에게 던진 질문에 답을 할 시간이다. 아들을 낳고 기르며 생각해 왔던 그 마음. '그 아이 자체로 사랑해주기'. 너의 존재, 그대로 인정해 주는 엄마의 마음. 바로 이 마음을 지키길 원했다. 명확한 답을 얻으니 나의 머릿속도 맑아졌다. 상황에 파묻혀 지낼 뻔했던 하루를, 내가 선택한 생각과 감정으로 이끌 수 있게 되었다.

독서모임, 눈치 볼 필요 없다. 같은 책을 읽고, 생각을 나누기 위해 만났으니까! 각자 궁금한 것, 더 알고 싶은 점을 안고 와서 풀어내는 공간이다. 최서연 작가가 《핑크펭귄》으로 진행한 온라인 독서모임이었다. 쉽게 읽히면서 배울 점이 많은 마케팅 책이다. '엘리베이터 스피치'가 기억에 남는다. 엘리베이터를 타고 가는 짧은 시간에 잠재고객의 관심을 끌 수 있는 짧은 소개를 뜻한다. 모임 시작전에 스피치 준비를 해야 했다. 영어 정교사 자격증, 미국 테솔 자격증, 강남 YBM 토익 강사 출신…… 넣고 싶은 요소가 많았다. 덜어내야 했다. 핵심만을 남기려고 고민했다. 최고의 강점은 무엇인가? 많은 경험이 녹아 지금의 내가 있는데, 한 문장으로 표현하려니 어려웠다.

수능 영어 지문에는 세 줄 이상 길이의 문장이 있다. 정확한 구문 해석 없이는 엉뚱하게 내용 파악을 하게 된다. 이를 위한 기초작업과 배경 지식을 알려주고 채워주는 작업이 필요하다. 이 과정에서 학습자가 문장 구조와 문장간 연결을 정확히 파악하여 글의 내용을 완벽하게 이해하게끔 도와준다. 탄탄한 문법과 어법을 기초로 정확한 독해가 가능하도록 도와주는 것이 나의 최고 강점으로 뽑았다. 나의 엘리베이터 스피치는 "파워풀한 영어 성장을 돕는 황재원입니다."로 완성되었다. 책을 읽은 것으로 끝내지 않고, 읽은 내용을 삶에 적용하는 기회였다. 책 내용이 '나'라는 필터를 거쳐 여과된 결과물을 볼 수 있게 되었다. 둥둥 떠다니는 생각의 파편들을 모을 수 있는 것은 탄탄하게 기획된 독서모임의 묘미이다.

카페에서 책 읽기를 좋아한다. '톤언니'라 불리는 친구가 운영하는 곳은 특별하다. 푸른 산과 카페 사이에는 맑은 물이 좌우로 흐른다. 카페 야외 의자에 앉으면 탄천을 따라 움직이는 다양한 모습을 내려다볼 수 있다. 팔을 앞뒤로 힘차게 번갈아 움직이며 걷는 사람들, 노란색 공유 자전거 또는 밤마다 애지중지 닦으며 귀하게 다룰 만한 자전거를 타는 사람들, 유모차 또는 개와 함께 유유자적 거니는 사람들의 모습을 본다. 나의 과거 모습을 발견하기도 하고, 미래의 모습을 떠올린 적도 있다. 혼자만의 시간을 즐길 때는 책을 읽고 사색을 하고, 카페 일이 한가할 때는 톤언니와 이야기를 나눈다. 감명 깊게 읽은 내용 중 한 부분을 보여줄 때가 있다.

소리 내어 문장을 읽고 듣는 순간, 둘 사이에 작은 공동체가 형성됨을 느낀다. 마침내 책의 활자가 우리 안에 스며든다. 짧은 독서 모임이다. 같이 좋아하는 단 한 명의 친구가 생기면, 그 문장에 애착이 더 생긴다. 힘이 담긴다. 전하고 싶은 말을 하는 대신 읽고 있는 글을 건넬 때가 있다. 보여주고자 하는 대상을 상대방 앞에 가져다 보여주는 것이 아니라 바라볼 수 있게끔 시선을 그쪽으로 향하게 한다. 책 내용에서부터 이어지는 우리들의 이야기가 소중하다. 어수선했던 생각들이 한데 모여서 앞으로 나아갈 수 있겠다는 마음가짐으로 이어진다. 바쁜 일상에서는 짧은 문장 나눔으로도 충분하다. 그 자체로 훌륭하다.

10

책 읽는 재미에 푹 빠진 요즘

김은지

신랑은 출장도 잦고 주말에도 대체로 일을 한다. 또 아직은 아이가 없어서 혼자 보내는 시간이 많다. 다행히 혼자 있는 시간을 좋아하기도 해서 출근하기 전의 오전 시간이나 주말에는 주로 책을 읽거나, 좋아하는 카페를 찾아가거나 바인더 꾸미기를 하면서 시간을 보낸다. 좋아하는 일이다 보니 시간 가는 줄 모르고 집중해서 하는 경우가 많이 있다.

예전에는 책 읽기 따로, 카페 가기 따로, 바인더 꾸미기 따로 생각했었지만, 이제는 이 3가지를 연결해서 실행한다. 카페에 가서 책을 읽고, 좋았던 구절들을 바인더에 옮기고, 스티커나 마스킹 테이프를 활용해서 독서 노트를 예쁘게 꾸민 다음 사진을 찍어 SNS에 올리기도 한다. 단순히 책만 읽을 때보다 내가 평소에 좋아하고 관심이 있었던 취미와 연결해서 책을 읽으면 더 재미있게 읽을 수 있다. 책만 읽고 끝나는 것으로는 책을 재미있게 읽을 수 없다. 다양한 감각을 활용하여 책에서 읽었던 구절들을 아웃풋했을 때 더 기억에도 오래 남고 재미있게 읽을 수 있다. 위에서도 언급했듯이, 나는 책을 더 재미있게 읽고 꾸준하게 읽기 위해 바인더를 활용해서 책을 읽으면서 와 닿는 문장이나 느낀 점, 적용할 점을 독서 노트에 적는 작업을 하고, 적은 것들을 활용해 인스타그램이나 블로그, 유튜브 등에 올린다. 나는 책을 읽었을 뿐인데, 내가 좋아하는 것들과의 연결을 통해 자연스럽게 나의 콘텐츠도 생겨나는 셈이다. 댓글을 통한 꾸준한 소통과 대화를 하면서 인간관계도 넓힐 수 있다.

또 혼자 읽을 때보다 여러 사람들과 함께 같은 책을 읽는 독서모임을 통해 내 생각을 나누고, 다른 사람들의 생각을 들으면서 책 읽는 재미를 더욱 높일 수가 있다. 같은 책을 읽어도 느낀 점, 좋았던 구절, 적용할 점은 모두 다르기 때문이다. 독서모임은 내가 생각하지 못했던 아이디어를 얻을 수 있는 시간이 되기도 한다. 나의 고민과 경험을 나누면서 혼자서는 해결하지 못했던 고민이 해결되기도 하고, '내가 잘하고 있구나.'라며 나 자신을 칭찬하고 인정하는 시간이 되기도 한다. 또한 나는 친한 친구가 없어서 늘 고민이었는데, 독서모임을 통해 알게 된 사람들과 자연스럽게 친해지고, '책'이라는 공통의 관심사가 있으니 여자들이 흔히 하는 남을 흉보고 비방하는 단순한 수다를 떨지 않고 책 이야기만 하는데도 시간 가는 줄 모르고 대화할 때가 많다. 평소에 내가 만나던 친구들보다 더 끈끈하고 가까운 사이가 되기도 한다. 이것이 바로 내가 꾸준히 독서모임에 참여하는 이유이다.

나는 학원에서 근무를 하기 때문에 출근 시간이 낮 12시 30분 ~1시라서 자기 계발을 하기 위해 군이 새벽 시간에 일어나지 않아도 된다. 자기 계발을 하는 사람들에게 아주 대중적이고 필수가 되어버린 미라클 모닝이지만, 사실 필요성을 느끼지 못해서 자기 계발 영역 중에서 제일 지속하지 못하는 것이기도 하다. 예전에는 미라클 모닝을 자주 실패해서 자책을 한 적이 많이 있었다. 그런데 책 읽는 재미에 푹 빠진 요즘에는 책을 꼼꼼하게 읽고 인사이트와 적용할 점을 얻기 위해 일찍 일어나기 시작했다. 2022년 새해부터 하루에 25분 독서를 시작해 매달 5분씩 독서 시간을 늘리고 있다. 다른 사람이 볼 때는 25분~30분이 얼마 되지 않는 시간이라 생각할 수도 있지만, 책의 40~50페이지를 읽을 수 있고, 5~10분만 더 투자하면 독서 노트 기록까지 할 수 있는 알찬 시간이다. 예전에는 오전 시간에 늘 TV나 휴대폰을 보면서 시간을 낭비했었는데, 책의 재미에 푹 빠진 요즘에는 미디어 시간을 줄이고 독서에 시간을 투자하고 있다.

독서는 다른 분야보다 유난히 변화가 느리게 나타나는 분야라서 처음 독서를 시작할 때는 지루하기도 하고, 무엇보다 이렇게 읽어서 진짜 변화하는 게 맞는지 의심스러운 마음이 생기기도 한다. 나도 그랬다. 그런데 책을 시험공부나 논문 쓰듯이 지식을 얻기 위해서만 읽으면 당연히 책이 재미없고 지루할 수밖에 없다. 책을 쓴 저자와 대화하듯이 편하게 읽다 보면, 어느새 나의 마음에 와 닿는 구절들이 생기고, 그 구절들을 통해 조금씩 성장하고 변화하는 자신을 발견하게 된다. 그러다 보면 책이 점점 재미있어지고, 책은 떼려야 뗄 수 없는 나의 인생의 동반자가 되고, 나의 이야기와 고민을 들어주고 해결해 주는 유일한 친구가 된다.

책을 읽을 때 꼭 그 책의 내용을 모두 기억해야 한다는 부담감을 버리고 편하게 읽을 때 책이 더 재미있게 다가온다. 오랜 시간 고민하다가 주변 사람에게 나의 고민을 어렵게 이야기했는데, 정작 그 사람은 나의 고민을 별로 대수롭지 않게 생각하거나, 나도 이미 알고 있는 충고나 조언을 할 때도 있고, 어설픈 위로와 격려로 말끝을 흐릴 때 오히려 상처를 받게 되고, 왜 말했을까 후회했던 적이 많이 있었다. 그러나 책은 꼭 지식을 얻기 위해 읽는 것이 아니라 나의 마음이 힘들고 어려울 때 위로를 받기도 하고, 사람들에게 차마 이야기하지 못하는 고민들을 책에 내려놓음으로써 고민이 해결되기도 하여 마음이 시원해지는 경험을 하기도 한다. 이렇게 책에 대한 부담감을 내려놓고 힐링을 하기 위해 책을 읽다 보면, 책이 점점 재미있어지는 경험을 하게 될 것이다.

책을 구매해 놓고 읽지 못한 책들이 쌓여가는 책장을 보면·더 이상 책을 읽고 싶지 않거나, 스트레스를 받아본 경험이 있을 것이다. 꼭 책을 구입해서 읽지 않아도 된다. 최근에 냉장고 파먹기에서 아이디어를 얻어 책장 파먹기를 실천하고 있다. 집에 먼지만 쌓여가는 책들을 한 달에 2권 정도 읽으며 독서 노트도 적고 SNS에 서평도 남긴다. 그 후에 나에게 필요한 책인지 아닌지 생각해 본 다음, 필요한 책이면 소장을 하고, 필요 없는 책이면 중고 서점에 판매하거나 나눔을 한다. 또 요즘에는 걸어서 5분 거리에 있는 도서관을 자주 다니며《독서 천재가 된 홍대리》의 저자인 이지성 작가의 이사 조건 1위가 왜 도서관 근처의 집이었는지 깨닫게 되었다.

아무래도 책을 계속 구입하기에는 공간도 한정적이고 비용도 많이 들기 때문에 더욱 도서관을 선호하게 되는데, 도서관에 들어서면 빼곡하게 책장에 꽂혀 있는 책들을 보면서 설레기도 하고, 내가 읽고 싶은 책을 발견하게 되면 마치 마음속에 그려오던 이상형을 만난 것처럼 희열이 느껴질 때도 있다. 요즘은 코로나 확진자가 많이 늘어서 자주 가지는 못하지만, 가끔 커피를 마시며 도서관에서 책을 읽기도 하는데, 집에서 읽을 때와는 달리 장소가 주는 몰입감도 있고, 장소의 변화로 책이 더 재미있게 다가오기도 한다.

요즘에는 재독의 즐거움도 알아가고 있다. 작년까지는 늘 새로운 책들만 읽기를 고집했었는데, 올해부터는 읽었던 책들을 비롯해 책에 메모했던 내용이나 독서 노트를 다시 펼쳐서 읽어 보고 있다. 그러다 보면 그 당시에는 그냥 지나쳤던 구절들이 새롭게 눈에 띄기도 하여 예전보다 많이 성장했다는 것을 느끼기도 한다.

예전에 누가 취미가 뭐냐고 물어보면 입버릇처럼 독서가 취미라고 했었는데, 요즘에는 그렇게 이야기했던 것이 부끄럽고 창피하게 느껴진다. 성공한 사람들의 공통적인 특징은 모두 독서를 취미와 습관으로 만들었다고 한다. 독서의 진정한 재미를 깨닫게 된 요즘, 나에게 독서는 취미이자 빠져서는 안 될 루틴이 되어가고 있다. 책은 절대로 나를 배반하지 않는 가장 좋은 친구이기 때문에 마음 놓고 책의 매력에 풍덩 빠져 본다.

11

문장을 찾는 재미

주애라

나는 책 읽을 때 준비하는 물건이 있다. 바로 필기도구와 플래그 테이프 혹은 책 다트이다. 어떤 책이든 기억하고 싶은 문장이 나타나기 때문이다. 심지어 전공 서적을 볼 때도 기억해야 하는 문장이 있고, 이해해야 하는 단어나 내용이 있다. 그럴 때는 여지없이 책에 표시한다. 예전에는 알록달록한 색으로 자까지 사용해 가며 예쁘게 밑줄을 그었다. 그러다가 어떤 블로그에서 노란색 색연필을 사용한다기에 노란색 색연필을 가지고 다녀도 보고, 3색 볼펜을 쓴다는 글을 보고 3색 볼펜을 이용한 적도 있었다.

지금은 주로 연필을 사용한다. 어떤 도구를 사용하든지 목적은 모두 같다. 내가 기억하고 싶은 문장을 만났을 때 표시하고 싶어 사용하는 것들이다. 그래서 내 책은 깨끗하지 않다. 중고로 팔 수 없는 책들이 대부분이다.

처음에는 문장 찾는 재미를 모르고 책을 읽었다. 그냥 스쳐 지나가듯 읽었다. 아름다운 문장이나 마음에 와 닿는 글귀 등은 시에서나 찾을 수 있는 것이고, 일부로 의도해서 쓰지 않는 이상 나도 굳이 그 문장을 찾거나 찾으려 애쓰지 않아도 된다고 생각했다. 그냥 읽고 책을 덮으면 그만이었다. 문장 찾는 것에 재미를 느끼기 시작한 것은 간호사로 근무하던 중 자기 계발서를 읽기 시작하면서부터였다. 정확히 어떤 책이었는지는 기억이 나지 않는다. 소설만 읽던 내가 어느 순간 자기 계발서를 읽으면서 갑자기 주변에서 필기구를 찾았다. 왜 그런지 나에게 하는 말처럼 느껴졌기 때문이다. 그 문장들을 놓치면 안될 것 같았다.

기억하고 있어야 할 것 같은 문장에 밑줄을 쫙 그었다. 나의 문장 사랑은 그때부터 시작되었다. 각자가 처해 있는 상황이나 처지, 배경지식, 마음가짐의 상태에 따라 책의 내용이나 문장들이 다가오는 온도 차는 확실히 다르다. 같은 책을 읽어도 와 닿는 부분이 다르고, 감동이 다르고, 소중한 문장이 다르다. 독서모임에 참석해 보면서 더 확실히 알 수 있었다. 같은 책을 읽어도 최고의 문장으로 꼽는 문장이 이렇게 다를 수가 없다. 어떤 사람에게는 그냥 스쳐 지나갔던 문장이 나에게는 둘도 없이 소중한 문장이거나, 머리를 한 대 얻어맞은 듯한 충격을 주는 문장이기도 하다.

요즘은 독서모임을 진행하다 보니 책을 읽을 때 함께 생각을 나눌 수 있는 문장을 찾는다. 그래서 그냥 읽을 때보다는 조금은 다른 각도로 책을 읽게 된다. 이렇게 생각을 나눌 문장을 만나게 되면, 어떤 다른 삶을 들을 수 있을지 미리부터 즐거워진다. 때론 독서모임을 할 때 한 문장으로 한참을 이야기를 할 수도 있다. 간단한 문장이지만 많은 의미와 생각을 담은 문장들도 있다. 이런 문장을 찾아 독서모임을 하면 뿌듯하기도 하고, 많이 배우기도 한다. 모임을 진행하면서는 모임에 참여한 사람들이 고른 문장에 밑줄을 긋고 이름을 써 놓는다. 또 평서문이더라도 의문문으로 바꿔 읽다 보면 생각을 많이 하게 되는 문장들도 있다. 이럴 때도 여지없이 밑줄을 긋는다.

답을 해보기도 하고, 독서모임을 함께하는 다른 사람들의 이야기를 들어보기도 한다. 작가가 하는 질문은 읽는 이로 하여금 대답하게 하기도 한다. 답을 하면서 생각하고, 답을 하기 위해 생각하기도 한다. 시간의 여유가 있는 날이면 독서 노트에 필사한다. 책을 읽으며 마음에 와 닿는 문장을 찾아서 베껴 쓰고, 생각이나 느낌, 다짐 등을 간략하게 함께 쓴다. 시간이 지나 노트를 읽어 보면, 책을 읽었을 때의 감정이 다시 고스란히 느껴지기도 하고, 그때의 시간이 다시 생각나기도 한다. 또 재독을 할 때 정보가 필요한 경우에는 책에 표시해 둔 문장만 읽기도 한다. 하지만 전체를 재독하다 보면 마음에 와 닿는 문장을 새로 발견하는 경우가 많다. 이것도 신기한 경험이다. 그러면 또 다른 색으로 표시하거나 읽은 날짜를 표시하기도 한다. 독서모임을 했던 책에는 모임에 참여했던 사람들이 골랐던 문장들이 표시되어 있다. 그래서 읽을 때 독서모임을 함께했던 사람들도 생각나 재미있다.

요즘은 책을 읽고, 맨 앞장에 읽고 난 느낌이나 요약한 한 줄을 써 놓기도 한다. 혹은 핵심 키워드를 골라 보기도 한다. 재독을 하는 책의 경우는 각각 읽는 시기의 한 줄 내용이 다르기도 하다. 분명 같은 책을 읽었는데도 말이다. 너무 좋은 문장을 만났을 때는 주변인들에게 들려주기도 한다. 하지만 좋은 문장도 주관적이기에 받아들이는 이의 반응이 다르기도 하다. "우와 좋다. 그 책 제목이 뭐야? 누가 한 말이야? 나도 읽고 싶다."라는 반응에는 신이 나서 책에 대해 더 이야기한다. 하지만 시큰둥한 반응에는 머쓱하기도 하고 힘이 빠지기도 한다.

처음에는 시큰둥한 반응이 싫어서 책을 읽어도 주변에 이야기를 잘 하지 않았다. 하지만 지금은 그러거나 말거나 좋으면 이야기를 나눈다. 그래서 한 사람이라도 더 책을 읽는다면 좋겠다. 한 사람이라도 더 즐거움을 느끼고, 감동하고, 함께 웃을 수 있다면 그것으로 충분하다.

　나는 오늘도 책과 연필, 플래그 테이프를 준비한다. 마음에 드는 문장을 만나면 밑줄을 긋고 표시하기 위함이다. 미소가 지어지는 문장도 좋고, 나를 울리는 문장도 좋다. 실천하고 싶은 문장도, 충격을 주는 문장도 좋다. 어쩌면 생각을 많이 하게 하는 문장을 만날 수도 있다. 어떤 문장이든지 나에게 영향을 미친다면, 그래서 내 마음이 움직인다면 밑줄을 긋는다. 고개가 끄덕여진다면 그것이 나에게 좋은 문장이다. 밑줄 그을 수 있는 문장을 만났다는 것은 나에게는 크나큰 즐거움이고 행복이다. 밑줄 그은 문장 중 한 문장이라도 실행한다면 성공한 책 읽기이다. 그 책은 온전히 내 것이 된다. 문장을 찾는 재미를 발견하면 나도 모르게 책과 필기구를 들고 있을 것이다. 내가 그랬던 것처럼.

12

책 읽는 인생에 대하여

강은숙

결혼하고 아이들 키우며 남편과 평생 행복하게 살 줄 알았다. 예기치 못한 큰일을 겪고 살 의지가 없었다. '책 속에 길이 있다'라는 말을 한 번쯤은 들어봤을 것이다. 살길을 찾아야 했던 나에게 힘을 주었던 책 한 권으로 나는 책을 가까이하기 시작했다. 책을 꾸준히 읽다 보니 독서모임에 나가게 되고, 모임을 통해 다양한 경험을 하고 있다.

남편의 빈자리가 컸지만, 아이들 키우며 씩씩하게 살 수 있었던 비결은 단연코 책과 함께한 덕분이다. 처음부터 책을 좋아했던 것은 아니다. 어릴 적 아이들이 좋아하는 만화책조차도 재미를 느끼지 못했다. 학창 시절에 친구들이 《제인 에어》, 《데미안》, 《폭풍의 언덕》등 인문 고전을 읽다 재미있어 밤을 새웠다거나, 시험 기간에 소설책을 보다가 공부를 못했다는 이야기는 이해가 되지 않았다. 그랬던 내가 책을 읽게 되면서 성공한 사람들을 따라 하고 실천하며 변화된 몇 가지를 소개한다.

성공한 사람들을 보면 새벽에 일어나 책을 보고 운동한다. 나 역시도 새벽 운동을 시작한 지 240일이 넘었다. 출근길 아침마다 늦게 일어나 서둘렀던 과거의 모습을 찾아볼 수 없다. 처음 시작할 때는 몸이 무거워 일어나기 힘들었고, 무서움이 많아 혼자 나가지 못했다. 무서움 때문에 큰딸에게 부탁하여 함께 운동했다. 180일쯤 함께 새벽 운동을 하던 큰딸은 직장 관계로 지방에 내려갔다. 새벽 운동을 혼자 하기 무서웠지만 포기하지 않았다. 어두운 곳을 피했고, 밝은 곳을 찾아 공원 주변을 걸었다. 하루는 평소처럼 걷고 있는데 남자 한 사람이 걸어왔다. 원래라면 몸을 움츠리며 무서움에 사로잡히며 사람들을 찾아 주변을 살폈을 것이다. 그런데 그날은 여느 날과 달랐다.

'왜 나는 무서워하는 거지? 그냥 사람이잖아.'

그때 알았다. 지금까지 무서워했던 이유는 내가 무섭다고 생각했기 때문이다. 지나가는 사람들은 나를 위협하거나 무섭게 한 적이 없는데, 내가 늘 무섭다고 생각한 것이다. 마음 한구석에 두려운 마음이 조금씩 사라졌다. 이 사건을 통해 내 안의 상처들이 드러날까 봐 두려웠던 것도 내 생각이었음을 알아차리게 됐다. 나는 남편이 없다는 사실을, 아이를 혼자 키우고 있다는 사실을 남에게 알리고 싶지 않았다. 아이들이 크면서 아빠 없다고 놀림 받지 않을까, 상처받지 않을까 염려했던 것도 내가 만든 근심이었다. 그 누구도 나를 향해 손가락질하지 않았는데, 그 손가락질을 스스로 하고 있었다.

시간이 약이라고 했던가. 아이들도 잘 자라 주었고, 내 안의 상처에 대한 두려움도 사라지며 이제는 조금 편안하게 말할 수 있는 용기가 생겼다. 일요일 아침이면 '팟빵'에 올릴 에피소드를 녹음한다. 매주 책을 읽고 좋았던 부분을 두 편의 에피소드로 작업하여 올린다. '팟빵' 개설 후 단 한 주도 거르지 않고 꾸준히 올리고 있다. 꾸준함은 책을 통해 내가 얻은 것 중의 하나다. 여행 갈 때도 미리 녹음하고 예약을 걸어 둔다.

가끔 하기 싫을 땐 예전에 읽었던 책을 찾아 좋았던 구절 2~3분이라도 녹음해서 올린다. 편집 능력이 뛰어나지 않아도, 말솜씨가 좋지 않아도, 준비한 내용이 부족해도 꾸준히 올리다 보면 뭔가 이루어 낼 수 있을 것 같은 막연한 믿음이 있었다. 꾸준함의 힘이었을까? 2020년 11월에는 '이달의 팟캐스트로 선정'되었다. 100명이었던 구독자가 11월 한 달 만에 1,100명이 넘기도 했다. 동료 교사가 아침마다 내 팟빵을 듣는다는 소리를 들으면 기분이 좋다. 매주 듣고 댓글로 응원해 주는 구독자와 매월 정기후원을 해주는 구독자도 있다. 처음 팟빵을 시작할 때 원고를 준비하고 작업하는 데 4시간 정도 소요됐다. 잘하고 싶은 마음에 대본을 써서 녹음하고 다시 들어보기를 반복했다.

시간이 지나 익숙해진 요즘 40분이면 두 편 작업을 모두 끝낸다. 네이버 오디오 클립, 유튜브에도 채널을 개설해 같은 에피소드를 올린다. 처음에 어렵기만 하던 팟빵이 익숙해지고 녹음하는 일이 일상이 되어버렸다. 책을 읽고 성공한 사람들이 포기하지 않는 근성을 따라 했더니 온라인 세상에 나를 알리는 세 개의 채널이 생겼고, 독서모임 회원을 대상으로 팟빵 강의까지 하며 부수입도 생겼다.

독서모임을 하다 보니 블로그도 시작하게 되었다. 블로그도 왕초보였다. 최서연 작가가 운영하는 BMW를 통해 100일 동안 글쓰기를 경험했다. 블로그 작성법을 몰라서 한 편 작성하는 데 오래 걸렸다. 글을 쓰다 모르는 것이 있으면 카톡으로 질문하며 배웠다. 블로그를 수정하다 출근 시간을 놓친 적도 있었다. 요즘 김미경 대학에서 운영하는 514챌린지에 1월부터 참여하고 있다. 새벽 5시에 일어나 강의를 듣고 자신만의 챌린지 시간을 가진 다음 SNS에 인증하는 방법이다. 챌린지 시간이 끝나고 강의 내용과 챌린지했던 내용을 단톡방에 공유했다. 블로그를 처음 시작한 사람들은 바로 인증하는 것을 보고 '대단하다'라는 댓글을 달아주었다. 나도 블로그를 처음 할 때 강의가 끝나자마자 후기를 단톡방에 공유하는 것을 보고 부러워했다.

해보기 전에는 몰랐지만, 배우고 시도하면 누구나 할 수 있다는 것을 경험하게 되었다. 블로그로 글을 올리다 보니 글쓰기에도 관심이 생겼다. 책 속에 성공한 사람들은 독서와 글쓰기를 함께했다. 자신이 원하는 것을 글로 시각화하면 꿈을 이룬다고 했다. 매일 운동을 기록하고 있다. 한여름 폭염에도, 한겨울 한파에도, 비 오는 날에도 무조건 새벽 운동을 나갔다. 가끔은 나가기 싫을 때도 있었다. 우습지만 기록하기 위해 운동을 나가기도 했다.

처음은 어렵지만, 꾸준히 하다 보면 특별한 일이 일상이 된다. 나폴레온 힐이 말한 '기록하면 이루어진다'라는 말을 새벽 운동의 기록을 통해 직접 체험한 계기가 되었다. 1월 어느 날 최서연 작가에게 전화를 받았다. 서로 안부를 전하고 난 후 그녀는 독서모임을 주제로 공저를 낼 거라 했다. 나의 참여 여부 물었다. "제가요? 글을 잘 못 쓰는데 참여할 수 있을까요?" 그녀에게 '할 수 있다'라는 말을 확인하고 싶어서일까. 다시 물었다. 그녀는 "아직도 그런 생각을 하고 있어요?"라며 내일까지 참석 여부 알려달라는 말을 남기고 전화를 끊었다. '해보지도 않고 아직도 못한다는 생각을 하고 있어?'라는 말을 나에게 한 것 같았다. 독서모임을 할 때 '20% 채워지면 하면서 수정하고 채워가면 된다.'라는 그녀의 말이 생각났다. 이번 기회를 놓치면 평생 책은 못 쓸 것 같았다. 다음 날 아침 나는 참여한다는 글을 남겼다. 두렵지만 실패가 두려워 시도조차 못하는 일을 이젠 하고 싶지 않았다.

살려고 마음먹고 읽은 책이 나를 일으켜 세웠다. 두려운 세상을 책에 의지하며 살았다. 혼자 아이를 키우는 현실이 불안한 나에게 용기를 선물했고, 책 속에서 나보다 힘든 사람들도 많다는 것을 위안 삼으며 열심히 살았다. 시간이 흘러 아이들도 대학을 졸업하고 취업했다. 이제는 홀가분하다. 행복한 이유는 여러 가지다. 그중 하나는 배운 것들을 통해 남에게 도움을 줄 수 있을 때 행복감을 느낀다는 사실이다. 타인에게 선한 영향력을 풍길 수 있는 또 다른 나를 찾아 오늘도 나는 책이랑 논다.

13

책 읽는 시간, 지금

김은경

새벽을 사용할 수 있어야 성공한다는 말을 읽었다. 손끝만 닿더라도 올라타고 싶었다. 개인 시간을 만들어 사용하고 싶었다. 하지만 새벽 시간에 일어나는 일은 불가능했다. 일찍 일어나기를 시도했다. 터무니없게 현관에 택배만 늘었다. 일찍 일어나 쇼핑으로 한 시간 반을 앉아 있었다. 내가 한 짓에 어이가 없었다. 쇼핑과 유튜브 등으로 일주일 가까이 새벽 시간을 보냈다.

원하는 시간에 일어날 수 있게 되는 것이라도 어딘가라며 멈추지 않았다. 일어나는 습관이 붙고는 이것저것 해보며 새벽 기상을 몸에 익혔다. 방법을 바꾸면서 시간을 썼다. 처음은 농사일에 관련된 것들의 전산화 작업을 했다. 나를 위한 시간을 쓰고 싶어 일찍 일어났는데, 일을 늘리는 꼴이 됐다. 새벽은 쓰고, 오전은 한여름 채소만큼이나 맥을 못 차렸다. 약간의 변동만 생겨도 하루가 꼬였다. 스스로와 약속을 지켜야 한다는 생각에만 집중한 탓이었다. 뭘 할지, 변수는 어떻게 대응할지 다음 단계를 생각해 보지 않았다. 나를 위한 시간에 어떤 것을 할지 정하지도 않았다. 좋다 싶으면 시작부터 했다. 꾸준함을 가지지 못했다. 끝맺음도 약했다. 보이는 것만 보고 살았다. 조정하고 개선하는 자세로 살지 않았다는 것을 깨달았다. 생각 없이도 할 수 있도록 몸에 습관을 붙였다. 변동에 대비해 빼고 넣을 일들도 만들었다. 선택지가 생기니 그날 리듬에 맞출 수 있어서 실행이 늘었다. 새벽을 책 읽는 시간으로 정했다. 나를 위해 생각을 늘리는 시간으로 쓰려고 한다. 유동성 있게 시간 관리, 책 읽기, 감사 일기 등을 넣어 사용하고 있다. 나를 위한 시간으로 만들어 쓰는 습관이 생겼다.

책이 처음부터 편하게 술술 잘 읽혔던 건 아니다. 책으로 이야기한다는 사람들은 나와 달라 보였다. 특별한 사람들만 하는 것 같아 거리가 느껴졌다. 나는 할 수 없고, 하면 안되는 일로 느껴졌다. 책으로 소통이 된다는 것도 신기했는데, 지금은 책에 관한 것을 글로 쓰고 있다. 읽을 수 있어야 쓸 수 있다는 말이 이해되지 않고, 괜스레 쓰기의 문턱만 높게 만들었다. 둘은 다른 영역인 줄 알았다. 모든 것이 그랬다. 같은 외국어지만 말로 전하면 통역이 되고, 글로 옮기면 번역이 된다. 같지만 다르게 연결되어 있고, 각각의 특성 때문에 알아야 할 것도 늘고, 거기서 생기는 확장도 있다는 것을 알게 되었다. 책을 읽으면서 묶고 조합하는 사고력도 늘어간다.

결혼 후 먹고살려면 해야 하는 일이 농사라고 생각했다. 의무감만 가지고 하던 일이, 책을 만나면서 달라졌다. 농사도 1인 기업이라고 생각하니 나중을 위해 해야 할 것들이 보였다. 닥치는 일에만 급급했다가 시야가 넓어진 것이다. 5년 뒤에는 한우 500마리가 있는 농장으로 키워보고 싶다. 귀농하게 될 사람들과 나의 경험을 나누며 살고 싶다는 소망도 생겼다. 하는 일에도 책을 적용해 보는 확장을 계획했다. 한 분야에 15권 정도를 읽으면 전문가의 문을 연다고 한다. 한우와 축산에 관련된 책도 시작해 보려한다. 몇 번을 시도했다 접었다. 너무 많은 양을 목표했기 때문이었다.

3권을 목표로 도전해 보기로 했다. 몇 년 뒤를 위해 하는 일이 늘 때마다 미래를 살고 있다는 만족감에 불안감이 작아졌다. 지금의 시간에 더 집중할 수 있게 해줬다. 농촌 생활에 쉽게 적응하도록 만들어 준 것도 책이다. 관심이 많던 시간 관리와 생산성은 책과 함께하면서 바인더라는 도구의 꾸준한 사용을 가능하게 해줬다. 관심에서 실행으로 변하고, 성과도 늘어나고 있다. 책이 인연이 되어 독서 모임 리더, 온라인으로 강의 등, 농사일이 아닌 일들도 해보게 되었다. 바인더를 가르치는 기회도 생겼다. 농장의 규모도 2배로 커졌다. 책이 그 시작에 늘 같이 해줬음을 알고 있다. 예전과 달라진 것들이 늘고 있다. 독서모임의 친구들도 있지만, 가까이 왕래하는 사람들 중에서도 책을 읽는 이들이 늘고 있다. 책을 통해 공통 주제가 생기고, 지금과 미래의 서로를 이야기해 볼 수 있어서 좋다. 할머니가 됐을 때 친구들과의 에피소드도 기대가 된다. "밥뚜껑만 끼고 있는 할매는 아니겠지?"라며 서로를 격려해 보기도 하고, "인생은 60부터 아이가?"라며 서로의 미래를 호탕한 웃음으로 그려보기도 한다. 각자 어떻게 미래를 그려 볼지 이야기하는 일에 상상력과 실행을 더하도록 책이 도와줄 거라 믿는다. 서재 삼아 쓰는 개인 공간도 생겼다. 온전히 나에게 시간과 공간을 내어 주는 즐거움이 늘었다. 도서관에서 만난 동화책도 달리 보인다. 《흥부와 놀부》같은 어릴 적 내가 알던 그림책이겠거니 했던 동화책이, 작품 수준의 그림과 마음을 울리는 책이라는 것을 알게 됐다. 결혼 5년 차. 남편과의 사이도 색이 변한다. 더 좋은 관계를 위해 '부부의 대화'에 관한 책을 읽고 있다.

알 수 없는 불안과 원하는 바를 모르고 살았다. 그저 앞으로 가기만 하면 되는 줄 알았다. 기회다 싶은 것에 열정으로 답하며 젊은 날을 보냈다. 미래와 연결된 생각이나 계획의 방향성이 없어 기회도, 미래도 상황에 따라 바뀌고, 그 때문에 더 부산했다. 책을 통해 과거의 나와 만나고, 이해하게 되면서 안정감이 생겼다. 글을 쓰고 있는 지금의 시간도 과거의 나에 대해 정리하고 이해한 시간이 되었다.

책 읽는 시간, 지금은 사는 방식이 개선되고 의미가 더해져 가는 시간이다. 책을 도구로 쓰고 있다. 책을 통해 다른 도구들도 늘리고, 찾고 있다. 개선하고, 조정하며 새로운 의미와 재미를 알아가는 중이다. 책의 힘을 알아가고 있는 시간, 지금이 좋다.

마치는 글

  책을 만났던 계기, 나만의 독서법, 독서모임 노하우까지 쫙 풀어냈어요. 저에게는 일상적인 이야기이지만, 글로 써놓고 보니까 생각 정리도 되고 누군가에게 도움이 된다는 마음에 벅차기도 해요. 《리딩 퍼포먼스》 읽어주셔서 고맙습니다. 언제 끝나나 싶었는데, 또 한 번 큰일을 해냈습니다. 독서모임으로 세상을 이롭게 하는 멋진 여성들과 함께했던 작업도 행복했어요. 글이 안 써질 때도 서로 응원하면서 끝까지 마무리 지어주신 비비엠 공저 2기 작가님들 감사해요.

최서연

아이들을 잘 키우고 엄마로서 당당해지고 싶었다. 위안을 얻으려고, 힘을 내려고 책을 읽기 시작했다. 저자들의 성장하는 경험을 통해 '나도 할 수 있다.'라는 동기부여를 받으며 여기까지 왔다. 걱정 많고 실패가 두려워 도전을 못했던 내가, 반복하고 연습하며 노력하다 보니 지금 책을 쓰고 있는 믿기 어려운 일이 일어났다. 아직 가야 할 길이 멀다. 내 앞에 많은 일어나겠지만, 포기하지 않고 지금처럼 꾸준함을 무기로 살고 싶다. 오늘도 책 속에서 춤을 추며 길을 찾아본다.

강은숙

종이책을 쓰고 싶다는 꿈을 꾹꾹 눌러쓴 게 엊그제 같다. 공저 제안을 받고 쿵쾅거림과 함께 양 볼이 빨개져서 가족이 놀랐던 기억이 새삼스럽다. 잊었던 지난날과 마주하며 감정의 소용돌이를 겪었다. 결국 있는 그대로 지금의 나를 인정하니 평안해졌다. 나를 비롯한 주변의 상황이 좋아지고 있음을 발견, 스스로 응원도 하게 됐다. 인생 역전은 아니지만, 책을 품고 달라진 삶이 소중하고 행복하다. 내 작은 경험이 누군가에게 감사와 희망의 불씨가 되기를 바라며, 멋진 분들과 공저할 수 있음에 깊이 감사드린다.

김명주

책 쓰기를 결정하고 소망을 이룬다는 기쁨이 있었다. 쓸수록 내가 글을 쓰고 싶었던 게 맞나? 마치는 글에는 반성이 번진다. 쓴다는 과정을 통해 나를 이해하고, 읽기만 했던 책에서 만들어지는 과정의 책도 알게 되었다. 공저 작업에서 책임감, 일정과 조율하고 내려놓아야 하는 것들을 다시 배웠다. 미약하지만 함께 완성하고, 나아가는 걸음을 같이 걸었다고 생각한다. 잘해 보고 싶은 마음이 하는 마음으로 바뀜을 느낀다. 한 걸음을 같이 뗀 모두에게 고맙다.

김은경

매일 루틴으로 실천하던 독서, SNS 서평, 독서 노트 기록이 책 쓰기의 소재가 될 줄은 몰랐다. 다른 건 몰라도 책 쓰기는 절대 안 하리라 다짐을 했는데, 어느덧 이렇게 공저 작가가 되었다. 이번 공저에 참여하게 되면서 코로나를 통해 치열하게 독서하고 독서모임에 참여하면서 몸과 마음을 힐링하고 성장하게 된 나의 평범한 이야기도 누군가에게 도움이 되고, 공감이 될 수 있다는 것을 깨닫게 되었다. 독서하고 기록하는 삶으로도 다른 사람들에게 선한 영향력을 끼칠 수 있다는 것을 배우게 됨에 감사하다.

김은지

심장이 쿵 하는 글, 가슴속에서 뭔가 꿈틀거리게 하는 책들을 만나면 막연하게 '나도 이런 글을 쓰고 싶다.'라는 생각이 들었어요. 주위 사람들이 작가가 되는 모습도 지켜봤습니다. 작가라는 꿈이 서서히 스며들기 시작하더군요. 그날이 이렇게 빨리 올 줄은 몰랐습니다. 아마 혼자였다면 시작도 못했을 겁니다. 함께의 힘 덕분입니다. 책을 펼쳤더니 찾아온 기회이지요. 독서모임의 참여로 맺어진 열매들입니다. 여러분들도 이 멋진 경험을 누렸으면 좋겠습니다. 이 책이 그 시작의 작은 불씨가 되기를 바랍니다.

송미향

나는 가치 있고 소중한 사람입니다. 출신과 배경이 어떻든, 어떤 어려움과 아픔을 겪어 왔든 내 의지에 따라 인생을 바꾸고 변화시킬 수 있다는 것을 잘 알고 있어요. 여러 가지 조건과 환경이 맞지 않아서 못하는 것이 아니라 안 한 겁니다. 우리의 삶은 매 순간 배움이 존재합니다. 안되는 이유를 찾기보다 어떻게 할 수 있는지 방법을 찾으면 돼요. 책을 가까이하면서 제가 깨달은 것입니다. 인생에 정답은 없어요. 선택만 있습니다. 오늘도 배움과 감사를 선택하며 기쁨을 만끽하는 내가 참 예쁩니다.

오지연

책을 쓰게 될 줄 상상도 못했다. 나에게 왜 공저라
는 기회가 왔을까 생각했다. 책과 동행하며 걸어온 길을 되돌아보았
다. 그리고 답을 찾았다. 책을 통해 변화와 성장을 원하는 이들에게
이제 막 그 길을 지나온 사람으로서 초심자의 마음을 잘 알고 있기
때문일 것이다. 평범한 전업주부인 내가 책으로 새로운 인생을 경험
하고 있다. 느리지만 상관없다. 목적지가 명확하기에 하루하루가 즐
겁다. 그 길을 함께 걸어가고자 용기를 내는 사람이 한 명이라도 있
다면 공저를 해냈다는 기쁨에 더해 또 하나의 행복이 될 것이다.

유명임

오늘도 책상에 두 다리를 얹고 편안한 자세로 책을
본다. 손열음의 탄력 있는 피아노 선율과 커피의 진한 향이 행간을 채
워준다. 나는 사람과 책, 예술 그 사이에서 유난히 더 기쁘다. 그중에
사람이 우선이다. 책으로 이어진 이들에게 감사함을 전하고 싶었다.
한정된 페이지에 그 마음을 욱여넣다 보니 글이 투박하다. 어릴 때 날
마다 같은 기도를 했다. "저를 아는 모든 사람이 저로 인해 행복하게
해주세요." 이룰 수 없는 소원이었다. 다시 두 손을 모은다. "함께 책
을 읽는 모든 사람이 책으로 인해 행복하게 해주세요."

정상미

독서를 하기 전에는 음악을 작곡하는 것과 책을 쓰는 것은 하늘이 내려 준 사람만이 할 수 있는 영역이라고 생각했다. 하지만 계속 책을 읽고, 독서모임 하면서 많은 분의 응원을 받으며 꿈과 용기가 생겼다. 어쩌면 나도 내 이름의 책을 쓸 수 있다는 생각이 들었다. 그리고 나에게 현실이 되었다. 꿈이 현실이 될 수 있도록 도와 준 많은 분에게 감사하다. 이 책을 읽는 분들이 독서를 통해 꿈을 이루는 삶을 살았으면 좋겠다.

주애라

공저를 쓰는 기회가 아주 큰 행운이라 생각했다. 책을 쓴다는 생각에 설레었는데, 글을 쓸수록 두려웠고 힘들었다. 초고를 제출하고 퇴고를 반복하는 힘든 과정을 해내고 나니, 도전이 성공한 것 같아 뿌듯하다. 세상에 나온 책 한 권이 정말 소중한 것 같다. 독서는 변화의 시작이었고, 독서모임은 비슷한 생각을 가진 분들과 함께 성장할 수 있어서 행복했다. 글쓰기를 통해 진정한 나를 만난 것은 최고의 선물이었다. 많은 분과 함께 나누고 성장했으면 좋겠다.

주은정

책이 제일 좋은 친구다. 모든 어려움의 순간 함께 했다. 사춘기 굴곡을 이겨내고, 강한 리더를 꿈꾸며 간호장교가 되고, 40대 새로운 꿈을 찾아 즐겁게 방황하는 중에도 책이 곁에 있다. 아이 넷의 엄마가 된 순간 일과 삶의 균형을 위해 책을 읽었다. 1인 기업을 준비하며 성장을 꿈꾸는 지금도 책이 멘토다. 나처럼 아이들의 삶의 여정에도 책이 함께하길 바란다. 모든 순간 '나'로 살아가고 싶던 소망이 사명이 되었다. 집안의 기둥인 엄마들의 건강한 자립을 돕는 사람으로의 성장을 꿈꾼다. 더 즐겁게 책을 읽을 수 있는 목표가 있어 감사하다.

한명욱

책을 가까이하며 독서모임을 즐기는 삶을 담았습니다. 두 아들을 키우고, 영어교육을 하는 삶 속에서 책 읽기에 의지하며 지내고 있음을 재발견하게 되었습니다. 내 앞에 있는 문제를 해결하며 살아가기 위해, 그리고 마음을 고요하게 도와주는 도구로써 책을 마주하고 있거든요. 책은 우리 자신 속으로 들어가는 길을 가만히 알려 줍니다. 삶이 던지는 질문에 대한 답을 스스로 구하며, 함께 읽고 나누는 즐거움을 느끼시기를 바랍니다.

황재원